유산

유산

박정선 장편소설

산지니

차례

◆

프롤로그

독백

허공마저도 장엄했다. 선생 앞에 서면 바람 한 줌도 거룩했다. 수개월 전부터 남산의 천년 묵은 소나무와 느티나무 숲에서 안중근 선생과 독대하기 시작했다. 동상을 올려다볼 때마다 선생은 나를 향해 빙그레 웃으시면서 "왜 사느냐?"고 물었다. 당나라 시인 이백의 시에 나오는 산중문답山中問答이 아니었다. 선생의 물음은 언제나 조용하면서도 폐부 깊숙이 파고들었다. 반드시 대답을 해야 하는데 대답하지 못했다. 대답은 늘 숙제로 밀렸고, 숙제를 안고 남산에 오를 때마다 죄송했다. 모든 것은 독립운동가 후손으로 태어나 하루하루 뼈를 깎는 처절한 삶과 싸우다 중년의 나이에 생을 마감한 김준호 때문이었다. 나는 그와 동시대를 살면서도 동떨어진 거리에 놓여 있었다. 그를 사랑하고 연민하면서도 그와 대척점에 놓여 있는 미묘한 거리를 극복하지 못했다. 당연히 그가 죽고 난 다음부터 혼란에 빠지고 말았다. 그가 죽은 것도, 그가 처절하게 살아야 했던 것도, 다 내 탓인 것만 같았다.

그런 이유로 내가 해야 할 바가 있는데 막상 무엇을 어떻게 해야 할지 몰라 갈팡질팡하다가 선생 앞에 서게 되었다. 하루 이틀 그리고 한 달 두 달……, 선생은 대답을 독촉하지도, 질문을 그만두지도 않았다. 나는 나대로 좀처럼 대답을 하지 못하면서도 선생을 만나러 올 때마다 남산공원 초입부터 가슴이 뛰었다. 선생을 만나면 가슴속 어디선가 나도 모르게 싹트는 용기 때문이었다.

선생은 갈수록 나를 측은하게 바라보면서 왜 사느냐고 물었고, 드디어 나는 우리 집안 내력을 이야기하기 시작했다. 마치 이른 봄 꽁꽁 얼어붙은 얼음이 녹아내리듯이 일제강점기 때 군수를 지낸 우리 할아버지와 경찰 간부를 지낸 작은할아버지를 이야기했다. 나는 이분들의 후광으로 별 불편한 것 없이 살아온 과거를 털어놓으면서, 마치 스승과 제자처럼 선생과 허심탄회하게 이야기를 나누기 시작했다. 그리고 차마 입 밖에 꺼내지 못했던 질문까지 하게 되었다.

"사실 여쭈어보고 싶은 게 있습니다. 그러니까 세상이 친일파라고 비난하는 그들도 처음엔 다 애국자였다고 하는 사람들이 있습니다. 이완용을 비롯하여 을사오적 같은 사람도 처음엔 누구 못지않은 애국자였다고……."

"맞는 말이네. 그들이 애국자였을 때는 누구나 다 애국자였으니까."

"소설가 이광수는 조국과 민족을 위해 친일을 했다고 하죠.

예를 들면 호랑이를 잡으려면 호랑이 굴로 직접 들어가야 한다는 식으로……."

"그런데 자네 달리기 해봤는가?"

선생은 이광수 이야기는 아예 무시해버리고 말았다.

"그럼요."

"처음엔 앞장서서 달리다가 나중에 뒤처진 적 있었는가?"

"많았죠. 어쩌다 운이 좋으면 앞장서서 달릴 때도 있었지만 대부분 그랬으니까요."

"그럼 처음에 앞장섰던 점수를 쳐주던가?"

"세상에 그런 법은 없잖아요."

"그렇지. 세상에 그런 법은 없지."

선생은 유치원생만 돼도 아는 상식을 물었고, 그것이 나를 본격적으로 절치부심하게 만들었다. 달리기에서 처음에 앞장섰던 점수를 인정받을 수 없다는 것은, 범죄의 사유가 아무리 타당하고 불가피한 것이라 하더라도 범죄를 상쇄시키거나 범죄에 대한 정당성을 인정받을 수 없다는 것과 맞물렸다. 그쯤에서 나는 화들짝 놀란 것처럼 의식이 돌아왔다. 그러니까 내가 해야 할 일이 무엇인지 알 것 같았다.

"이젠 대답할 수 있을 것 같아요. 제가 무엇을 해야 하는지."

"그럴 줄 알았네."

"저를 믿어주셨군요."

"자네는 적어도 '사람이 왜 사는지' 그 이유에 대해 고민하는 사람이니까."

"그럼 말씀드릴게요."

"아니, 말하지 말게. 실은 다 알고 있었네. 자네가 무엇을 하고 싶어 하는지, 그리고 지금까지 대답하지 못한 심정까지도."

"하지만 여전히 두렵기는 마찬가지예요. 제가 과연 그런 일을 해낼 수 있을지. 정말 끝까지 해낼 수 있을지."

"백번 이해하네. 나도 옛날에 그랬으니까."

"전, 별것 아닌 일을 가지고도 이렇듯 힘이 드는데 그 항일 투사는 어땠을까요. 가족들과 자신의 운명, 무섭지 않으셨는 지……."

"왜 무섭지 않았겠나. 나라고 왜 천만 가지 생각을 안 했겠나. 그런데 말이네."

그때 불덩이 같은 해가 동쪽 낙산을 딛고 불끈 솟아올랐다. 선생이 해를 바라보며 잠시 말을 멈추었다. 나도 해를 바라보았다.

"해는 날마다 떠오르지. 하루도 거르지 않고."

사람치고 해가 날마다 뜨는 불변의 진리를 모른 사람이 어디 있겠는가. 나는 새삼스럽다는 표정을 짓고, 선생은 엄숙한 표정 으로 해를 응시하며 다시 입을 열었다.

"나는 아침마다 떠오른 해를 볼 때마다 마치 해를 향해 예의 를 갖추듯 말이나 행동을 잠시 멈추는 버릇이 있다네. 내가 일곱 살 소싯적부터 살았던 황해도 신천 청계산에서 떠오르는 해가 워낙 찬란했던 탓인데, 그때부터 내 머리 위에 저 찬란한 해가 존재한다는 생각을 한시도 잊은 적이 없었지. 나를 졸졸 따라다 니며 내 일거수일투족을 지켜보는 것 같아서."

"인간은 머리 위의 해를 피할 수 없다는 말씀이군요."

"문제는 그때 그런 일을 했던 나도 죽었고, 나라를 팔아 권세

를 누리면서 한세상 거나하게 살았던 무리들도 다 죽었다는 것
이네. 모두 저 해 아래서."

　사람이 살다 죽는 건 당연한 일이므로 이번에도 나는 선생의
말뜻을 이해하지 못했다.

　"어디 그들뿐이겠나. 조상의 후광으로 권력과 아울러 풍족한
삶을 누린 후손들도, 고난의 길을 택한 조상 탓에 고달픈 삶을
살아야 하는 후손들도 언젠가는 다 죽고 말걸세. 저 해 아래서."

　"구약성서 전도서 말씀을 하신 거군요."

　내 머릿속에 '내가 해 아래서 행하는 모든 일을 본즉 다 헛되
어 바람을 잡으려는 깃'이라는 구약성경 전도서 1장 14절이 떠
올랐다. 머리 위의 해를 보지 못한 채 욕망의 노예가 되는 어리
석은 인간을 향해 쏟아낸 이스라엘 왕 솔로몬의 말이었다. 왕이
니만큼 부귀영화를 한 몸에 누린 솔로몬이 해 아래서 하는 것은
즐거움조차도 헛되다며 헛됨을 줄지어 열거한 것, 얼마나 허무
한 한탄이던가. 그러면서 천하 모든 게 기한이 있고 모든 목적을
이룰 때가 있다고 했다. 심을 때가 있고 심은 것을 뽑아 버릴 때
가 있고, 사랑할 때가 있고 미워할 때가 있고, 잠잠할 때가 있고
말을 해야 할 때가 있다면서 '때'를 무수히 강조했는데……. 김
준호 목사, 대한민국에서 가장 가난한 목사였던 김준호는 생전
에 이 내용을 자주 인용하면서 잠잠하기만 하고, 말을 해야 할
때 말을 하지 않고 행동해야 할 때 행동하지 않으면 죄악이라고
했다. 물론 이 말은 김준호가 하기 전에 이미 진리로 통하는 말
이다.

　선생의 말씀은 김준호가 했던 말과 일맥상통했다. 모두 나에

게 하신 말씀 같았다. 아니 나에게 하신 말씀이었다. 나는 할아버지의 후광으로 햇볕이 잘 드는 양지에서만 살아온 후손이 아니던가.

"나라를 버린 대가로 권력을 누린 자들도 나라를 늑탈한 거두를 죽인 항일투사도 결국엔 다 죽게 마련인데, 그렇다면 그 항일투사는 무시무시한 거사를 왜 해야 했을까요? 그 절체절명의 선택 말입니다."

"인간의 유한한 생명, 인간은 해 아래서 영원할 수 없는 탓에, 어떻게 사느냐보다 어떻게 죽느냐가 더 중요하다고 생각하네."

"인간의 도리 말씀인가요?"

내 입에서 '인간의 도리'가 총알처럼 튀어나왔다. 선생은 갈수록 내 양심의 정곡을 찔렀다.

"그 절체절명의 선택이라는 것도 그런 거였지. 내 민족 앞에 최소한의 도리를 하는 것, 그뿐이었네."

선생은 민족을 위하여 목숨을 초개처럼 버리는 것을 최소한의 도리라며 낮추고 또 낮추었다.

"그런데 그건 하늘이 내린 행운이었네. 자칫했으면 기회를 다른 동지에게 빼앗길 뻔했으니."

"행운이라니요?"

나는 선생께서 이번에도 겸양으로 하신 말씀인 줄 알면서도 하늘이 선생에게 내린 행운, 아니 운명이 어떤 것이었는지 궁금했다. 그리고 그것은 나에게도 어떤 운명적인 영향을 줄 것만 같은 생각이 들어 마음을 더욱 가다듬고 귀를 기울였다.

"내가 북만주에서 대동공보사라는 신문사의 임시 기자로 잠시 있을 때였는데 뜻밖에 이토가 하얼빈으로 온다는 낭보가 날 아들었네. 우리는 급히 4인조 특공유격대를 조직하고 내가 특공대장이 되어 이토를 저격하기로 계획을 세웠지. 기차가 하얼빈으로 오는 도중 중간에 있는 채가구蔡家溝 역에 일단 서게 되어 있는 탓에 우덕순 동지가 거길 담당하기로 하고 나는 하얼빈 역을 담당하기로 했지. 그렇게 각자 구역을 담당하고 그를 기다리는데, 마치 하얼빈 역에서 내가 목마르게 기다리고 있다는 걸 환히 아는 것처럼, 기차가 채가구 역을 무시한 채 하얼빈 역으로 그냥 들어와 주지 뭔가. 이거야말로 하늘이 내린 행운이 아니고 뭐겠나."

하얼빈 역에서 이토를 목마르게 기다렸을 선생을 상상하자 문득 백의종군으로 노량해전에서 승리를 거두고 최후를 마친 이순신 장군과 선생의 최후가 흡사하다는 생각이 들었다.

그러니까 10대 때부터 부모님과 함께 항일투쟁을 했던 수많은 사연은 차치하고, 선생은 국내를 떠나 해외 최초로 블라디보스토크에서 3백여 명의 항일의병군을 결성했다는 것부터 '장군'의 삶이었다. 선생의 부대는 일본군과 혈전을 벌이면서 승전을 거듭했음에도 결국엔 불가항력으로 일본군에게 참패를 당하고 말았다. 선생은 다시 부대를 조직하여 일본군과 대항전을 벌이는 것이 꿈이었지만 현실적으로 어려웠다. 하는 수 없이 항전을 다음으로 미루고 1909년 정월, 동지 열한 명과 함께 단지동맹이라는 비밀결사대를 조직했다. 선생이 먼저 왼손 약지를 잘라 붉은 피로 태극기에 '대한독립'이라는 글자를 쓰고 훗날을 기약하며 헤어졌다. 그런데 좀처럼 부대를 일으켜 일본군과 싸울 방법이 보이지 않았다. 초조해진 선생은 일단 북만주에서 애국지사들이 운영하는 신문 대동공보사 임시 기자로 들어갔다. 그리고 어느 날 이토 히로부미가 하얼빈으로 온다는 정보를 알아냈고, 선생은 소원대로 대승을 거둔 것이었다.

"그 항일투사의 소원대로 결국 대승을 거두었지만, 상상만 해도 떨려요. 이토의 가슴을 향해 총구를 겨눈 심정, 그 찰나의 순간이 어떠했을지."

"그보다도 내가 쏜 세 발의 총알이 요란한 환영인파를 뚫고 이토의 심장에 정확하게 명중했을 때의 감동, 그걸 짐작할 수 있겠는가. 총알이 마치 춤을 추면서 이토의 심장을 갈기갈기 파열시킨 것 같았네. 그때 내 심장은 이토의 심장 열 배로 파열되었지. 감당할 수 없는 희열 때문에."

"그 무시무시한 순간이 감당할 수 없는 희열이었다니요?"

"내 조국이 마치 어머니처럼 머리를 쓰다듬어주는 그런 기쁨을 감당할 수 없어 춤이라도 추고 싶었지."

"그건 항일투사 자신을 조국에 바치는 희열이었을까요?"

"바로 맞추었네. 일제의 거물 하나 없앤다고 하여 달라질 게 없었으니까."

"사형 선고가 내려졌을 때 재판장을 향해 '사형보다 더한 것은 없는가?'라고 물어 법정을 서늘하게 만드셨다는 말씀을 이제야 이해할 수 있을 것 같아요."

"그런 식의 사형은 단순 살인범의 죽음일 뿐이었으니까. 우리 국민의 숨통을 짓밟은 이토 히로부미의 죄상, 아니 일제의 죄상이 하늘을 찌르고도 남는데 단순 살인이라니 어이없지 않은가."

"그런데 사형 외에 무엇이 또 있을까요?"

"세계만방 햇빛 찬란한 허공중에 내 몸을 효수라도 하여 일제를 응징한 항일투사라고 선전해 주기를 바랐네. 대한제국의 항일의병 안중근이 왜 일본의 거두 이토 히로부미를 죽여야 했는지를, 생각해 보게. 자기 조국을 늑탈한 원흉을 죽인 대가로 그들만 아는 어느 구석진 사형장에서 모든 걸 끝내버린다는 것, 너무 억울하지 않은가."

옳은 말씀이었다. 선생은 엄연히 당시 2천 4백만 조국의 국민을 대표하여 이토 히로부미를 저격했으므로 그건 법률상 전쟁 중 적을 사살한 것과 마찬가지였다.

"아하 이런, 부질없이 내 이야기를 너무 길게 늘어놓았군. 지금 중요한 건 자네 일인데. 자네야말로 혼자 고독하게 그 길을 가야 할 텐데 말이네."

선생은 내가 무척 염려가 되는 모양이었다. 나는 나약하기 짝이 없는 존재이니 그럴 것이었다. 생각해 보면 선생께서 이토 히로부미를 사살한 그 위대한 거사를 하늘이 내린 행운이라면서 자신을 낮추어 말씀하신 것도 나에게 하늘의 뜻이 무엇인지를 알게 하려는 배려일 것이었다. 나는 어느덧 폭포수같은 용기가 솟구쳐 올랐고, 나의 결단을 보여 줄 양으로 중대한 말을 꺼냈다.

"이번에도 제가 일을 실행에 옮기지 못한다면, 다시는 이곳 항일투사 앞에 서지 못할 것입니다. 다시는 찾아오지 못할 것입니다."

"그렇지 않네. 설사 또다시 포기한다 하더라도 자네는 이미 나와 동지가 되었다는 사실을 잊지 말게. 자네가 지금까지 고뇌하며 계획한 것, 그것 자체만으로도 충분하니까."

"천부당만부당하신 말씀입니다. 제가 감히 그 위대하신 항일 투사와 동지가 되다니요."

"천부당만부당하지 않네. 자네는 지금 내가 이토를 제거한 것보다 더 어려운 일을 시도하고 있지 않은가. 정말 어려운 일을."

선생은 잠시 말이 없었다. 그러다가 무거운 표정으로 다시 말을 이었다.

"내가 만약 자네라면 난 자신 없네. 이토는 제거할 수 있지만 자네처럼 가문을 버릴 자신이 없다는 말이네. 자네는 지금 할아버지의 명예와 할아버지가 일구어 놓은 가문을 버리려고 하지 않은가. 그러나 명심하게. 일의 성공 여부는 중요하지 않다는 걸."

선생의 마지막 말은 더 이상 흔들리지 말고 반드시 해내라는 당부로 들렸다. 그러고 보니 선생 동상 앞에서 다짐한 게 이번이 세 번째였다. 우리나라 사람들이 목표를 이루기 위해 마지막 마지노선으로 잡는 일명 삼세 판에 직면한 것이었다. 선생께 하직 인사를 하고 산을 내려오다가 다시 뒤돌아봤다. 찬란한 아침햇살에 선생 얼굴이 거룩하게 빛나고 있었다. 분명히 그 거룩한 얼굴로 내가 하는 일을 끝까지 지켜볼 것이었다.

고향으로

　　나도 아버지처럼 왼손을 사용하려고 애썼다. 오른손이 왼손보다 힘이 세기 때문이었다. 아버지는 왼손잡이였다. 그렇다고 모든 게 왼손잡이는 아니었다. 숟가락 젓가락질 은 오른손이면서 칫솔질이나 가위질, 칼질 따위는 왼손이 었다. 연필은 오른손인가 하면 그림을 그릴 때 붓은 왼손 으로 잡았다. 알고 보니 아버지는 타고난 왼손잡이가 아 니었다. 일부러 힘을 양쪽에 분배하기 위해서였다. 아버지 는 사람에게 좌우가 있는 것은 양쪽이 서로 협력하여 중 심을 잡으라는 것이라면서, 무거운 짐을 들 때도 오른손 보다 왼손으로 들려고 애썼다. 나도 아버지처럼 해 보고 싶었다. 똑같은 무게를 왼손으로 들면 더 무거웠다. 왼손 이 오른손보다 힘이 약한 탓이기보다는, 늘 오른손만 사 용한 탓일 것이었다. 그런데 다리는 그렇지 않았다. 왼쪽

힘과 오른쪽 힘이 똑같았다. 아버지는 '그래서 사람이 중심을 잡고' 걸어가는 거라고 했다.

— 아버지가 그리운 날

　이함……, 수십 억 인구 중에 오직 하나밖에 없는 내 이름이 입 밖으로 흘러나왔다. 흘러나온 게 아니라 내가 내 이름을 불렀다. 스스로 자신의 이름을 부른다는 것은 아주 사소하거나 예사롭지 않은 일이다. 어쩌면 며칠 후, 혹은 내일모레라도 내 이름이 신문, TV, 인터넷 등 각종 언론에 일파만파 퍼질지도 모른다는 생각 때문일 것이다. 그런 생각을 하면서 먼 여행을 가는 것처럼 어제부터 전화기도 꺼 놓은 채 집안을 정리했다. 그동안 아무렇게나 늘어놓았던 옷가지를 개어 서랍장에 넣고, 여기저기 널려 있는 신문을 모아 한쪽으로 치우고, 주방도 깨끗하게 정리하여 그릇 따위가 보이지 않도록 모두 챙겨 넣었다. 거실이며 방마다 커튼도 닫았다. 이런 일들을 다 끝낸 다음 거울 앞에 서서 나를 바라보며 태어나 처음으로 내 이름을 내가 불러 본 것이다.
　다시 거울에 비친 내 얼굴을 유심히 바라보았다. 얼굴에 분명히 비장함이 흘렀다. 비장함을 바라보면서 이번이 '세 번째' 결심이라는 걸 애써 의식했다. 그동안 두 번이나 결심을 시도해 보았지만 실행에 옮기지 못한 탓이다. 나의 뿌리인 할아버지를 버린다는 것, 차마 그럴 수 없었다. 할아버지를 생각해서라기보다 '나' 때문이었다. 나의 사회적 체면과 자존심이 아직 시퍼렇게 살아 있는 탓이었다. 그런데 이번에는 얼굴에 드러난 느낌부터 달랐다. 앞의 두 번은 정신없이 타오른 천도의 고열이었다면 지금은 냉엄함, 얼음장처럼 차가움이 자리 잡고 있었다. 엄마는 가끔 "넌 냉정하기 짝이 없어. 지독하게 차갑다는 거 아니? 천년 묵은 얼음장처럼."이라고 하며 몸서리를 쳤다. 내 속에 그런 게 존재한다면 다행이 아닐 수 없다. 나는 지금부터 천도의 불길로도 녹일 수 없는 천년 묵은 얼음장이 되어야 하기 때문이다.

반드시 그래야 한다는 결심을 굳히면서 서재로 들어갔다. 평소 출퇴근할 때나 외출할 때도 뭔가 빠진 듯한 빈 구석을 메우기 위해, 맨 마지막으로 들어가는 곳이 서재이다. 내가 살아온 주거 공간 가운데 서재는 읽고, 쓰고, 생각하는 정신적 충전소였으므로 안방이나 거실 주방 등과는 전혀 다른 의미를 갖고 있다. 책장에 꽂혀 있는 책들을 눈으로 훑다가 책 속에 마치 감추어 둔 것처럼 깊숙이 꽂혀 있는 연이 고모 일기장에 눈길이 멈췄다. 아버지의 사촌 여동생이니 친고모는 아니지만 나는 촌수를 뛰어넘어 일기장을 통해 그분과 소통해 왔기 때문이다. 그리고 그 소통은 나에게 이 중차대한 결심을 하도록 종용했다고 해도 과언이 아니므로 고모 일기장을 꺼내 가방에 넣었다.

이렇게 집을 떠날 모든 준비를 끝낸 다음 현관에 서서 집과 인사를 나누었다. 독신생활을 하는 나는 평소에도 집을 나서거나 들어올 때마다 집에게 인사를 했다. 나갈 때는 구두를 신은 다음 현관에 서서 "갔다 올게"라며 인사를 했고, 귀가했을 때는 현관에서 구두를 벗기 전에 "나 왔어"라고 했다. 집은 내 말을 알아듣는 것 같았다. 나갈 때는 자못 서운한 표정으로 나를 보내고, 들어올 때는 하루 종일 기다렸다는 듯이 반갑게 맞아 주었

다. 집이란 철근, 벽돌, 목재, 유리 따위로 지어진 부동의 사물만
은 아니었다. 거기에는 인간의 감정을 닮은 무언가가 살고 있었
다. 내가 행복할 때 기뻐했던 것, 때론 밤새워 고뇌했던 것, 어떤
일로 분노했던 것 등등, 그동안 내가 살아온 갖가지 감정과 숨
결을 다 흡수하고 있었다. 내가 태어나 자란 고향 집도 마찬가
지였다. 일 년에 두 번 제사를 지내러 가는 고향 집은 할아버지
를 고스란히 느끼게 했다. 옛날에 지어진 육중한 대문에서부터
서너 채 기와집과 넓은 마당을 돌아 뒤뜰 대나무 숲까지 근엄
함을 그대로 지니고 있는 우리 집은 할아버지 그 자체라고 해야
옳다. 그러므로 우리 고향 집은 고향 사람들도 함부로 여기지
않았다. 그것은 다름 아닌 우리 할아버지에 대한 존경심과 우리
가문에 대한 경외심이었다.

  인간이 살아가는 집이란 그런 거라는 생각을 하면서 마치 독
립운동을 하러 가는 투사처럼 결연한 심정으로 현관을 나섰다.
독립운동이라면 그 옛날 우리 할아버지가 했어야 했는데 말이
다. 정말 독립투사라도 된 것 같은 기분으로 차에 시동을 걸어
놓고 잠시 생각에 잠겼다. 바로 고향으로 갈까, 아니면 엄마를
보고 갈까, 망설였다. 불쑥 삿갓 시인 김병연이 떠올랐다. 1800
년대 초반 조선 후기 순조 때 사람이었으니 나와는 200년 이상
의 시간차가 나는데도 동시대 사람처럼 느껴졌다. 일종의 동병
상련 같은 것, 나와 비슷하다는 동질감 때문일 것이다. 본의든
아니든 자신의 할아버지를 능멸했다는 김병연이 마지막으로 길
을 떠날 때 가족들이 살고 있는 집을 찾았던 것처럼 나도 엄마
를 보고 가기로 마음먹고 엄마 아파트로 차를 몰았다. 그리고

김병연은 한밤중 가족들이 곤히 자고 있는 집 사립문 밖에서 홀로 하직을 하고 어디론가 홀연히 사라져 버리고 말았다지만 나는 평소처럼 태연하게 엄마 아파트로 들어갔다.

엄마는 햇살 좋은 창가에 앉아 NK면역세포를 강화시켜 준다는 차가버섯차를 마시고 있었다. 투명한 유리잔에 위스키처럼 우러난 밝은 갈색 물빛이 보기만 해도 건강에 좋을 것 같았다. 고급을 뛰어넘어 귀족스럽게 보였다. 엄마는 생활 전반을 건강에 올인 한 탓인지 팔십대답지 않게 주름 없는 얼굴에 윤기까지 흘렀다. 입고 있는 옷도 다만 색상과 무늬가 혼란스러울 뿐, 젊은 사람들이 입는 럭셔리한 스타일이다. 단번에 준호 어머니와 비교가 되었다. 불구가 된 몸으로 평생 고생만 하다 세상을 떠나 버린 준호 어머니는 가난의 상징처럼 내 머릿속에 각인되어 있는 탓이다. 준호 어머니뿐만 아니라 나는 이런 경우 준호네와 우리 집을 전체적으로 비교하는 버릇이 있다. 어려서부터 보아 온 준호네와 우리 집은 음지와 양지처럼 대조를 이루었다. 준호네는 '가난이란 이런 것'이라고 설명이라도 하는 것처럼 구구절절 뼈저리게 가난했다. 엄마는 걸핏하면 '예로부터 가난은 조상 탓'이라고 하면서 조상의 선택에 따라 자손의 운명이 결정되는 법이라고 했다. 백번 맞는 말이다. 생각해 보면 준호네는 가난할 이유가 없었다. 조상이 물려준 재산이 우리 집을 능가했기 때문이다. 그런데 준호 할아버지가 일제강점기 때 재산을 나라 찾는 데 다 바쳐 버리고 말았다. 우리 할아버지와 전혀 다른 선택이었다. 엄마 시각에서 보면 그건 어리석기 짝이 없는 선택이었다.

행복한 우리 엄마는 차를 마시면서 스마트폰에서 무언가를 검색하고 있었다. 보나 마나 건강에 대한 정보를 찾는 중일 것이었다. 정말 행복해 보였다. 올해 81세인 엄마는 피부 관리, 체력 관리, 건강 관리를 전담해 주는 병원 회원권을 갖고 있다. 피부를 20, 30대처럼 탱탱하게 해 준다는 태반주사, 세포를 재생시켜 준다는 신데렐라주사, 얼굴을 백옥처럼 희게 해 준다는 백옥주사를 맞는가 하면 트레이너가 일대일로 붙어 운동을 시켜 주는 비싼 퍼스널 트레이닝을 하고 있다. 나는 속으로 '이렇게 팔자 좋은 할머니가 세상에 또 있을까!' 하는 생각을 하면서 엄마 앞에 앉았다. 엄마는 나를 보자 찻잔을 탁자에 내려놓으며 화들짝 반겼다.

"우리 판사님께서 대낮에 웬일이신가?"

사실 엄마는 반가움보다 놀라움이 더 컸다. 내가 대낮에 엄마 앞에 나타난 것은 놀라고도 남을 일이다. 오전 10시면 나는 법원에서 재판을 하고 있어야 할 시간이기 때문이다. 그런데 딸을 꼭 '판사님'이라고 불러야 할까? 과시욕이 강한 엄마는 주위에 단 한 사람만 있어도 나를 반드시 판사님이라고 불렀다. 매사에 아들딸 자랑인 엄마는 맏이인 내가 판사라는 것부터 시작하여 아들 하나는 외교부 공무원, 하나는 유명세를 떨치는 의사라는 것을 기회만 있으면 남에게 자랑을 해야 직성이 풀린 성미다. 그럼에도 교수인 막내 여동생 복이 말은 좀처럼 꺼내지 않았다. 복이 친구 어머니들이 "복스럽게 생긴 딸, 복이 잘 살아요?"라고 물으면 "그래, 잘 살아."라고 간단히 얼버무리고 마는 것이었다. 복이는 매사에 하고 싶은 말, 해야 할 말을 반드시 해야 하는 성미이고 그것이 종종 엄마를 불편하게 만든 탓이다.

자랑은 반드시 들어 주는 대상이 있어야 하는 것, 집안에 누가 있지? 하고 생각해 보았다. 도우미 아줌마가 있었다. 도우미 아줌마는 이른 아침부터 출근하여 늦은 밤까지 일을 하는 50대 중년 여성이다. 마지막 조선 왕조 고종 때 조 대비 가문의 조 씨라는 걸 자랑하는 엄마는 품위와 권위, 가문의 위계와 내력을 중시하는 분이다. '옛날 같았으면'이라는 말을 자주 거론하면서 자신의 처지에 대해 불만을 터트린 것이다. 옛날 같았으면 도우미가 출퇴근하는 게 아니라 하루 종일 졸졸 따라다니면서 하나부터 열까지 시중을 들어 줄 텐데 세월이 이렇게 만들었다는 것이다.

불만은 계속 이어진다. 혼자 40평대 아파트에서 사는 것, 과히 나쁘지 않은데도 비좁은 아파트에서 사는 것이 엄마를 슬프게 한다는 것이다. 물론 혼자 사느라 적적하다는 건 인정해야 한다. 그래서 버릇처럼 일주일에 한두 번은 꼭꼭 백화점에 나가 쇼핑을 즐기는 것을, 무료한 탓이라고 여겨 단 한 번도 과소비라는 말을 입 밖에 내지 않았다.

"영하 50도 시베리아 숲에 있는 자작나무 심장이래. 꾸준히 마시고 있지?"

자식에게도 무언가를 자랑하기를 좋아하는 엄마는 나에게 차가버섯차를 따라 주면서 차가버섯부터 자랑을 시작했다. 6개월 전쯤에 시베리아 자작나무에서 생성된 차가버섯을 러시아에 다녀온 지인으로부터 구입했다면서 나에게 준 적이 있었다. 나는 먹는 둥 마는 둥하다 말았지만 열심히 먹고 있다고 대답했다.

"하루도 거르지 않고 마시고 있어요. 자작나무 심장."

"아무나 이런 진품 못 구한다. 시중에 나와 있는 것과 비교하면 안 돼. 그런 건 다 가짜야. 이건 백년 묵은 거야. 다른 사람에게 한 방울도 주지 말고 너 혼자만 마셔."

"한 방울도 안 줬고, 안 줄 거니까 염려 마세요."

오늘도 엄마는 남에게 단 한 방울도 주지 않으려는 욕망과 남의 것은 다 가짜이고 자기 것만 진짜라고 믿는 이기심을 유감없이 드러냈다. 나는 변함없는 엄마의 욕망 앞에 할 말을 잃고 말았다.

"어제 백화점에 다녀왔다."

엄마는 차가버섯 자랑을 그쯤에서 멈추고, 이번에는 옷 자랑으로 넘어갔다. 시간이 길어질 거라는 건 처음부터 짐작했지만 엄마 자랑은 쉬이 끝날 것 같지 않았다. 그렇더라도 앞으로는 엄마 자랑을 지금처럼 편하게 듣지 못할 수도 있다는 생각에 마음의 여유를 가지려고 애쓴다.

"백화점에서 아직도 엄마에게 손님 대접해 주나 보죠?"

"얜, 무슨 소릴 하는 거야. 내가 나타나면 버선발로 뛰어나와 반기는걸. 명품관 아이들 사람 알아보는 거 여우들이잖아."

엄마는 나와 단둘이 있을 때는 '얘'라고 불렀다. 그럴 때면 비로소 나를 낳아 준 엄마 같다는 생각이 들었다.

"뭘 하시든 치매만 걸리지 말아 주세요."

"넌 어려서부터 불필요한 걱정을 하는 버릇이 있다니까. 김 박사가 그러는데 치매 그거 아무나 걸리는 병이 아니라는 거야. 솔직히 말하면 가난하고 짓눌리고 억울하게 산 사람들에게 일어나는 일종의 한恨 병이래. 그런데 나 같은 사람이 왜 그런 병에 걸리겠느냐고 하시더라."

김 박사는 엄마에게 타고난 건강미인이라면서 추켜세워 주는 분이다. 엄마는 감기가 유행한다는 뉴스가 뜨기 무섭게 병원을 찾아가 마치 김 박사가 감기를 쥐락펴락하기라도 하는 것처럼 감기를 막아 달라고 부탁을 하고 그때마다 김 박사로부터 칭찬을 듣게 마련이다. 그래서 김 박사 병원에 다녀온 날에는 마치 축제나 무슨 파티에 갔다 온 것처럼 기분이 좋아진다. 나는 그런 엄마를 바라볼 때마다 칭찬이 인간에게 가장 좋은 특효약이라는 걸 실감했다.

누가 말해 주었든지 과학적 근거는 차치하고, 치매는 엄마처럼 한평생 누리면서 살아온 사람들과는 무관할 것이었다. 남을 부리면서, 부족한 게 없고, 가슴에 맺힌 게 없고, 분한 게 없는 사람들에게는 머리에 충격된 것이 없으니 치매와 상관이 없을지도 모를 일이다. 그런데 엄마도 한이 많았다. 젊어서 어려운 시집살이를 했다는 것, 할머니가 할아버지의 작은댁 때문에 스트레스 받는 것을 엄마에게 풀었다는 것, 할아버지를 찾아오는 손님들이 많아 술상 차리느라 늙어 버렸다는 것, 할아버지가 작은댁 아들을 더 사랑한 탓에 알짜 재산이 그쪽으로 모조리 쏠려 갔다는 것 등등이 한이라면 한이었다. 작은댁 사람들 재산이 지금은 우리와 비교조차 할 수 없는데, 그것 때문에 엄마의 불만은 아직도 현재진행형이다. 그때 그 재산만 빼앗기지 않았어도 지금 이런 식으로 살지 않을 거라면서 걸핏하면 푸념을 늘어놓지만 그들은 우리 가문의 약자였다. 내가 어릴 때 본 작은댁 사람들은 우리 앞에서 좀처럼 기를 펴지 못했다. 함께 식사를 할 때도 조심스럽게 밥숟가락을 놀렸고 말도 조용히, 행동도 조용히 했다. 나는 그들의 조용한 모습을 볼 때마다 "우리는 뭐고 저들은 뭐지?"라는 생각과 함께 가슴속 어딘가 알싸해지는 느낌을 지울 수가 없었다.

"이거 며칠 전에 산 건데 너 입으렴."

엄마는 바람처럼 가벼운 시폰 블라우스를 꺼내 들고 나에게 자랑을 했다. 혼란스러운 꽃무늬뿐만 아니라 명품이라는 그 자체가 전혀 내 취향이 아니었다. 내가 지금 평소 상태라 하더라도 갖고 싶은 생각이 추호도 없는 물건이었다.

순간, 엄마의 변함없는 붙박이 태도에 짜증이 났다. 엄마는 언제나 상대방 의사를 물어본 다음에 자신의 생각을 말해야 하는 상식을 뛰어넘었다. 자신의 소유를 남에게 줄 때 나눔보다는 자신을 과시하는 기분에 취하는 탓이었다. 도우미 아주머니에게도 싫증 난 것이거나 사이즈가 맞지 않아 입지 못한 옷을 골라 주면서 "이거 좀처럼 구경하기 힘든 명품이야."를 덧붙였다. 그 정도는 그래도 봐줄 만한 편에 속한다. 유통기한이 임박해 오는 고가 건강보조식품을 버리기 아까워 마치 귀찮은 쓰레기를 처리하듯 주면서도 "이거 수입품인데, 아무나 못 사 먹는 거야. 아줌마 월급 한 달 치는 족히 될걸."이라며 고가를 과시했다. 나에게도 마찬가지였다.

"값이 얼만지 아니? 판사 월급으론 이런 옷 못 사 입는다. 준다고 할 때 냉큼 받아 챙겨."

"난 그렇게 비싼 옷 좋아하지 않잖아요. 잘 아시면서 그러세요."

"넌 그게 탈이야. 그러니까 아직까지 결혼을 못하지. 여자는 판사 아니라 대통령이래도 여자의 본질을 숨기지 못하는 법이야. 몇 년 전 우리나라 여자 대통령도 반드시 상의 뒷목 깃, 딱 세워 올리고 왼쪽 어깨에 브로치 달고 나오지 않던. 미국 힐러리도 그렇고, 독일 메르켈 총리도 그렇고 외국 유명한 여성들 모두 왼쪽 어깨에 주먹만 한 브로치 꼭꼭 달고 나오잖아. 아무튼 넌 별종 중 별종이라니까. 정말 내가 낳았는지 가끔 의심스럽다는 거 아니?"

"내 나이 내일모래면 60이에요. 이젠 포기할 때도 됐잖아요."

"아니야. 이젠 결혼 적령이 60이래. 엊그제 뉴스에서 흰머리 처녀 총각이 30만 명에 도달했다고 하더라. 얼마나 위로가 되던지. 아무튼 여자가 독신으로 늙는 다는 건 우리 가문에 있을 수 없는 일이야."

나도 신문에서 읽은 기억이 났다. 60대 이상 미혼 인구수가 매년 두 배로 늘고 있는데 2013년에 14만이 넘었다고 했다. 그렇더라도 불과 2, 3년 사이에 30만을 채웠을 리 없는데 엄마의 과장은 너무 심했다. 문제는 내 삶 자체보다도 가문 때문이었다.

"가문을 생각해야지."

"도대체 언제까지 가문, 가문 할 거예요. 달나라로 여행 가는 시대에."

"달나라든 별나라든 그게 우리와 무슨 상관이야. 아무튼 올해는 결혼해야 한다. 그래도 환갑은 넘기지 말아야지. 이건 내 뜻이 아니라 니 할아버지 뜻이야. 돌아가셨다고 할아버지의 뜻이 사라진 게 아니다. 오히려 더 거룩해지는 법이지."

엄마가 강조하는 할아버지의 뜻은 마치 종교적 신념처럼 우리 가문에서 받들어 모시는 할아버지의 정신이다. 그런데 그 정신이 사라지는 게 아니라 더 거룩해져야 한다는 말에 나는 예민하게 반응하고 말았다. 나는 지금 우리 가문의 정신을 해체하기 위해 집을 나섰기 때문이다.

"너희들이 잘된 것도 다 할아버지 은덕이야. 그리고 할아버지께서 함이 널 가장 귀애하셨다는 거 잊었니? 널 가문의 기둥으로 여기셨다는 거 말이다."

"그건 내가 엄마보다 더 잘 알아요. 그렇지만……."

나는 말을 멈추고 말았다. 지금 엄마와 그런 논쟁을 할 처지가 아니었다. 또 자칫 지금 내가 하려는 일을 조금이라도 눈치채게 했다가는 일을 망치고 말 것이었다. 엄마는 매사에 눈치가 비상했다. 털끝 만큼이라도 이상 징후가 보이면 일단 의심부터 하면서 앞뒤를 재고 분석하는 용의주도함이 뛰어났다. 그래서 이해득실에 따라 가까이 해야 할 것과 멀리 해야 할 것을 재빨리 간파하여 행동에 옮기는 그런 분이다.

"참, 그 빨갱이 집안은 꿈에도 생각하지 마."

어김없이 준호를 꺼내 들었다. 준호는 2년 전에 죽었고, 엄마는 준호가 죽었다는 사실을 아직 모르고 있는 탓이다. 내가 어려서부터 느낀 엄마, 엄마는 준호네를 마치 상대를 죽여야 내가 사는 정적처럼 완강하게 미워했다. 그런 엄마에게 준호가 죽었다는 말을 할 수도 없거니와 할 필요도 없었다.

"엄만 동정심도 없어요. 준호네가 가엾지도 않냐구요."

나는 이번에도 부지불식간에 금기어를 내뱉었을 뿐만 아니라 화를 냈지만 다행히 엄마는 다른 시비를 달지 않았다.

"윤태영 판사와 결혼하는 거다. 윤 판사가 아직까지 왜 독신으로 있겠니. 널 기다리는 거지."

"윤태영은 그냥 선배이고 교회 친구라고 수십 번 말했잖아요."

"넌 니 아버지를 닮아서 큰일이야. 순진하고, 어리석기 짝이 없고, 세상 물정 모른 채 밤낮 남 생각만 하는 니 아버지 말이야."

나는 오늘도 엄마를 닮지 않고, 아버지를 닮은 것을 다행이라고 생각한다.

아버지는 언제나 합리적이었다. 엄마 말대로 아버지는 남에게 배려하기를 좋아했고, 언제나 상호 협력을 중시했다. 사람에게 오른쪽과 왼쪽이 있는 것은 양쪽이 협력해 중심을 잡으라는 것이라면서 왼손을 오른 손 못지않게 사용하려고 애썼다. 예를 들면 오른손으로 펜을 잡는다면 그림 그리는 붓은 왼손으로 잡았고, 숟가락 젓가락질은 오른 손으로, 칫솔질이나 가위질 칼질 따위는 왼손으로 하는 식이었다. 엄마는 쓸데없는 짓이라며 핀잔을 주었지만 아버지는 힘이 한쪽으로 몰리는 것은 결코 좋지 못한 것이라고 했다. 정치권력도 한쪽으로 힘이 쏠리게 되면 나라가 옳은 방향으로 성장할 수 없다고 했다. 바다를 항해하는 배가 좌현 우현에 짐을 나누어 실 듯이 정권도 이쪽 저쪽이 교차하여 잡아야 힘의 균형이 이루어져 나라가 올바르게 굴러가는 법이라고 했다.

그런 생각을 하는 아버지는 생각이 전혀 다른 할아버지와 갈등할 수밖에 없었다. 아버지는 경제학을 공부하여 대학 강단에 섰지만 오로지 교육자일 뿐 명예를 탐하지 않았다. 그런데 할아버지는 아버지가 정치를 하길 바라면서 다각도로 애를 썼지만 아버지는 독재 정치를 비판하면서 옳은 교육자가 되지 못할 바엔 그림이나 그리면서 살기를 원했다. 이상했다. 할아버지의 아들인 아버지는 할아버지와 다른 방향을 추구하는데 며느리인 엄마는 할아버지의 뜻을 이어가려고 애썼다. 아버지는 할아버지의 그늘을 벗어나 앞으로 나아가려 한다면 엄마는 할아버지의 그늘을 벗어나지 않으려고 안간힘을 쓰는 것이었다.

"니 아버지는 사사건건 할아버지 뜻을 거부했다. 대통령이 독재를 하든, 유신을 하든 내가 출세하고 봐야지. 도무지 말이 통하지 않았다니까. 인간이 한 번 죽지 두 번 죽느냐면서 이유 있는 죽음을 해야 한다고 고집했는데 그래서 얻은 게 뭐가 있었니."

엄마는 가끔 아버지를 그리워하면서도 아버지의 행위는 끝까지 찬성하지 않았다. 아버지는 1970년대 유신헌법을 반대하는 입장에 서 있었고 그 일로 할아버지와 화해하지 못했다. 더러 기관에 불려갔지만 할아버지의 동생, 나에겐 작은할아버지의 힘으로 풀려나곤 했다. 연이 고모의 아버지인 작은할아버지는 일제강점기 경찰 간부였고 그 힘이 해방 이후에도 계속 이어진 탓이었다. 그런 측면에서 마음고생을 한 엄마가 측은하기도 했다. 그래서 측은한 표정으로 엄마를 바라보는데 엄마는 깜빡 잊었다는 듯이 급하게 물었다.

"참, 왜 출근하지 않았지? 무슨 일 있는 거니?"

"아, 그건."

나는 당황스러움을 감추지 못했다. 아무리 완벽하게 감춘다 하더라도 거사를 계획하고 있는 내 표정이 평소와 같을 리 없었다. 눈치 빠른 엄마는 내 눈을 뚫어져라 바라보면서 재차 물었다.

"정말 무슨 일 있는 거야? 이제 보니 며칠 굶은 사람처럼 얼굴이 노란 게 말이 아니잖아. 속이 텅 빈 것처럼 보이기도 하고."

"피곤해서 그럴 거예요. 골치 아픈 재판 때문에."

"피곤이 곧 중병이란 거 모르니. 당장 김 박사에게 가 봐."

"그래서 며칠 쉬려고 휴가 냈어요. 그 말 하려고 왔는데 깜빡했네요."

나는 겨우 얼버무리고는 서둘러 자리에서 일어났다. 조금 전까지만 해도 내 건강을 걱정했던 엄마는 현관까지 따라 나오면서 "잠깐만, 제사 말인데. 백번 생각해 봐도 지금까지 해 온 대로 시골집에서 지내야겠다."라고 했다. 나는 이유를 묻지 않은 채 현관문을 나섰다. 이유는 들어 보지 않아도 빤했다. 제사음식을 준비하는 것도 문제지만, 그보다도 고향 집에서 지내야 제사답다고 하면서 그것이 할아버지의 정신을 제대로 잇는 거라고 강력하게 주장할 것이었다.

어려서 내 눈에 비친 할아버지는 제사를 지내기 위해 사시는 것처럼 보였다. 우리 집 제사는 겨울과 봄에 있고 제사 때마다 동네잔치 규모였다. 아버지는 구시대적일 뿐만 아니라 비경제적이라는 이유를 들어 제사를 하나로 통합하고 규모도 축소해야 한다고 주장했지만 할아버지는 "나 살아생전에는 어떤 일이 있어도 제사를 하나로 줄이거나 축소하지는 못한다."고 못을 박았다. 할아버지의 뜻을 이어받은 엄마도 마찬가지였다. 제사는 할아버지 생전에 했던 대로 고향 집에서 옛날 그대로 거룩하게 지내야 한다는 것이 엄마 조명진 여사의 신념이다. 엄마의 신념 때문에 우리 4형제는 지금까지 제사에 대해 쉽사리 의견을 내놓은 사람이 없었다. 그런데 얼마 전에 막내 복이가 지금까지 참았던 말을 쏟아 냈다.

"제발 고집 좀 버리세요. 왜 제사를 꼭 고향 집에서 지내야 하냐구. 이제는 자식들 사정에 따라 제사도 일 년에 하나로 줄이고 장소도 변경할 필요가 있다니까요. 모두 바쁘잖아요."

"할아버지가 들으시면 무덤에서 벌떡 일어나실 거야. 내 눈에 흙이 들어가기 전에는 안 돼."

엄마 대답은 단호했다. 옛날에 할아버지가 했던 말을 그대로 했다. 우리나라 제사문화는 돌아가신 조상을 봉양한다는 중국 주자가례를 받아들이면서 시작되었고, 그것은 오래된 고전이다. 그런데 정작 조상 봉양보다는 제사상속, 재산상속, 호주상속 등 가계를 계승하는 것이 제사의 핵심이 되어버리고 말았다. 조상을 봉양하는 제사가 이렇게 변질된 것도 일제가 자기네 호적제도의 틀을 근간으로 하여 만든 것이라는 사실을 제대로 아는 사람은 별로 없었다. 일제는 조선통감부 시절 법전조사국을 설치하여 우리나라를 통치할 민법기초자료를 수집한다는 이유로 '관습조사보고서'라는 책을 발간하면서 우리나라 여러 가지 전통을 일본식으로 정리했다는 것이 정설이다. 이런 이유로 우리

나라 호주제도는 그게 진짜 고유한 우리 전통인지, 아니면 일제가 관습조사를 하면서 재해석한 탓에 왜곡된 것인지를 놓고 법적으로 오랜 세월 동안 왈가왈부해 왔던 게 사실이다. 그러다가 헌법재판소에서 우리의 전통 여부를 떠나, 호주제는 양성평등과 개인의 존엄을 최고의 가치규범으로 삼는 헌법 이념에 맞지 않는다고 판단하기에 이르렀고, 결국 헌법재판소의 판단에 따라 2005년 국회에서 민법 개정으로 호적부가 사라지고 가족관계등록부가 만들어지게 된 것이었다. 지금까지 종으로 내려오던 장남 호주제를 성차별 없이 모든 가족을 횡으로 봐야 한다는 판단이었다.

일이 이쯤 됐는데도 엄마의 호주제 중심주의는 꿈쩍하지 않고 있다. 아직도 호주제에 갇혀 있을 뿐만 아니라 개정된 법을 인정할 수 없다고 고집한 것이다. 엄마는 호주제 시대를 살아온 분이라 그렇다 치더라도 내 남동생, 우리 집 장남 이겸은 이해할 수 없는 사람이다. 교육을 받을 만큼 받은 사람이 장남이라는 위치와 제사를 지내는 제사 주재자로서 가계 계승자라는 걸 강조하면서 엄마 말에 맞장구를 치는 것이다. 그럼에도 오늘 엄마가 나에게 제사 문제를 꺼낸 것은 내가 여성일지라도 우리 집안에서 맏이라는 것과 엄마 생각에 자랑스럽기 짝이 없는 판사라는 것 때문이다. 엄마는 내 위로 아들 두 명을, 내 아래로 세 명을 낳았다. 그런데 내 위로 두 명이 어릴 때 사망한 탓에 내가 운명적으로 맏이가 된 것이다.

"어떻든 니가 우리 집 맏이 아니냐. 할아버지를 생각해서 복이 입 좀 막아. 제사 문제 더 이상 꺼내지 못하게."

엄마는 현관문을 잡고 선 채 내 등 뒤에 대고 제사 문제에 대하여 일단락을 지었다. 6월 중순경에 있는 할아버지 제사를 말한 것이었다. 등 뒤로 들려오는 엄마 목소리가 화살처럼 등에 박혔다. 지금은 5월이고 내 결심을 실행에 옮긴다면 이번 제사부터는 고향 집에서 모실 수가 없기 때문이다. 순간 엄마에 대한 죄송함이 밀려왔다. 나는 애써 그런 감정을 무시하면서 아파트를 벗어나고 말았다.

엄마 아파트에서 나와 고향, 이천시 장암면 상암리를 향해 차를 몰았다. 하늘과 바람과 햇살이 가득한 세상이 찬란했다. 5월이니 그럴 것이었다. 새삼스럽게 내가 사는 세상이 참 아름답다는 생각이 들었다. 우리 고향을 둘러싼 산이 눈물겹도록 다정하게 보였다. 높지도 낮지도 않은 산들이 어깨동무를 하듯 나란히 능선을 이루고 있다. 아버지는 "어깨를 나란히 하고 사는 게 인간이 사는 것"이라고 종종 말씀하셨다. 아버지는 먼 길을 마다하지 않고 이 길을 따라 서울에 있는 학교에 출퇴근하셨는데 어깨를 나란히 하고 있는 산이 보기 좋아서라고 했다. 산을 따라 난 길이 시원하게 이어지고, 나도 오랜만에 아버지가 했던 말을 생각하면서 산을 따라 달렸다. 곧이어 낯익은 주유소가 보였다. 고향에 내려갈 때마다 기름을 넣는 주유소에 들러 차에 기름을 넣었다. 그리고 별도로 기름 한 통을 주문했다.
"한 말들이 한 통이요?"
"그래요."
주유소 직원이 기름통을 들고 와 트렁크에 실어 주고는 마치 비밀 창고문을 닫듯 문을 단단히 닫았다. 쾅, 하는 소리가 천둥치는 소리처럼 들렸다. 사실 별도로 기름을 주문할 때부터 내 가슴 어딘가에서 천둥이 우르릉거리고 있었다. 마음을 가라앉히기 위해 주유소를 벗어나 한적한 길가에 차를 댔다. 냉수를 마시고 창문을 열고 심호흡을 퍼낸 다음 다시 차를 몰았다. 고향과 가까워질수록 하늘이 더 맑았다. 하얀 꽃구름이 한가롭게 떠도는 하늘이 가도 가도 끝나지 않았다. 하늘이 끝나지 않는다는 것이 막막하도록 답답하다는 생각이 들었다. 물론 하늘은 끝날 수도 없거니와 끝이 나서도 안 되는 일이다. 그런데 반드시 끝이 나야 할 무엇이 있다는 생각 때문일 것이었다. 무엇이든 잘못된 문제는 어느 선에서 정리를 해야 할 텐데 그게 잘 안 되고 있다는 것, 우리 사회에 그런 게 있고 나는 그것을 알기까지 너무 많은 시간을 낭비했다는 자책을 면치 못한 탓이다.

푸른 하늘처럼 인간이 살면서 죽도록 부끄러운 과거를 말끔히 지워 버릴 수 있다면 얼마나 좋을까, 하는 생각과 함께 '죽는 날까지 하늘을 우러러, 한 점 부끄럼이 없기를 잎새에 이는 바람에도, 나는 괴로워했다'는 윤동주 시인의 '서시'를 떠올렸다. 그리고 '별을 노래하는 마음으로, 모든 죽어가는 것들을 사랑해야지. 그리고 나한테 주어진 길을 걸어가야겠다.'는 시구처럼 나도 나에게 주어진 길을 걸어가기로 마음을 다지며 우리 가문 선산이 있는 장암리로 먼저 갔다. 선산에 들어선 다음 광활한 땅을 눈으로 둘러보았지만 내 눈길은 넓은 지평에 닿지 못했다. 채울수록 더 커지는 엄마의 끝없는 욕망을 보는 듯했다.

"전국에서도 이만한 선산 찾아보기 쉽지 않을 거야."

제사를 모시고 선산에 올 때마다 엄마는 감탄을 퍼내기에 바빴다. 그때마다 엄마의 얼굴은 끝없는 우리 선산의 지평처럼 보였다.

"경기 일대에서 세 손가락 안에 든다고 하니 그렇죠."

"세 손가락이 뭐니. 민상호 가문 다음이라고 하던데."

언젠가 남동생 겸이 경기 일대에서 세 손가락 안에 든다고 하자 엄마는 2위로 수정하면서 넓은 땅을 차지하고 있는 것을 자랑스러워했다. 민상호는 일제강점기에 조선총독부 중추원 고문 겸 참의를 지낸 거물로, 정무총감과 마주 앉아 회의를 할 정도의 막강한 권력자였다. 우리와 비교할 바가 못 되는 민씨 가문의 임야는 무려 1천 5백만 평에 이르렀고 2009년 국가에 환수될 때 100억 원으로 추산되었다. 그런데 그 정도는 땅도 아니었다. 민상호 후손의 권세는 일제가 끝나고도 도도하게 흘러 1950년대 민상호 후손들이 고향에 내려올 때면 이승만 대통령의 전용차를 타고 내려올 정도였는데 그때까지만 해도 그들의 땅이 전국 방방곡곡에 널려 있었다는 증언이 우리 고향에서 밀물처럼 이어졌다.

이제 민상호 가문의 임야는 대부분 국가에 환수되었으니 엄마 말대로 우리가 경기 일대에서 최고인 셈이다. 땅이 모든 것을 좌우한다고 믿는 엄마는 우리 선산은 국도를 물고 낮은 야산 형태로 뻗어 나간 탓에 무슨 일이 일어나는 날엔 돈벼락을 맞는다는 꿈에 부풀어 있다.

"엄만 땅이 그렇게도 좋으세요?"

"땅이 모든 걸 가능하게 해 주잖니. 재벌들에게 물어봐. 무엇 때문에 재벌이 됐는지."

엄마 말대로 국도를 물고 있는 쪽 일부만 잘라 내어 팔아도 거액을 거머쥘 것이었다. 벌써 몇 년 전부터 우리 땅을 욕심내는 사람들이 나타나기 시작했다. 이곳에 골프장을 만들겠다는 사람, 전원 아파트를 지어 건강 마을을 만들고 싶다는 사람, 요양병원 타운을 만들고 싶다는 사람이 엄마에게 사람을 보낸 걸로 알고 있다. 엄마가 재물을 탐하는 이유는 단순하면서도 무시무시하다.

"요즘 백 세 시대라면서 놀라는데 그건 자연사를 기다리는 서민들에게나 해당되는 거고, 돈 있는 사람들은 이백 세까지도 살수 있다는 거야. 그것도 젊어져가면서. 어디 그뿐이니, 숨 넘어가자마자 냉동시켜 뒀다가 다시 살려낸다고 하잖아. 이게 다 돈의 힘이지 뭐야. 넌 남자로 태어나 신부가 됐더라면 교황 자리는 따 놓은 당상인데……."

나는 재물에 민감한 엄마를 이해할 수 없어 하고 그럴 때마다 엄마는 나에게 성직자가 됐더라면 딱 어울릴 거라고 불만스러워 했다. 엄마 말대로 나는 남자로 태어나 신부가 됐어야 했는지도 모른다. 돈만 있으면 이백 세도 바라볼 수 있다는 엄마의 욕망에 대해 나는 할 말을 잃고 말았다. 그런데 정작 엄마의 땅에 대한 욕망은 다른 데 있었다.

"자, 봐라. 너희 할아버지는 돌아가신 다음에도 이렇게 넓은 땅을 차지하고 누워 계시니 얼마나 보기 좋으냐. 남들이 얼마나 부러워하겠어."

"인간이 죽어서 차지하는 땅은 기껏해야 가로세로 2미터뿐인데 뭘."

"그건 못 가진 자들의 변명이지. 앞으로 선산 늘릴 수만 있다면 더 늘려야 한다. 무슨 땅이든 땅은 많을수록 좋은 법이니까."

"허욕, 버리라니까요."

"나는 일제시대를 살아 봐서 안다. 땅 많은 사람들이 왕이라는 것. 그때나 지금이나 땅 많아 봐라 다 부러워하게 마련이지."

복이가 톨스토이의 단편소설 「사람에게는 땅이 얼마나 필요한가」를 들먹이면서 엄마에게 핀잔을 주었지만 죽어서도 넓고 넓은 땅을 차지해야 한다는 엄마는 눈썹 하나 까딱하지 않았다. 오히려 일제강점기를 기억해 가면서 땅에 대한 절대적인 신념을 보여 주는 것이었다. 물질의 힘으로 오래오래 살고 싶을 뿐만 아니라 남에게 부러움을 사야 사는 맛이 나는 엄마에게 나는 단한 번도 동의한 적이 없었다. 부모가 만수무강하다 못해 영원히 살기를 소망하는 것이 부모에 대한 효도인지는 모르지만 나는 그런 걸 결코 효라고 보고 싶지 않기 때문이다. 그렇다면 나는 불효막심한 자식이 아닐 수 없다. 사실 나는 엄마를 뛰어넘어 지금 불효막심한 손녀로 할아버지의 묘 앞에 서 있는 것이다.

할아버지 앞에서 오래도록 눈을 감았다. 내 이름을 생각했다. 오늘 아침 내 입에서 흘러나온 이름 이함은 할아버지가 지어 주었기 때문이다. 할아버지는 어린 나를 무릎에 앉혀 놓고 "너는 우리 가문의 장손이니 모든 것에 두루 미쳐야 하느니라."라고 하셨다. 내 이름 함咸은 사전적으로 다 함, 두루 미칠 함이다. 또 어느 날 할아버지는 "해가 목욕하는 천상의 못을 함지咸池라고 부른다."고 했다. 또 어느 날엔 "너에게로 다 모여들 것이야."라고도 했다. 나는 지천명이라는 나이 50대로 진입하면서부터 비로소 할아버지가 열심히 내 머리에 입력시켜 주신 말의 의미를 생각하기 시작했다. 그때부터 '함'이 들어간 말은 모조리 내 사유의 그물에 걸려든 것이었다. 나에게로 모두 모여들 것이라는 말은 함집咸集에서 나온 말이었다. 해가 목욕하는 천상의 못이라는 함지咸池는 우리가 사는 세상과 너무 동떨어진 것이어서 생각할 엄두조차 낼 수 없었다. 그건 왕, 또는 특별한 귀족에게나 어울리는 말이었다. 물론 할아버지는 그런 어마어마한 의미보다는 고귀한 신분이 되라는 부탁일 것이었다.

그런데 할아버지가 언급하지 않은 말이 있었다. 함고咸告였다. 함고는 단 하나도 빼지 않고 모두 고한다는 말이었다. 이 '함고'가 가장 뚜렷하게 내 사유의 그물망을 흔들었다. 할아버지가 이 말을 모를 리 없는데 왜 이 말을 제외했는지는 알 수 없었다. 아무튼 함고가 내 의식의 그물망을 흔들 때마다 나는 세상을 향하여 무언가를 단 하나도 빼지 않고 고해야 하는 의무를 짊어지고 있는 것만 같았다. 나는 이제야말로 그 의무를 실천에 옮겨야 한다는 생각을 하면서 할아버지께 따지듯 물었다.

"왜 함고咸告는 말씀해 주시지 않았어요? 왜 그러셨어요?"

할아버지는 대답이 없었다. 살아 계신다 하더라도 대답을 해 주지 못할 것 같았다.

마지막으로 아버지 묘 앞에 섰다. 아버지는 1970년대 유신에 대한 충격으로 술을 마시다가 술병을 얻었는데 1980년 우리나라에 또다시 군부가 출현하자 술병이 악화되어 돌아가시고 말았다. 아버지는 나를 마치 동지처럼 맞이해 주시는 것 같았다.

뜻이 같은 사람을 동지라고 한다면 맞는 말이다. 그렇더라도 지금 내가 하려고 하는 일, 우리 가문을 버리려는 일에 과연 동의해 주실지는 의문이었다. 깊숙이 고개 숙인 내 머릿속으로 "그건 아니다. 함아, 그건 아니다."라는 음성이 들리는 것 같았다. 그럴 것이었다. 아버지가 아무리 시대의 모순을 비판했다 하더라도 차마 할아버지를 거역하지 못했던 것처럼 내가 계획한 일에 동의하지 못할 것이었다. 그럼에도 나는 아버지께 내가 더 이상 흔들리지 않도록 도와달라는 부탁을 했다. 그리고 산을 내려와 차에 시동을 거는데 휴대폰이 울렸다.

"이 판, 도대체 어디야? 폰도 꺼 놓고."

나의 멘토 윤태영이었다. 나보다 두 살이 더 많을 뿐만 아니라 교회에서도 법원에서도 선배인데, 그런 것과 상관없이 우린 친구로 살아왔다. 친구라기보다는 언제나 뜻을 같이하는 동지라고 해야 더 정확한 표현일 것이다. 나, 김준호, 윤태영은 늘 생각이 같고 바라보는 방향이 같았다. 특히 윤태영은 정의의 사자라도 된 것처럼 억울한 사람을 보면 못 견딘 탓에 힘없는 사람들이 의지하며 따랐다.

윤태영과 내가 신뢰를 쌓게 된 것은 물론 같은 교회에 출석하는 것도 있지만 그보다도, 우리나라 사법부 사상 두 번째 일어난 사법파동 때문이었다. 1980년대 후반 사법부에서도 민주화 바람이 일었다. 서울민사지방법원에서 법관들의 서명운동이 시작됐다. 사법부의 자기반성을 촉구하고 사법권의 독립을 쟁취하기 위한 소장파 판사들의 집단행동이었다. 직접적으로는 K 대법원장의 유임과 정치권의 나눠먹기 식 대법관 인사 움직임에 대한 반발이었다. 정보기관원의 법원 상주 반대, 법관 청와대 파견 근무 중지, 유신 악법 철폐를 외쳤다. 당시 윤태영과 나는 서울민사지방법원 항소부 소속이었다. 그때 윤태영으로부터 곧 법원의 민주화 문제에 대한 일종의 운동이 있게 될 것이라는 말을 들었다. 그리고 일주일쯤 지났을 때 "새로운 대법원 구성에 즈음한 우리들의 견해"라는 제목으로 쓴 성명서와 여기에 동참을 권하는 서명서가 판사들에게 돌려졌다. 놀랍게도 400명이 서명에 동참했고, 윤태영의 권유에 따라 나도 서명했다. 그 일로 대법원장은 결국 퇴임했고 우리는 소기의 목적을 달성하게 되었다. 그때부터 윤태영은 나에게 정의로운 법관의 길이 무엇인지, 민주주의가 무엇인지를 행동으로 가르쳐 준 사람이었다.

윤태영은 2차 사법부 파동의 원인이 사실 70년대에 일어난 1차 사법부 파동의 원인에서 이어졌다면서 불행한 역사가 또다시 재발하는 것을 막기 위해 발 벗고 나섰노라고 했다.

"70년대를 생각하면 정말 끔찍하지 뭐야. 역대 대법원장 사진이 걸려 있어야 할 대법원장실에 대통령 사진이 걸려 있다는 게 말이 돼? 사법부를 정권의 하부기관으로 종속시켜 버린 것이지."

윤태영 말대로 대법원장을 임명하는 임명권자인 대통령 사진을 대법원장실에 걸어 둔다는 것은 사법부가 대통령 지배 아래 있다는 말이었다. 도무지 이해할 수 없는 그런 상황에서 1차 사법부 파동이 발생한 것이었다. 그때 서울 형사지법 판사들 90퍼센트가 사표를 쓰고, 서울 민사지법 판사들도 집단사퇴를 하겠다고 나서면서 그동안 일어난 일을 폭로했는데 사사건건이 충격 그 자체였다. 그러니까 '반공법 사건'에서 검찰의 뜻과 다른 판결을 내릴 경우 법관들을 용공분자로 취급하여 압력을 가하면서 신원조사를 단행했으며, 법관이 구속영장을 기각하거나 무죄판결을 하면 부정한 판사라고 비난하면서 법관을 미행했다는 것. 피의자에 대한 함정수사, 가정조사, 예금조사까지 실행하면서 법원창구에서 신청해야 할 구속영장을 판사실로 가지고 와 강청하는가 하면, 법원 내에 사건이 생기면 법관을 피의자 취급을 하면서 모욕, 협박, 폭언을 서슴지 않았다는 것. 담당검사가 법관에게 자신의 명맥이 걸려 있다는 말을 강조하면서 재판 결과에 영향을 주려고 했다는 것 등등이었다.

그래서 정권의 시녀가 되어서는 안 된다는 생각으로 사법부가 들고일어난 것이었고, 법관 중 3분의 1이 넘는 판사들이 사표를 내기에 이르렀지만 그 결과는 참담했다. 유신체제에 들어간 정권은 사법부가 정권의 시녀노릇을 해서는 안 된다는 사고를 가진 법관들을 재임용에서 무더기로 탈락시켜 버렸고 그들은 법원에서 쫓겨나 변호사 개업도 할 수 없는 처지가 되고 말았기 때문이다.

"70년대 유신 시절 희생을 감수하면서도 법관으로서 정의로운 길을 걸어가신 분들을 나는 평생 잊을 수가 없어. 그래서 내 뼈에 새기기로 했어."

그때 윤태영의 말은 나에게 가슴 깊은 울림을 주었고 판사로서의 지침을 제시해 주었다.

윤태영은 법관으로서도 인권감수성이 남달랐다. 언젠가 시각장애인들에게만 안마사 자격을 주는 기존 의료법 시행규칙에 대해 헌법재판소에서 재판관 7대 1의 의견으로 위헌 결정을 내린 적이 있었다. 그러자 시각장애인 안마사들이 생존권을 잃었다며 시위를 하는 과정에서 한강에 몸을 던지는 등 목숨을 끊는 일이 발생하고 말았다. 헌법상 기본권이 서로 충돌할 때는 생존권이 우선하여 적용되는 것이 원칙이다. 그때 법조계에서 장애인과 같은 사회적 약자와 소수자들이 처한 현실에 대한 이해와 인권감수성이 풍부한 인물이 헌법재판관이 되어야 한다는 의견을 제시했고, 윤태영도 물망에 올랐으나 본인은 부족하기 짝이 없다면서 극구 사양하고 말았다.

아무튼 윤태영과 나는 서로 표정만 봐도 기분을 알아차릴 정도로 서로를 잘 알고 있음에도 나는 고향에 내려올 때 그에게 아무것도 말하지 않았다. 아무리 친한 윤태영이라 하더라도 내가 계획하고 있는 것을 알아서는 안 되기 때문이었다.

"미안해 선배, 혼자 해결해야 할 일이 좀 있어서 멀리 나와 있어. 서울에 가면 연락할게."

"나한테 그럴 수 있어? 한마디 말도 없이 사표를 내다니. 아무튼 빨리 올라와. 이건 약속이 틀리잖아."

"약속을 깨서 미안해. 그리고 넉넉잡아 10여 일 후에나 서울에 갈 것 같아. 아니 며칠이 걸릴지 아직 몰라."

"안 돼, 내일 당장 올라와. 우린 정년까지 함께 가자고 약속했잖아. 그건 그렇고 이유가 뭐야? 이 판이 사표를 낼 만한 이유가 뭐냐니까? 변호사 개업?"

실은 내 나이 57세를 꽉 채웠으므로 이 나이에 법정을 떠나는 건 전혀 놀라운 일이 아니다. 법관들은 대부분 정년을 채우지 않왔다. 그래서 어쩌다 정년을 채우고 퇴임하는 법관이 나오기라도 하면 무슨 이변이라도 생긴 것처럼 언론들이 야단이었다. 법관들이 조기 퇴임한 이후 변호사로 변신하는 것에 반하여 끝까지 법원에 남는 것이 미덕으로 보인 탓인지 어떤지 모르지만, 65세 정년을 계산하면 나는 8년이라는 시간이 남아 있고 나보다두 살 위인 윤태영은 6년이 남아 있다. 이 문제를 두고 윤태영은항상 강조했다. 흔히 말하길 법원생활로 쌓아올린 경력과 업적을 돈 버는 변호사로 써먹는 식의 사고를 버리자고, 정년 때까지옷을 벗지 말자고, 그리고 나는 철석같이 약속했지만 약속을 지킬 수 없다고 말할 수가 없었다.

"설마 이 판이 나 몰래 다른 일을 도모할 리는 없을 테고. 도대체 뭐냐니까?"

"집안일이야. 아무튼 미안해, 최대한 빨리 돌아가도록 노력할게. 그리고 고마워. 언제나."

나는 거듭 미안하다는 말로 윤태영을 달랜 뒤 전화를 끊었다. 윤태영이 내가 사표를 낸 걸 알아 버린 모양이었다. 사표를 수리하기까지 며칠이 걸릴 테고, 윤태영은 그동안 없었던 일로 돌리려는 생각이 뻔했다.

빈집, 하얀 나비

그 후 시간이 정지되어 버린 곳, 슬픈 침묵과 툇마루를 덮고 있는 자욱한 먼지마저도 거룩하다. 3대째 주인이 돌아오지 못했다. 비어 있는 집은 아직도 주인을 기다리고 있다. 문살마다 얼룩진 혈흔이 지워지지 않았다. 주인처럼 집도 그들에게 고문을 받아 대문이 헐렸고, 여기저기 살점이 떨어져 나갔고, 군데군데 뼈가 부러졌다. 잡초 우거진 마당에서는 나비들이 날고 있다. 악마의 주술에 걸린 소녀들이 나비가 되어 날고 있다. 무시무시한 군홧발 아래 갈기갈기 찢긴 소녀들의 영혼이 내 손등을 스칠 때마다 가슴속 실핏줄이 톡톡 터진다.

— 버려진 독립운동가의 집 마당에서

마을 사거리로 접어들었다. 따뜻한 햇살 아래 고향 마을은 숨 죽인 듯 고요하다. 차를 세우고 밖으로 나와 남쪽을 향해 고개를 들어 마을에서 가장 큰 집을 바라보았다. 집은 마을에서 가장 높은 곳에 있고 집 주위에는 집이 없다. 우거진 숲을 배경으로 넓은 땅을 차지하고 있는 집은 그냥 바라만 보아도 권위적이다. 고관대작이 살았던 집이거나 왕족들이 궁궐을 벗어나 따로 살았다는 이궁처럼 보였다.

우리 집이다. 이궁처럼 보인 우리 집을 보자 미안한 생각이 들었다. 발병하듯 미안함이 또 재발한 것이다. 나는 '미안'이라는 바이러스를 품고 태어난 것처럼 늘 미안했다. 길거리에서 행상을 하는 사람들이 무거운 리어카를 끌고 경사진 길을 힘겹게 오르내리는 것을 볼 때도 미안했다. 풀잎이 비바람에 몸을 떠는 것을 봐도, 늦가을 낙엽이 정처 없이 구르다가 사람들 발밑에 밟혀 산산조각 부서지는 것을 봐도 미안했다. 정확하게 누구에게 왜 미안한 건지 알 수 없는데 눈물이 핑 돌 정도로 미안했다. 항상 부채를 안은 기분이었다. 어려서부터 그랬다. 이를 테면, 운동장에서 함께 놀던 아이들이 다쳐도 내 탓인 것만 같았고, 초등 시절 미국에서 보내 준 구호품 가운데 우유가 있었는데 학교에서 가난한 집 아이들에게만 주는 그 우유 급식을 타 먹기 위해 길게 줄을 서 있는 아이들을 봐도 미안했다. 미안함은 거기서 그치지 않았다. 한여름 뜨거운 태양 아래, 들에서 땀을 흘리며 일하는 마을사람들을 바라볼 때도 미안했다.

우리 집 뜰에 있는 큰 나무에 올라가면 마을과 들녘이 한눈에 보였다. 마을사람들이 들에서 땀을 흘리며 일을 하고 있었다. 우리 가족은 단 한 사람도 그렇게 힘든 일을 하는 사람이 없었다. 가족은 아니지만 우리 집에서 힘들게 땀을 흘리며 일을 하는 사람은 우리 집 일을 도맡아 하는 김 씨 아저씨와 김 씨 아저씨네 아줌마뿐이었다. 그분들에게 미안해 엄마에게 곧잘 질문을 퍼부었다.

"아저씨와 아줌마는 왜 우리 일을 해요? 우리 가족들은 왜 일을 안 해요? 민숙이, 은실이네는 왜 가난해요……."

"아무래도 니 속에는 걱정 많은 늙은 영감이 들어앉아 있는 모양이야."

나는 미안함을 참지 못해 시도 때도 없이 엄마에게 질문을 퍼붓고, 엄마는 그럴 때마다 황당하다는 표정을 지으며 핀잔을 주었다. 걱정 많은 늙은 영감이 무슨 뜻인지 알지 못했지만 유쾌한 말은 아닌 것 같았다. 무엇인가 남들과 함께 나누어야 할 것을 우리 가족이 독식한 것 같은 생각, 우리 가족이 훔쳐 내기라도 한 것 같은 생각이 내 속에 늘 잠재되어 있었다.

확실히 우리 집은 남들과 달랐다. 다른 집들보다 뭐든지 넉넉한 편이었다. 김 씨 아저씨가 가끔 돈다발을 가지고 와 할아버지에게 드렸다. 때로는 소를 판 돈이거나 벼를 수매한 돈이라 했고, 때로는 땅을 판 돈이라고 했다. 정작 큰돈은 제주도에서 올라왔다. 김 씨 아저씨는 종종 제주도로 출장을 갔고 그때마다 가방에 돈다발을 가득 넣어 가지고 왔다. 말을 판 돈이라고 했다. 그때까지만 해도 제주도 마장을 할아버지가 직접 운영할 때였다. 그 후로 마장은 할아버지의 작은댁 아들에게 넘어가고 말았지만 그런 이유로 할아버지가 거처하는 사랑방 벽장에 작은

금고가 있고 거기에는 언제나 돈다발이 어른 손 서너 뼘 높이만
큼 서너 줄씩 쌓여 있었다. 얼마나 많은 돈인지는 알 수 없었으
나 어린 내 눈엔 세상에서 가장 많은 돈으로 보였다. 그걸 몇 장
씩 들어내어 아이들에게 배급을 주듯 나누어 주었다. 노트, 연
필, 필통 등 학용품이 제대로 없거나 낡은 신발을 신고 있는 아
이들이 배급 대상이었다. 돈을 들어낼 때마다 나는 가계부를 쓰
듯 일기에다 꼬박꼬박 썼고 내 일기장을 읽기 좋아하시는 할아
버지께 곧장 들키고 말았다. 그때마다 할아버지는 오히려 정직
하다며 칭찬을 해 주시고 엄마는 꾸짖었다. 엄마는 가난은 나라
도 어쩔 수 없는 일이니 쓸데없는 짓 그만두라며 혼을 냈다. 나
는 그만두지 못했다.

"넌 아무래도 별종이야."

엄마가 나를 별종이라고 한 것은 형제들과 다르다는 것보다
는 엄마가 낳은 자식답지 않다는 의미였다. 엄마 말대로 나는
가끔 내가 엄마 자식이 맞는지 의심이 갈 때가 종종 있었다. 내
성격과 엄마 성격이 극과 극이라는 걸 느낄 때마다 그런 생각이
들었다. 엄마는 매사 가문 위주에 권위주의를 내세웠다. 말하자
면 조선시대처럼 가문을 위해서는 어떤 일도 할 수 있다는 생각
을 갖고 있었다. 가난한 사람을 동정하는 것도 무조건 측은지심
이 아니라 조건적 측은지심이었다. '내가 이만큼 주니 넌 나를
떠받들어야' 한다는 식이었다. 그런데 아버지는 달랐다.

"별종이 무언가를 해내는 법이지. 모두 산으로만 가야 한다고
생각할 때, 바다나 강이나 사막으로 갈 줄 아는 사람이 있어야
세상이 변할 것 아닌가. 콜럼버스가 자기 나라 포르투갈에 가만

히 앉아서 아메리카 대륙을 발견한 게 아니잖아. 별종이라는 말을 들어 가면서 스페인 왕실을 찾아가 지원 요청을 하는 일을 벌이지 않았다면 과연 콜럼버스라는 이름이 세상에 길이길이 남을 수 있었을까?"

아버지는 나에게 오히려 별종이 되어야 한다고 강조했다. 엄마는 큰일 날 소리라며 펄쩍 뛰었다.

"남들 가는 대로 가는 게 항상 안전한 법이야."

서로 생각하는 법이 달랐다. 엄마는 강력하게 안정주의를 추구했다. 엄마는 마치 종교를 맹신하듯 한 번 머릿속에 각인되어 있는 것은 무조건 진리로 믿었다. 그것의 옳고 그름은 따지지 않았다.

"니 엄만 우물 안 개구리야. 자신의 기득권을 목숨 걸고 지키려는 생각이거든. 마치 해방 직후 친일파들이 다시 세상을 차지하고 앉아 자기네들을 쳐내려는 제헌국회 반민특위 위원들을 빨갱이로 몰아붙여 제거해 버린 것처럼."

"아이 앞에서 못하는 소리가 없어요."

"함이도 머지않아 다 알게 될 테니 걱정 말아요."

아버지는 그때 무척 흥분된 어조로 말했고, 나는 그때 친일파가 무엇인지 반민특위가 무엇인지 빨갱이가 무엇인지 도무지 이해할 수 없었지만 아버지의 생각이 옳은 것 같은 느낌이 들었다.

"우물 안 개구리든 연못 안 두꺼비든 상관없어요. 사람에게는 안정이 최고니까."

"그따위 생각 때문에 나라를 일본에게 내준 거였지. 이완용이니 송병준이니 하는 자들이 자기네들 기득권을 지키기 위해서."

"걸핏하면 그 이야기."

"무조건 안정을 부르짖는 말을 들을 때마다 자기네들 기득권을 지키려고 나라를 내줘 버린 자들이 떠오른 탓이지."

이야기가 그쯤 되면 분위기가 심상치 않았다. 아버지는 엄마를 답답해했지만 엄마는 언제나 안정을 부르짖는 데는 요지부동이었다. 내가 어려서 본 엄마와 아버지의 대화는 늘 그런 식이었고 아버지는 언제나 엄마에게 반항하는 것처럼 보였다. 그러니까 우리 집에는 일제강점기에 대한 긍정과 부정이 팽팽하게 맞서고 있었다. 엄마는 언제나 과거 일본과 친일파들에 대해 긍정적이고 호의적이라면 아버지는 언제나 부정적이었다. 아버지는 일본이 교만해서 언젠가는 천벌을 받아 망할 거라고 하면서 사람이든 국가든 겸손할 줄 알아야 한다고 강조했다. 엄마는 일본이 망할 때까지 살라면서 일본을 우습게 본 아버지를 하나만 알고 둘은 모른 어리석은 사람이라고 했다.

아버지는 엄마로부터 그런 비난을 받을 때마다 어린 나에게 "항상 미안하게 생각하며 살아야 한다."고 당부했고 나는 아버지의 당부를 잊지 않았다. 왜 미안한 마음으로 살아야 하는지 이유도 가르쳐 주지 않은 아버지의 당부는 내가 나이를 먹을수록 나를 더욱 미안함 속으로 몰아넣었다. 지금도 할아버지부터 우리 가족들이 살았고 내가 중학교를 졸업할 때까지 살았던 우리 집이 마치 고관대작들이 살았던 집 같아서 미안하다. 수만 평을 차지하고 있는 넓은 선산을 가진 것도 미안하다. 엄마가 분에 넘치도록 사치하게 사는 것도, 우리 형제들이 남들보다, 아니 준호와 그의 형제들보다 좋은 학교를 나와 그 덕으로 좋은 직업을 갖게 된 것도 미안하다.

　먼저 준호네 집으로 가기로 마음먹고 김 씨 아저씨에게 전화
를 걸었다. 수십 년 동안 방치되어 있는 준호네 집을 둘러보자면
아저씨의 도움이 필요한 탓이다.
　"어서 오시게."
　아저씨가 전화를 받자마자 마을 사거리로 나와 반갑게 맞아
주었다. 아버지 같은 아저씨는 내가 어릴 때 나를 업어주기도 했
으므로 자식처럼 '해라'체 반말을 했는데, 판사가 되고부터는
'하게'체를 섞어 쓰기 시작했다. 불편하기 짝이 없어 옛날처럼
백퍼센트 반말을 해 달라고 부탁했지만, 아저씨는 오히려 '판사
는 하늘 같은 사람'이라면서 말투를 정식으로 높여야 하는데 이
것저것 섞어 써서 미안하다고 했다. 그때 '하늘 같은 사람'이라
는 말이 가슴을 쿵 때렸다. 판사는 하늘을 대신하여 판결을 해
야 한다는 말로 들린 탓이었다. 오늘도 그 말이 가슴을 때렸다.
　"무슨 일이라도 있는 건가? 전에 없이 자주 오니 말이네. 나야
만날 때마다 반갑기 짝이 없지만."
　"일이 있기는요, 그냥 오는거죠."
　일 년에 두 번 있는 제사 때를 제외하고는 거의 오지 않던 내
가 거듭 세 번이나 온 것은 김 씨 아저씨를 의아하게 만들고도
남을 것이었다.
　"설마 집을 내놓으려는 건 아니겠지?"
　"집을 내놓다니요. 그런 일은 없어요."
　아저씨는 혹시 집을 내놓을까 봐 놀란 표정을 지었다.

"일단 우리 집으로 가, 차나 한잔해야지?"

"아니요. 그냥 하리로 가죠."

"하동으로?"

우리 집은 상암리 상리에 있고, 준호네 집은 하리에 있다. 우리 마을은 상리와 하리로 나뉘어 있고 높은 지대는 상리, 낮은 곳은 하리라고 부른다. 그런데 언제부턴가 상리를 상동으로, 하리를 하동으로 부르기 시작한 것이었다. 일종의 격상이었다. 우리 마을만 보더라도 지리적 조건이 얼마나 중요한지 실감할 수 있다. 한국은 지정학적으로 과거 강대국들의 발판이었던 것처럼 또 미국은 기후나 지정학적으로 지리적 축복을 받은 나라인가 하면 아프리카는 지리적 고립을 면치 못한 것처럼, 내 기억에 의하면, 하리는 우리 마을에서 가장 취약한 지역이었다. 해마다 홍수 피해를 면치 못했다. 반대로 높은 지역을 차지한 상리는 늘 안전했다. 사는 것도 상리가 월등히 나았다. 하리는 푹 꺼진 지형처럼 집집마다 사는 형편도 푹 꺼졌다. 집들이 게딱지처럼 붙어 있고, 길도 계곡처럼 거칠고 구불구불했다. 다만 준호네 집은 하리에서 가장 큰 집이었다.

"준호네 집엘 가 보고 싶어서요."

"갑자기 거긴 왜? 준호네 집을 살 셈인가? 아마도 자당께서 그러자고 하신 거겠지?"

엄마의 욕심을 잘 아는 아저씨가 단번에 엄마를 들먹였다. 엄마는 준호네 집은 거저 준대도 가질 사람이 아니었다.

"참, 엄마에게는 제가 고향에 내려왔다는 것, 말씀하시면 안 돼요. 절대로."

"알았네."

아저씨는 내가 워낙 심각한 어조로 당부하자 무슨 일이냐고 물어볼 엄두조차 내지 못한 채 고개를 끄떡이며 하리로 길을 잡았다. 오랜만에 한적한 시골길을 걸었다.

머리 위로 5월의 따사로운 햇살이 평화롭게 내렸다. 해가 나의 일거수일투족을 감시하는 것만 같았다. 햇살이 온몸으로 스며들었다. 몸뿐만 아니라 내 의식 깊숙이 파고들었다. 사람들은 햇살이 비치는 곳을 양지라 부르고 햇살이 닿지 않는 곳을 음지라고 불렀다. 해는 높고 높은 곳에서 누구에게나 빛을 비추지만 어떤 장애물에 의해 음지와 양지가 생기듯이 사회도 권력에 의해 양지와 음지로 나뉜 다는 것, 산이 무너지지 않는 한 산이 가리고 있는 음지는 바뀌지 않는 것처럼 둘의 위치는 장애를 없애지 않는 한 바뀌지 않는다는 것을 생각하며 걸었다.

"하동도 이젠 옛날과 딴판이 됐어."

아저씨 말대로 하리도 옛날과 달랐다. 차가 다닐 수 있도록 넓힌 길은 매끈하게 포장이 되어 있고, 집들은 시멘트 블록으로 재건축한 상태였다. 마을이 두 갈래로 나뉘어졌다고는 하지만 걸어서 40여 분 거리였다. 상리와 하리 중간 역할을 하는 다리 숙교를 지났을 때 아저씨가 잠시 걸음을 멈추었다.

"여기가 우리 지역에서 물이 제일 맑고, 물맛도 제일 좋은 곳 아닌가. 그래서 옛부터 하리 사람들이 장수한다고 했는데."

아저씨의 말대로 다리 밑으로 흐르는 물도 거울처럼 맑았다. 그래서 숙교라고 부른다는 건 나도 잘 알고 있었다. 하리 사람들이 맑은 물 덕택에 장수한다는 말도 들은 바가 있었다. 그런데 아저씨가 말끝을 맺지 못한 것은 준호네 때문일 것이었다. 숙교를 지나 갑자기 푹 꺼진 곳, 하리에 닿자마자 준호네 집이 보였다. 나는 먼저 심호흡을 퍼낸 다음 준호네 집을 향해 천천히 발걸음을 옮겼다.

"마을에서 차라리 뜯어내 버리는 게 낫다고 할 정도로 집이 험하게 됐지 뭔가."

수십 년 동안 비어 있는 준호네 집은 흉가처럼 보일 정도로 지쳐 있었다. 준호 할아버지부터 준호까지 3대째 주인이 돌아오지 못한 탓이었다. 집도 마치 일제에게 고문을 당한 것처럼 살점이 떨어져 나갔고 뼈가 부러져 있었다. 지붕엔 낡은 기와가 군데군데 떨어져 나갔고 그 자리에 풀이 무성했다. 풀이 바람 부는 대로 몸을 흔들었다. 일제의 넋이 아직도 준호네를 야유하며 웃어 제치는 것 같았다.

"지붕에 올라갈 수 없어 풀을 뽑지 못했더니 저 지경이구만."

아저씨가 풀을 쳐다보며 한숨을 쉬었다. 지금까지 아저씨가 준호네 집을 돌보고 있는데 기와가 너무 낡아 지붕에 올라갈 수 없다고 했다.

"그런데 대문이 왜 없을까요?"

어려서 봤던 집이고 그때도 대문이 없었는데 새삼스럽게 대문이 없다는 것이 이상했다.

"대문은 옛적에 왜놈들이 뜯어냈지."

아저씨는 그걸 이제야 알았느냐는 듯 의아한 표정을 지었다. 대문은 일제강점기 때 비어 있는 집마다 조선총독부가 접수했고, 그때 뜯어낸 거라고 했다.

"일제가 왜 대문을 뜯어냈을까요?"

"독립운동을 하는 집, 기를 뺀다고 그랬지. 대문이 그 집 기운이라고 믿었으니까. 그런다고 해방이 안 와. 하늘 무서운 줄 모르는 놈들!"

아저씨는 마치 엊그제 일처럼 흥분하며 대문이 없는 집 안으로 성큼 들어섰다. 대문이 그 집 기운이라는 말은 엄마가 노상 하는 말이었다. 엄마는 걸핏하면 "그 집 대문 앞에 서면 그 집 기운이 느껴지는 법이지. 높은 사람들 집 앞에 서면 그 집 권세가 온몸으로 짜르르 흐르지 않던?"이라고 했는데, 엄마 말은 맞는 말이었다. 고교시절 서울에 입성하여 한남동에 줄지어 있는 부잣집 저택들의 웅장한 대문을 봤을 때, 사람을 제압하는 것 같은 힘이 느껴졌던 기억이 쉽사리 지워지지 않았다. 청와대 대문격인 정문을 봤을 때는 눈동자도 함부로 굴려서는 안 될 것 같은 무시무시한 권력의 중압감이 압박해 오기도 했다. 어떤 이유로든 대문이 없는 준호네 집은 우리 집 못지않게 큰 집이고, 큰 집에 대문이 없다는 것이 더욱 허무를 부추겼다. 고래 등 같은 기와집이 마치 창자까지 강탈당한 채 뼈만 앙상하게 말라가는 고래처럼 보였다.

비록 대문이 없더라도 나는 준호 할아버지가 계신 것처럼, 조심스럽게 집 안으로 들어섰다. 준호네 집 안으로 발을 들여놓은 건 초등시절 제사 음식을 배달할 때 이후 처음이었다. 수십 년 전이라 처음 같은 기분이 들었다. 발걸음 소리가 나지 않았다. 발밑에서 풀이 잔디처럼 푹신하게 밟힌 탓이었다.

"무슨 일이든 풀 자라듯 하면 세상에 안 되는 일이 없을 거야."

종종 풀을 쳐내도 감당할 수가 없다면서 아저씨가 푸념을 늘어놓았다. 무성한 풀밭에서 나비들이 날았다. 집주인 대신 손님을 맞이하듯, 노란 나비, 하얀 나비들이 내 허리쯤에서 맴돌았다. '나비는 망자의 영혼'이라는 말이 떠올랐다. 말대로라면 준호 할아버지와 준호 아버지, 그리고 준호, 내리 삼대의 영혼이 나비가 되어 자기 집을 방문한 손님을 맞이하는 것인지도 모를 일이었다. 그들은 자기네 집에서 마음대로 살아보지 못한 채 객지에서 떠돌며 억울한 삶을 살다 간 탓이다. 준호 할아버지는 독립운동을 하느라 만주에서 떠돌다 돌아가셨고, 준호 아버지는 반민특위 때 반공 이데올로기에 희생되었고, 준호는 엄밀히 말해 독립운동을 한 할아버지 때문에 극빈자로 살다 2년 전 폐암으로 세상을 떠나고 말았다. 그리고 준호의 동생들, 준희와 준수 남매는 선교사가 되어 아프리카 오지에서 선교 활동을 하고 있는데 앞으로 한국에서 살아간다는 보장이 없다. 더욱이 고향 집에서 살아간다는 보장은 거의 없다.

준호를 떠올리며 측은한 심정으로 나비들 가운데 유난히 눈길을 끄는 하얀 나비를 눈으로 따라다녔다. 준호의 손목에도 언제부턴가 하얀 나비 팔찌가 끼워져 있었다. 나이 50이 넘은 남자가, 그것도 목사가 나비 팔찌를 끼고 있다는 것이 의아스러웠다. 나는 정말 그때까지 나비 팔찌를 알지 못했다. 죽기 전 마지막 병문안을 갔을 때도 준호의 팔에 하얀 나비 팔찌가 그대로 있었다. 하얀 나비는 일본군 위안부 피해자 할머니들의 영혼을 상징한 것이고, 준호는 나비 팔찌를 끼고 저세상으로 간 것이다.

지금은 내 팔목에도 하얀 나비 팔찌가 끼워져 있지만 준호와 달리 내가 나비 팔찌를 끼기까지는 너무나 많은 시간이 걸렸다.

어느 날 일본군 위안부 할머니들의 명예를 회복하기 위해 주일대사관 앞에 세워 놓은 소녀상 앞에서 발길을 떼지 못했다. 그 전까지 나는 위안부 할머니들을 피상적으로만 알았던 탓이었다. 그러니까 그동안 내가 알고 있는 할머니들은 역사적으로 불행한 사람들일 뿐이었다. 그날 소녀상을 봤을 때 나는 충격 속으로 빠져들었다. 단발머리를 한 소녀는 잘해야 15세, 16세쯤일 것이었다. 소녀는 나무 의자에 다소곳이 앉아 있는 것처럼 보였지만 다소곳하지 않았다. 양손은 수먹을 불끈 쥐었고 발은 맨발이었다. 그들의 무자비한 폭력을 피해 어디론가 달아날 것처럼, 아니면 항거하기 위해 그들을 향해 질주할 것처럼 발의 절반은 땅으로부터 들려 있었다. 소녀상 뒤로 그림자가 드리운 곳에는 허리 굽은 할머니가 가슴에 하얀 나비를 품고 있는 조각이 있었다. 굳이 설명하지 않아도 소녀들은 할머니가 되었고 나비는 소녀들의 영혼을 상징한 것이었다.

준호네 집에서 나를 맞이해 주는 하얀 나비는 준호네 가족뿐만 아니라 위안부 소녀들의 영혼을 함께 떠올리게 했다. 여대생들이 극빈자 생활을 하고 있는 위안부 할머니들을 돕겠다고 나비 팔찌를 팔고 있었다. 나는 세상에서 가장 거룩한 물건을 얻은 것처럼 나비 팔찌를 '감히' 내 팔에 끼웠다. 나는 도무지 나비 팔찌를 낄 자격이 없음에도 준호처럼 잠을 잘 때나 재판을 할 때도 나비 팔찌를 벗지 않았다.

"무꽃, 배추꽃이 필 때면 나비가 셀 수 없이 모여든다네."

내가 나비에 정신이 팔려 있자 아저씨도 나비를 바라보며 한 말씀을 했다.

"하얀 나비는 하얀 무꽃을 닮고 노란 나비는 노란 배추꽃을 닮았나 봐요?"

"듣고 보니 그렇구만. 하얀 나비들은 무꽃을 좋아하고 노란 나비는 배추꽃을 좋아하거든."

아저씨 말대로 하얀 나비는 하얀 무꽃에 앉고, 노란 나비는 노란 배추꽃에 앉아 있었다.

하얀 나비 한 마리가 나를 인도하듯 준호 할아버지가 거처했을 사랑채 앞까지 날아갔다. 나도 나비를 따라 그쯤에서 걸음을 멈추었다. 사랑채 방문 위에 붙어 있는 한자 현판이 눈에 들어왔다. '見利思義 見危授命(견리사의 견위수명)' 엄숙하고 거룩했다. 남산 안중근 선생 기념 공원에서 많이 봤던 글이었다. 눈앞에 이익을 보면 먼저 그것을 취함이 옳은지 살피고, 나라가 위태로울 때 목숨 바쳐 싸운다는 뜻으로, 안중근 선생께서 사형을 앞두고 감옥에서 쓴 것으로 알려진 글이었다. 준호 할아버지도 나라를 구하기 위해 목숨 바쳐 독립운동을 하기 위해 이 글을 써서 사람이 들고 나는 방문 위에 걸었을 것이었다. 그리고 방을 들고 나면서 안중근 선생처럼 각오를 다졌을 것이었다.

문득 이 글이 우리 할아버지 사랑채 방문 위에 붙어 있다면 얼마나 좋을까 하는 생각이 들었다. 물론 우리 할아버지 사랑채에도 '歲寒然後知松栢之後彫(세한연후지송백지후조)'라는 훌륭한 글이 붙어 있다. 논어 자한子罕 편에 나온 글로 한겨울이라야 소나무와 잣나무의 푸른 절개를 알 수 있듯이 세상이 어지러운 때에 충신, 열사, 의사를 알아볼 수 있고, 위급한 때를 당해 보아야 그가 군자인지 아닌지를 알 수 있다는 말이다. 생각해 보면 준호 할아버지 사랑채에 걸려 있는 글이나 우리 할아버지 사랑채에 걸려 있는 글이나 둘 다 열사, 의사, 지조를 의미하는 공통점을 갖고 있다. 그런데 우리 할아버지는 열사나 의사보다는 지조를 중요시했던 것이 사실이다. 추사 김정희가 우선 이상적의 지조를 칭찬하기 위해 소나무와 잣나무를 그리고 논어 자한 편에 나온 이 글에서 제목을 따와 '세한도'라고 붙인 것, 그러니까 김정희가 제주도에서 유배살이를 할 때 지인들이 모두 등을 돌렸으나 오직 한 사람 이상적만이 변함없이 서책을 보내 주었다는 지조를 가장 가치 있게 거론하면서 세한도라는 그림 자체보다는 그림에 내포되어 있는 의미를 자주 강조했었다.

아무튼 같은 지조라 하더라도 두 사람이 선택한 글은 서로 지향하는 바가 달랐다. 준호 할아버지는 빼앗긴 나라를 구하고자 하는 신념이라면 우리 할아버지는 선비의 고상한 지조에 대한 신념이라고 할 수 있다. 그런데 일제가 이런 현판을 그대로 두었다는 게 이상했다.

"일제가 대문은 뜯어내면서 저 현판은 왜 그대로 두었을까요?"

"그대로 둘 리가 없지."

"그럼 어떻게 아직까지 남아 있는 거죠?"

"일제가 떼어 내 불태워 버리라고 한 것을 우리 아버지가 몰래 숨겨 놨다가 해방이 되고 나서 다시 붙여 놓은 거라네"

그러면 그렇지, 일제가 이런 현판을 그대로 둘 리가 없었다.

"그때 우리 아버지가 스무 살 청년이었는데, 들키면 영락없이 죽을 짓이었다고 하면서 두고두고 말씀하셨지."

"부친께서 독립운동 못지않은 큰일을 하셨군요."

"그것도 목숨이 달린 일이었으니 그렇다고 할 수 있겠지. 우리 아버지께서 늘 말씀하시기를, 독립운동에 재산 다 바친 것도 모자라 만주로 간 사람도 있는데 내 나라 내 집에 편히 앉아서 이만한 일도 못해서 되겠느냐고 하셨거든. 우리 아버지는 준호 할아버지 그 어른 정신을 받잡고 살았으니까. 내가 하동까지 다니면서 마당에 풀을 뽑는 것도 딴엔 아버지 유지를 받들자는 것인데 이젠 힘이 부쳐. 일제 때 아버지가 징병 갔다가 다리만 다치지 않았어도 이 집을 새것같이 수리했을 것이라고 늘 말씀하셨는데……."

아저씨는 나이를 탓하며 아쉬움을 토로했다.

"그 일, 제가 할 겁니다."

"자네가 이 집을 수리하겠다는 말인가?"

아저씨는 뜻밖이라는 표정을 지었지만 반가운 기색이 역력했다.

"그렇지 않아도 도깨비 집 같다면서 뜯어 버리든지 불태워 버려야 한다는 말이 나올 때마다 기가 막혔지 뭔가. 다른 건 몰라도 사랑채 글만 보면 가슴이 미어지는 것 같았네."

아저씨 말대로 사랑채 글을 허물어지게 둘 수는 없었다. 그 글은 준호 할아버지의 정신이기 전에 안중근 선생의 정신이 아니던가.

사랑채를 지나 뒤뜰로 가는 모퉁이부터 풀이 우거져 숲을 이루고 있었다. 바람이 불 때마다 풀숲이 물결치듯 움직였다. 아저씨가 자주 예초기로 쳐내지만 소용이 없다고 했다. 풀숲은 야생화 천국을 이루었고, 나비 떼의 온상이었다. 나는 여전히 나비들에게서 눈을 떼지 못했다.

"여기 와서 나비를 바라보고 있노라면 어릴 때 봤던 그분이 떠오르곤 하지. 일체 말 한마디 하지 않고 우두커니 서 있는 게 꼭 나비 같았거든."

"그분이라니요?"

나는 혹시 준호 아버지인가 하고 물었지만 아저씨의 대답은 의외였다.

"준호 고모라네."

"준호 고모라구요?"

"해방이 되고 그 이듬해 내가 여덟 살 때였는데 어느 날 한 처녀가 보따리를 안고 이 집으로 들어오는 걸 내가 본 거네. 어린 눈으로 봐도 몸은 피골이 상접했지만 커다란 눈에 아주 잘생긴 처녀였어. 처음에는 허깨빈가 했지. 넋이 나간 것 같았으니까."

"그럼 그 처녀가 준호 고모였단 말인가요?"

나는 금세 그 처녀가 일본군 위안부로 끌려갔다가 돌아온 처지라는 걸 짐작하면서도 제발 아니길 바라는 심정으로 물었다.

"나도 그때는 어린 나이라 영문을 몰랐지. 숨 가쁘게 집으로 뛰어가 아버지께 알렸더니 아버지가 정신없이 준호네 집으로 달려가 그 처녀를 붙잡고 대성통곡을 하지 뭔가."

아저씨는 그때 일이 생각나는지 잠시 입을 다물었다. 나야말로 입을 다물고 말았다. 준호가 단 한 번도 입 밖에 낸 적이 없었던 이야기였다. 아저씨는 침을 꿀꺽 삼키며 마음을 가다듬고는 다시 말을 이었다.

"마을에서 사람 취급을 하지 않았네. 그 처녀가 지나가면 아이들까지 침을 뱉었거든."

"그럴 수가!"

"어른들이 더럽다고 수군거린 말을 듣고 그랬지. 이상한 일이었어. 왜놈들은 죽도록 미워하면서도 정신대에 끌려간 처녀들은 왜 그렇게 벌레 보듯 했는지. 온갖 속임수로 처녀들을 데려간 놈들은 놔두고, 속아 넘어가 억울하게 희생당한 처녀들을 벌레 취급했으니."

엄마가 떠올랐다. 우리나라가 일본과 위안부 협상문제로 떠들썩할 때 엄마는 그냥 넘어가지 못했다.

"10억 엔이나 준다는데 왜 난리야. 결국 돈이잖아. 창피한 줄도 모르고."

"엄마, 말 좀 가려서 하면 안 돼요? 정작 창피해야 할 사람들이 누군데요."

"난 점잖게 말한 거야. 다른 사람들 말한 거 들어 보면 넌 기절할걸."

"그런 사람들 때문에라도 일본에게 진심 어린 사과를 받아내야 한다니까요."

"그만큼 했으면 됐지 뭘. 아베 펄펄 뛰는 것 봐. 손톱 끝만큼도 양보 못한다잖아. 일본과 척을 져서 어쩌겠다는 거야."

"아베가 펄펄 뛰는 이유가 뭘까요? 협상에 불만이 없다는 증거잖아요."

"일본은 지금도 우리 위에 있다는 걸 알아야지. 나라든 집안
이든 편한 게 제일이야. 아무튼 그만하자."

나는 그날 정색을 하고 엄마에게 항의했고 엄마는 그쯤에서
은근슬쩍 피해 버리고 말았다. 나는 더 강하게 '엄마는 어느 나
라 사람이냐'고 항의하고 싶었지만 엄마 입에서 정작 더 험한 말
이 나올까 봐 참고 말았다.

"그럼 준호 고모라는 분은 어떻게 됐나요?"

준호가 일체 입 밖에 내지 않는 것으로 봐 준호 고모가 지금
까지 살아 있을 리는 만무했다. 준호가 야속했다. 죽는 날까지
입을 꼭 다물고 시치미를 뗐다는 것이 믿어지지 않았다. 가끔 위
안부 피해 할머니들 말이 나올 때면 준호는 일체 말 한 마디 언
급한 적이 없었다. 분노하는 빛도 없이 무슨 생각에 잠겨 있다가
는 자리를 떠 버리고 말았다.

"아직 살아 계신가요?"

나는 무엇보다도 준호 고모 생사가 궁금해 아저씨에게 급한
어조로 물었다. 그런데 아저씨가 대답할 틈도 없이 갑자기 우리
곁에 낯선 남자가 불쑥 나타나 참견을 하고 나섰다.

"나는 다 알고 있지. 준호 고모에 대해서."

"헛소리 그만하고 어서 나가. 아픈 사람 간병이나 할 일이지
어딜 그렇게 싸돌아다녀."

남자는 나이가 들어 보였다. 50대 초반쯤으로 보였다. 아저씨
가 아이들을 나무라듯 혼을 냈지만 남자는 한 귀로 듣고 한 귀
로 흘려 버리는 표정이었다.

"그 처녀 억울하게 일본으로 잡혀간 거, 나는 다 알지. 우리 할아버지가 죽기 전에 다 말해 줬거든."

남자는 약간 기분 나쁜 웃음기를 머금은 채 말을 계속했다.

"신기가 있는 사람인데 준호네 집을 제 집 드나들듯 하면서 저런 헛소릴 하는 거라네. 준호네 집 불태워 버려야 한다고 야단법석을 떤 것도 실은 저자였고."

"준호네 집을, 왜죠?"

"자기 어머니가 병명도 없이 노상 아파 누워 있는데, 그게 한 맺힌 준호네 집 귀신이 들었다면서 한때 야단을 떨었지 뭔가."

"불태울 집은 따로 있지. 우리 할아버지가 그렇게 말해 주었거든. 그런 집은 확 불 싸질러 버려야 한다고."

남자는 아저씨의 말이 끝나기가 무섭게 다시 거들고 나섰다.

"봉수 자네가 끼어들 자리 아니야. 어서 나가."

"나도 알지. 저분이 이학 군수님 댁 판사님이라는 거."

남자는 내가 누군지 알고 있었다. 하긴 상암리에서, 아니 우리 군내에서 우리 할아버지와 우리 집 사정을 모르는 사람은 없었다. 남자는 결국 아저씨에게 쫓겨나다시피 집 밖으로 나가면서 나를 향해 의미심장한 미소를 지었다. 신기가 있다는 말을 생각하자 내 속을 들여다보기라도 한 것처럼 속이 뜨끔했다. 더욱이 '불태워 버릴 집이 따로 있다'는 말은 그냥 하는 말이 아닌 것 같았다.

"점을 치는 사람인가요?"

"옛날에는 점을 쳤는데 그만둔 지 오래됐어. 동네에서 봉수 신기 아무도 안 믿거든. 아무튼 그 사람 말은 종잡을 수가 없어.

괜한 헛소릴 하는 것이니 신경 쓸 거 없네."

먼 데 점쟁이가 영험하다는 말이 있듯이 마을 사람들이 같은 동네 사람인 그의 신력을 신뢰하지 않는 모양이었다. 아저씨가 괜한 헛소리라고 무시했지만 내 귀엔 헛소리로 들리지 않았다.

더욱이 나를 향해 의미심장한 미소를 짓는 것부터 예사롭지 않거니와 불태울 집이 따로 있다는 말이 내 기억속의 무서운 환영을 불러일으키고 말았다. 언제부턴가 눈을 감으면 세상을 몽땅 집어삼킬 것만 같은 불꽃이 보이기 시작했다. 불꽃 속에 커다란 기와집이 휩싸여 있었다. 너울너울 춤을 추는 불꽃이 기와집을 안고 마치 승천하듯 하늘로 타올랐다. 입 밖으로 난 한마디 말도 나오지 않았다. 심장이 순식간에 조여들어 숨을 쉴 수가 없었다. 커다란 기와집의 불기둥이 불꽃 속에서 허공을 가로지르며 날다가 땅을 향해 하강했다. 땅에 떨어질 때마다 아우성치듯 불똥이 튀었다. 기와집은 고향에 비워 둔 우리 집 같기도 하고, 2008년 2월 10일, 무자년戊子年 정월 초나흘 한밤중, 평온하게 잠든 밤을 깨우며 불꽃 속으로 사라진 숭례문 같기도 했다. 뜻하지 않은 방화범의 소행으로 우리나라 국보 제1호 숭례문이 불타던 날 밤, 나는 밤늦게 그곳을 지나면서 불기를 느낄 지경으로 상황을 가까이 느낄 수 있었다. 그때 이상한 생각이 스쳤다. 때마침 우리사회는 과거사 청산문제를 놓고 친일파에 대한 비판이 재가동된 상태였고, 내 머릿속에 대한민국 국보 제1호 숭례문이 아닌 친일파 이완용 후작의 저택이었다면 얼마나 적절할까 하는 생각이 들었다.

그 후 마치 전쟁이 휩쓸고 간 것 같은 숭례문의 시커먼 흔적을 바라보며 불에 대한 여러 가지 생각이 교차했다. 풍수지리 전문가라고 할 수 있을 정도로 풍수에 밝은 우리 할아버지가 해주신 말씀에 의하면 다른 성문들과 달리 세로로 써 붙인 숭례문 편액도 불과 관련된 것이었다. 숭례崇禮 두 글자는 불꽃 염炎을 의미하는데, 예禮는 오행에 배치하면 불이 되고 오방五方에 배치하면 남쪽을 의미한다는 것이었다. 경복궁과 마주 보는 관악산이 문제였다. 관악산이 불꽃 형상을 하고 있어 불火산이라고 불렀고 관악산의 화기가 대궐 경복궁을 누를 수 있어 이에 맞서기 위해 숭례문 현판을 세로로 세워 걸었다고 했다. 마치 관악산 화기가 경복궁이 있는 한강 북쪽 지세를 누르듯이, 내 의식 속으로 자꾸 쳐들어오는 불에 대한 환상은 예사롭지 않았다. 지금도 내 속에서 그 불꽃이 타고 있다는 걸 남자는 점괘를 통해 환히 알고 있는 것만 같았다.

"저자가 그래도 보기와 달리 속에 심지가 있어서 위안부 할머니들 데모에 참가하기 위해 매주 수요일마다 서울에 올라 다니면서 할머니들을 돕겠다고 학생들이 판다는 나비 팔찌를 사서 끼고 다니지. 어디 그뿐인 줄 아는가. 마치 장승을 세워 놓듯 커다란 나무를 소녀상처럼 깎아 자기 집 마당에 세워 놓고는 매일 절을 한다네."

"그게 정말이세요?"

"궁금하면 나중에 한번 가보든지."

놀라운 일이었다. 아저씨 말대로 남자가 깎아 세워 놓았다는 소녀상을 꼭 한번 보고 싶었다. 아저씨는 다시 준호 고모 이야기를 계속했다.

"준호 고모가 견디다 못해 동네에서 사라져 버리고 말았네. 그 후로 죽었는지 살았는지 누가 봤다는 사람도 없었는데, 나중에 약혼자 무덤을 쓸어안고 죽은 시신으로 나타났지 뭔가."

"그럼 약혼자도 죽었다는 말이군요?"

"그렇지. 약혼했던 청년이 징병 갔다가 죽어서 재로 돌아왔으니까."

"준호 고모 그때 몇 살이었을까요?"

"스무 살이나 됐을까?"

준호가 나비 팔찌를 간직한 이유가 너무 참담한 탓에 나는 그쯤에서 말을 멈추었다. 준호 팔에 채워져 있는 나비 팔찌와 준호 고모를 함께 떠올렸다. 아저씨 말대로 그 소녀도 준호와 준희처럼 커다란 눈에 하얀 피부를 가진 고상하고 우아한 용모일 것이었다.

이런 생각을 하고 있는데 나비가 내 손등에 사뿐 앉았다 날아갔다. 마치 그 소녀가 뜨거운 눈물을 흘리고 간 것처럼 손등이 더워졌다. 나는 나비가 날아간 자국을 다른 손으로 감싸 안으며 날아가는 나비를 바라보았다. 나비는 팔랑팔랑 낮게 날다가 사랑채 마루 끝에 앉아 쉬고 있었다.

"실은 준호 할아버지가 만주로 건너간 것도 준호 고모 때문이었다고 들었네."

"준호 고모 때문이라니요?"

"준호 고모를 놈들이 속여서 데려갔고, 그게 발단이 된 거지."

"어떻게 속인 거죠?"

"준호 할아버지는 창씨개명도 하지 않은 채 독립운동자금을 댔는데, 누가 밀고를 해 붙잡아 가둬 놓고 준호 고모에게 아버지를 구하려거든 일본으로 가 피복 공장에서 일을 해야 한다고 겁을 주었다는군. 이미 준호 고모가 일본으로 잡혀간 뒤에 준호 할아버지가 유치장에서 나와 딸을 찾기 위해 일본으로 건너가 옷 만드는 공장이란 공장을 다 뒤졌지만 찾을 수 없었고, 일본은 준호 할아버지를 계속 감시하면서 결국 독립운동자금을 댄다는 이유로 다시 체포하려고 하자 가족들을 데리고 만주로 떠나버린거네."

다큐 영화 〈소녀 이야기〉와 똑같은 이야기였다. 애니메이션 영화 〈소녀 이야기〉를 보면서 끓어오른 분노로 가슴이 터질 것만 같았다. 애니메이션 〈소녀 이야기〉는 위안부 피해자 정서운 할머니의 증언을 재구성한 것이었다. 일제강점기, 한 소녀가 있었다. 소녀는 경남 진주 정씨 가문의 유복한 집 외동딸로 태어났다. 소녀의 아버지는 일제에 협력하지 않았다. 창씨개명도 하지 않았다. 하나 밖에 없는 딸을 일본학교에 보내지 않고 가정교사를 들여 집에서 우리나라 글과 우리나라 역사와 우리나라 문화를 가르쳤다. 그런데 아버지는 일본이 대동아전쟁을 준비하면서 놋그릇 따위를 공출할 때 그들의 명령을 어긴 죄로 잡혀가고 말았다.

그 후 마을 이장이 소녀에게 다가와 일본 방직공장에 가면 아버지가 즉시 풀려날 것이라고 했다. 만약 말을 듣지 않으면 아버지는 영영 풀려날 수 없다고 했다. 소녀는 아버지를 구하기 위해 일본 방직공장으로 가기로 결심했다. 그때 열다섯 살이였고 같은 또래 소녀들과 함께 일본으로 가는 배에 태워졌다. 소녀는 같은 한국 소녀 스물세 명과 함께 인도네시아 자카르타에 내려졌다. 일본군이 소녀들을 현지 육군병원으로 데려가 어린 자궁에 무언가를 집어넣었다. 소녀들은 아랫배에 경련이 일기 시작하면서 하혈이 쏟아졌다. 하혈은 3일 동안 그치지 않았다. 어린 자궁에 알 수 없는 시술을 받은 소녀들은 뉴기니아, 스마트라, 마량 등지의 일본군이 주둔한 부대로 배치되었다. 위안소는 대대마다 있었다. 마치 동물우리처럼 칸칸이 줄지어 있는 위안소마다 소녀들이 20명씩 혹은 30명씩 배치되어 있었다.

그때부터 하루에 수십 명 군인들이 소녀들의 몸을 난도질하기 시작했다. 군인들의 성기는 다름 아닌 흉기였고 소녀들의 몸은 흉기에 무참하게 희생되기 시작했다. 속옷은 입을 시간이 없었다. 입을 필요도 없었다. 어린 생살이 무참하게 찢기면서 소녀들은 노상 기절했다. 일본은 기절한 소녀들에게 물을 끼얹어 정신을 차리게 하면서 계속 군인들을 들여보냈다. 언제 죽을지 모른 전장에서 거칠 대로 거칠어진 군인들은 잔뜩 허기진 이리 떼처럼 소녀들의 살을 짓이겼다. 소녀들은 찢어진 생살이 되풀이하여 찢기면서 상처가 덧나는 고통을 참지 못해 비명을 지르고, 일본은 소녀들에게 마약주사를 놓기 시작했다. 성병을 예방하기 위해 일주일에 한두 번씩 독약 같은 606호 주사를 놓았다. 매달 606호만 해도 다섯 대 이상을 맞아야 했다. 임신을 하지 못하도록 수은을 먹였다. 어쩌다 임신한 소녀는 군홧발로 차거나 몽둥이로 배를 치는 폭력으로 유산시켰다. 소녀들은 그러다가 죽어나가기 일쑤였다.

토요일이나 일요일에는 100여 명의 군인들이 대기했다. 그들은 아침 9시부터 줄을 섰고, 군인들을 들여보내기 전에 미리 소녀들 팔뚝에 아편을 놨다. 토요일과 일요일에는 하루에 아편 5대를 맞아야 했다. 밤 10시가 넘으면 장교들이 술을 마시고 미친듯이 폭력을 휘둘렀다. 담뱃불로 젖가슴과 하복부를 지지며 즐겼다. 무시무시한 고통을 마약의 힘으로 견디는 소녀들은 마약중독자가 되어갔다. 소녀들은 스스로 죽음을 택하기도 했다. 경남 진주 정씨 가문의 부잣집 외동딸 정서운 소녀는 죽으려고 말라리아 약을 수십 알 모아 삼켰지만 며칠 동안 피만 쏟아 냈을 뿐 죽지 않았다. 해방이 되자 함께 간 한국 소녀 스물세 명 중 열네 명이 죽어 사라지고 없었다. 겨우 아홉 명이 살아 귀향선을 탔다.

나는 영화를 보고 난 다음부터 악몽을 꾸기 시작했다. 한밤중에 잠을 자다가도 벌떡 일어날 정도로 무서운 꿈이었다. 꿈속에서 총칼 앞에 무릎을 꿇은 소녀들이 울부짖었다. 소녀들이 울때마다 총칼이 움직였다. 총칼이 소녀들의 저고리를 찢었다. 어린 유방이 드러나고 총칼이 이제 막 부풀어 오르기 시작한 어린 유방을 도려낼 듯이 농락했다. 꽃샘추위를 뚫고 몽알몽알 맺기 시작한 붉은 홍매 같은 유두를 총칼이 스칠 때마다 소녀들이 자지러지게 비명을 질렀다. 비명을 지르면 총칼이 더 요동쳤다. 어린 젖꼭지가 찢기고 소녀들은 기절했다. 총칼은 다시 치마를 갈랐다. 꼭꼭 감춰둔 비밀한 곳을 총칼이 헤집었다. 고이고이 자라나는 어린 순결을 총칼이 마구 짓이겼다. 소녀들은 혀를 깨물며 목숨을 끊는 것이었다.

그때쯤 나는 소스라쳐 깨어나고 말았다. 프로이트의 정신분석에 의하면 꿈은 직간접적인 과거의 경험에 의한 무의식의 덩어리라고 했다. 과거의 경험이 의식 속에서 떠돌다가 저희들끼리 뭉친 다음 의식의 맨 밑바닥에 가라앉아 있다가 어느 날 불쑥 꿈으로 형상되거나 말로 흘러나온다는 것이다. 꿈은 의식에서 만들어진 무엇임에 틀림없는 일이었다. 애니메이션 영화를 보고 난 다음 나는 내가 맡았던 10대 청소년 성폭력 범죄자들을 떠올렸다. 한때 세상을 경악하게 했던 'K어린이 사건' 이후 법에서 성폭행과 전쟁을 선포하면서까지 범죄를 근절하려고 노력했음에도 성폭행 피해 환자가 끊이질 않았다. 제2, 제3의 K어린이 사건이 발생할 때마다 판사들끼리도 몸서리를 쳤다. 언젠가 나와 윤태영이 피해자 부모들의 하소연을 실감하기 위해 내 동생이 근무하는 병원으로 직접 현장 확인을 나간 적이 있었다.

초등학교 2학년 여자어린이가 성폭행을 당한 병실이었다. 아이는 혼수상태였고 만신창이가 되어 있었다. 담당의사의 말에 의하면 아이의 몸은 앞뒤가 하나로 터져 버린 허공상태로 어디가 항문이고 어디가 생식긴지 분간할 수 없었으며 창자가 밖으로 흘러나와 있었다고 했다. K어린이 사건과 전혀 다르지 않았다. 우리는 넋을 잃은 채 입을 뗄 수가 없었다. 범인들의 성기나 당시 일본군들의 성기는 여성의 심장을 파괴해 버리는 무서운 흉기였다. 남성男性이니 여성女性이니 하는 인간에게 붙이는 '성性'이라는 글자는 생명 그 자체를 의미한 탓이었다. 심장을 본뜬 심방변忄과 날 생生자를 합해 놓은 성性이라는 글자는 사람의 생명을 의미하기 때문이고, 성은 인간을 지탱해 주는 정신의 심장이기 때문이었다. 애니메이션 영화를 보고 나서 윤태영과 나는 성폭력범들의 형량을 살인죄와 똑같이 적용해야 한다고 주장했다. 비록 우리의 소망대로 되지는 않았지만 그래야 마땅한 일이었다.

아저씨도 준호 고모를 생각하면 가슴이 아프다면서 이야기를 그쯤에서 멈추고는 나를 데리고 마당으로 나왔다. 그때 어디선가 짹짹거리는 소리가 들렸다. 제비였다. 아저씨가 안채 처마 밑을 가리켰다. 처마 밑에 초등시절에 보았던 제비집이 동그마니 붙어 있었다. 어미제비가 어디선가 물고 온 먹이를 새끼들 입에 넣어 주고 있었다. 나는 부동으로 선 채 광경을 바라보았다. 어미제비는 쉬지 않고 부지런히 먹이를 물어 나르고, 먹이를 물어 올 때마다 새끼제비들이 일제히 입을 벌리며 서로 자기 입에 넣어 달라고 야단이었다. 먼저 받아먹은 새끼들도 다시 입을 벌리면서 자기 입에 먹이를 넣어 줄 것을 간절히 바랐다. 그런데 어미제비는 먹이를 새끼들 입에 성큼 넣어 주지 않았다.

"어미가 먹이를 물어 올 때마다 저렇게 한참을 살피거든. 공정하게 나누어 주겠다는 것이겠지."

아저씨의 말대로 어미제비는 새끼들에게 분배를 공정하게 하고 있었다. 흥미로운 일이었다. 나는 유심히 어미제비의 공정성을 살폈다. 어미제비는 계속 먹이를 물어 나르고 그때마다 새끼들은 먹이를 받아먹기 위해 모가지를 최대한 길게 빼고 입을 최대한 크게 벌리면서 필사적으로 소리를 질렀다. 입을 너무 크게 벌린 탓에 입이 찢어질 것만 같고, 모가지를 너무 길게 뺀 탓에 몸이 둥지 밖으로 떨어질 것만 같았다. 새끼들이 아무리 야단을

72

떨어도 어미제비는 침착하게 새끼들 입을 하나하나 살피면서 조금 전에 먹이를 넣어 주었던 새끼를 제치고 그 옆에 있는 새끼 입에 먹이를 넣어 주었다. 어미는 먹이를 물어 올 때마다 누가 받아먹을 차례인지를 분명하게 가려낸 것이었다. 그렇다고 새끼들끼리 싸우지도 않았다. 새끼들은 새끼들대로 어미의 공정한 분배를 받아들이면서 어미가 다시 먹이를 물어 올 때까지 입을 꼭 다물고 잠잠히 기다렸다. 어미제비가 마치 공의로운 재판관처럼 보였다.

"우리가 사는 세상도 제비처럼만 하면 얼마나 좋을까, 하는 생각이 들어요."

"허, 오랜만에 제비를 보더니 별 생각을 다 하는구만."

오른발 왼발이 똑같이 힘의 균형을 잡아 사람의 몸을 지탱해 주는 것처럼 정치권력도 계속 한쪽으로 쏠리면 안 된다는 아버지의 생각을 떠올린 것이었다. 그랬더라면 준호는 죽지 않았을 것이었다.

"생각해 보면 제비가 준호네 집에 집을 짓는 건 마땅해."

"무슨 말씀이세요?"

"제비는 선한 사람이 사는 집을 골라 집을 짓는다는 말이 있거든."

"그 말 충분히 믿어져요."

"그렇다면 준호네는 집터가 안 좋은 게 분명하네."

"집터가 안 좋다니요?"

"독립운동가 집안은 삼대가 망한다고 하지만 어찌 준호까지 그렇게 가 버릴 수 있단 말인가. 아무리 생각해도 집터 때문인 것만 같아."

아저씨도 준호가 생각난 모양이었다. 준호 말이 나오자 숨이
막혔다. 아저씨 말대로 삼대째인 준호까지 그렇게 가서는 안 되
는 일이었다.

제비는 여전히 쉬지 않고 먹이를 물어 날랐다. 그리고 공평하
게 먹이를 분배하고 있었다. 만약 우리 사회가 제비처럼 공의로
운 사회였다면 독립운동가 후손인 준호는 그렇게 죽지 않았을
것이라는 생각을 하면서 대문이 있었던 자리, 텅 빈 곳을 바라보
았다.

"대문부터 세워야겠어요."

"대문까지?"

"준호에게 빚을 많이 졌으니까요."

"자네가 왜 준호에게 빚을 졌단 말인가. 나라가 빚을 졌으면
졌지."

"준호가 집을 수리하고 싶어 했거든요."

준호는 임종을 얼마 남겨 두지 않는 상태에서 마치 유언을 하
듯 집을 수리하고 싶다고 했다.

"몸이 좋아지면 고향 집 수리를 해야겠어."

집은커녕 소년시절 고향을 떠난 이후 두 번 다시 발을 딛지
않았던 고향이었다. 설사 준호가 살아 있다 하더라도 집 수리
를 한다는 건 말도 안 되는 소리였다. 부실한 몸으로 하루하루
삶을 견디기에도 역부족인 처지에 쓰러져 간 집을 수리할 능력
이 없는 탓이었다. 결국 준호의 말은 나에게 남긴 유언이 되고
말았다. 물론 준호는 나에게 털끝만큼도 기대를 하거나 부탁을

한 적이 없었다. 다만 준호 자신의 소망일 뿐이었고 그 말을 들은 나는 그에게 갚아야 할 부채를 짊어지고 있다는 생각 때문이었다.

"그나저나 비용이 만만치 않을 텐데 괜찮겠는가? 그런다고 준호가 살아 돌아오는 것도 아닌데."

"힘들어도 해야 할 일은 해야겠지요."

"옳은 생각이네. 힘들어도 누군가는 해야 할 일이지. 사실 자네가 할 일은 아니지만."

"언젠가는 준희, 준수가 이 집으로 돌아올 거라고 믿어요. 그리고 준호 고모, 준호 아버지와 할아버지의 영혼도 기뻐하실지 모르겠고."

"자네는 어려서부터 인정이 넘쳤지. 군수 어르신 금고에서 돈을 집어다가 어려운 아이들 학용품 사 주기에 바빴으니까. 도움받은 아이들 손가락 꼽자면 열 손가락도 모자랄걸. 준희부터 시작해 민숙이, 은실이 등등."

"그까짓 일을 아직도 기억하시다니요."

"가슴이 뭉클할 때가 한두 번이 아니었는데 쉽게 잊을 수가 있겠는가. 어디 돈뿐이었나. 먹을 것 귀한 시절에 음식도 노상 퍼다 줬지."

아저씨 말대로 나는 할아버지 금고에서 돈을 들어내는 것에서 그치지 않았다. 우리 집에는 먹을 것도 남달리 많았다. 광에 가면 쌀이 독마다 채워져 있었다. 여름이면 남아도는 쌀에 벌레가 나 쌀을 널어 말리기도 했다. 부엌에는 조리된 음식이 언제나 남아돌았다. 준호 동생 준희는 나보다 어렸지만 민숙이, 은실이는 내 또래였고 동생들을 거느린 소녀가장들이었다. 민숙이는 아버지가 돈을 벌기 위해 서울로 간 다음 좀처럼 돌아오지 않았고 은실이는 부모가 모두 정신이 온전치 못했다. 그 아이들은 가족의 가장노릇을 하느라 비 오는 날에만 학교에 나타났다. 날이 좋은 날엔 남의 집 일을 하기 때문이었다.

나는 그들을 자주 우리 집으로 데리고 와 음식을 가져가게 했다. 광에 있는 쌀독 앞으로 안내하기도 했다. 그들을 불러다 그런 걸 가져가게 할 때마다 학교에서 우등상을 받을 때처럼 기쁘고 행복했다. 그런 기쁨 때문에 나중에는 부엌 음식을 싹쓸이하여 가져가게 할 때도 있었다. 그런 일들은 엄마에게 자주 들키곤 했다. 한 번은 할아버지께 드리려고 만들어 놓은 귀한 음식까지 가져가게 했다면서 엄마가 노발대발했다.

"할아버지께 드릴 음식까지 싹 쓸어 줘 버리다니. 왜 니가 그런 걱정을 하느냔 말이야. 아이답지 않게."

"우리 집엔 음식이 많잖아요."

"버리더라도 함부로 남에게 주면 안 되는 거야."

"왜요?"

"가난한 사람들은 주면 줄수록 더 주기를 바라니까. 그래서 처음부터 주지 말아야 해."

나는 엄마 말을 이해할 수 없었다. 지금 생각해 보면 그건 조선시대 사대부계급들이 가난한 서민과 차별화하기 위한 권위적인 생각이었다. 엄마는 그렇게 가난한 사람들과 거리 두기를 해야 한다고 믿었고 나는 엄마와 반대로 나간 것이었다.

"오늘 함이와 이런 이야기를 하다 보니 오랜만에 사람 사는 것 같구만. 난생처음 사람이 왜 사는가? 하는 생각도 들고."

아저씨는 흐뭇한 표정을 지으며 무성한 풀을 손으로 신바람 나게 휘어잡아 뽑았다. 풀이 움직일 때마다 나비가 이리저리 날았다. 마치 준호 고모의 영혼인 것처럼 또는 준호의 영혼인 것처럼 나비들이 자꾸 내 손등을 스쳤다.

그가 말했다

남자아이는 귀찮은 얼굴로 우리에게 다가와 제사음식을 담은 봉지를 빼앗듯이 받아 들었다. 고맙다는 인사를 기대했던 우리는 모두 기가 죽고 말았다. 남자아이는 음식 봉지를 받아 든 채 나를 쏘아봤다. 비수 같은 눈빛을 번득여가며 한참을 쏘아보더니 음식 봉지를 거꾸로 들어 옆에 있는 개에게 쏟아 버렸다. 개가 숨 쉴 틈도 없이 음식을 집어삼키기 시작했다. 우리는 파랗게 질린 얼굴로 도망을 치듯 발걸음을 옮기려는데 남자아이가 나를 향해 말했다.

"가서 니네 할아버지께 전해, 군수 댁 제사음식 따위는 개나 줘야 한다고."

나는 울음을 터트리며 집으로 돌아오고 말았다.

— 그를 처음 알았던 날

준호네 집에서 나와 우리 집으로 왔다. 오래된 기와집이 잘 보존된 문화재처럼 보였다. 길게 뻗은 담장 중앙에 육중한 대문이 굳게 닫혀 있었다. 남의 집 앞에 서 있는 것처럼 긴장이 됐다. 대문은 안으로 빗장이 질러진 탓에 밖에서는 열 수가 없었다. 대문 옆으로 따로 만들어 놓은 쪽문을 따고 들어가 빗장을 열어야 했다. 아저씨는 나를 대문 앞에서 기다리게 하고는 열쇠꾸러미를 들고 쪽문을 향해 걸었다. 아저씨가 열쇠로 쪽문 잠금장치에 채워 둔 커다란 자물통을 열었다. 절컥, 하는 소리가 교도소 유치장 문을 여는 것처럼 들렸다. 그건 해제였다. 잠금과 해제를 놓고 나는 오랫동안 고민해 왔다. 인간은 스스로 자신을 잠글 수도 해제할 수도 있다는 것에 대하여, 이를 테면 잘못한 것에 대하여 사죄하거나 용서를 구하는 것은 오로지 자신의 자유의사에 따른 것인데 사람들은 자신의 자유를 활용하지 못한 채 자신에게 스스로 갇힌 것이었다.

나는 이제야말로 내 안에 잠겨 있는 모든 것을 해제하고 자유롭게 할아버지가 물려주신 고향 집에 집중하기로 마음을 다졌다. 내일, 아니면 모레, 아무튼 이번에는 할아버지가 남기고 가신 유산, 우리 집을 해체할 생각이다. 진작부터 집에 대한 일차적인 해체로 권위적인 대문을 뜯어 버리고 일반적으로 사용하는 철 대문으로 바꾸자고 했지만 엄마가 말을 듣지 않았다. 할아버지는 집을 가문의 상징으로 여겼고, 엄마는 그걸 전수받은 탓이었다. 할아버지가 목숨처럼 아끼고 가꾸었던 집은 지금 엄마 명의로 되어 있다. 할아버지 이름으로 된 집이 엄마 이름 '조명진'으로 바뀐 것은 아버지가 할아버지로부터 집을 물려받기 전에 돌아가신 탓이다.

"대문을 허는 건 할아버지의 정신을 허는 일이야. 대문은 그집 얼굴이고 기운이라고 내가 늘 말했는데도 넌 쓸데없는 말을 자꾸 되풀이한다니까."

아직도 호주제에 꽁꽁 묶여 있는 엄마는 가문을 잇는다는 개념으로 집을 장남, 이겸에게 물려줄 거라고 마음먹고 있다. 집은 군청에서 몇 번인가 사겠다고 했다. 말하자면 보기 드문 전통가옥이니 지역 문화재로 관광 상품화 하자는 것이었다. 엄마가 펄쩍 뛰었다. 엄마는 군청을 향하여 "남의 집 가문을 팔라고 하는 거나 마찬가지"라며 크게 화를 냈다. 집을 구경거리로 만든다는 자체를 허용할 수 없다고 했다. 그런데 이상한 것은 준호네 집역시 전통가옥으로 치자면 우리 집 이상인데도 군청에서 문화재로 만들겠다는 말을 하지 않았다.

"군청에서 어르신 댁 집을 사려고 한 것은 집이 손볼 데가 없이 깨끗한 것도 이유 중 하나지만 정작 이유가 따로 있었지."

김 씨 아저씨 말대로 우리 집은 손볼 데가 없기도 하지만, 우리 할아버지가 군수를 지냈다는 것 때문이었다. 그런데 남에게 과시하기 좋아하는 엄마가 한사코 손을 내저은 데는 이유가 있었다. 엄마는 이해하지 못할 야심에 차 있기 때문이다.

"마을 빈집들을 사들여 우리 집을 덕수궁 못지않게 만들어 갈 거다."

엄마는 정말 궁궐이라도 만들겠다는 사람 같았다. 김 씨 아저씨에게 마을 빈집이 생기면 알아봐 달라고 부탁해 놓은 것도 그래서였다. 우리 집과 비교적 가까운 거리에 있는 마을 집들을 사들여 합하면 왕궁 같은 터가 된다는 것이고, 그걸 자손대대로 이어가게 하겠다는 욕망을 품고 있다.

아저씨가 집 안으로 들어가 대문 빗장을 열었다. '덜커덕' 하는 소리가 쪽문을 딸 때보다 더 크고 무겁게 울렸다. 우리 집 대문은 엄마 말대로 완고함 그 자체였다. 새삼스럽게 대문이 너무 크고 높고 무겁다는 생각이 들었다. 나는 힘껏 대문을 양쪽으로 밀었다. 무거운 탓에 제대로 열리지 않았다. 아저씨가 달려들어 대문을 양쪽으로 열어젖혔다. 대문은 마치 고함을 지르듯 짜-악, 하는 소리를 내지르며 양쪽으로 갈라졌다.

어린 시절 어른들이 대문을 열고 닫을 때면 '짜-악!' 하는 소리가 집 안으로 울려 퍼졌다. 권위적이고 위압적인 소리였다. 어떤 것도 그 소리 앞에서 함부로 고개를 쳐들거나 반항할 수 없을 것 같았다. 또 안에서 빗장이 덜커덕 질러지고 나면 세상과 차단되었다. 대문은 낮에도 거의 닫혀 있었다. 또래 아이들이 나를 따라왔다가도 집에는 함부로 들어오지 못했다. 대문이 준 위압감 때문이었다. 옛날을 생각하며 대문 앞에 우뚝 선채 머뭇거렸다.

굵고 높은 문턱도 아이들을 머뭇거리게 만들었다. 초등학교 3학년 정도 아이들이 우리집 대문 문턱을 건너려면 다리를 기역자로 꺾어야 했다. 아이들은 망설이다 그냥 돌아가 버리고 말았다. 나는 문턱을 넘는 방법을 나름대로 익혔다. 한쪽 문짝에 바짝 붙어 서서 문짝을 잡고 문턱에 올라선 다음 아래로 깡충 뛰어내리곤 했다. 할머니는 그러다 넘어지면 몸을 다친다며 말리고, 엄마는 여자아이가 여자아이답지 않게 군다며 나무랐다.

"그러면 높은 문턱을 어떻게 넘지?"

나는 그때부터 높은 문턱에 대해 고민했는지도 모른다. 들어올 때든 나갈 때든 가족 가운데 누군가가 손잡아 넘어오게 해주고, 넘겨 주곤 했다. 초등학교 4학년 때까지 그렇게 했다. 5학년부터는 다리가 조금 더 길어지자 내 힘으로 넘을 수 있었다. 문턱이 높은 것은 무엇이나 약자를 제한했다. 초등학교 4학년때까지도 나는 문턱을 넘기에 다리가 아직 덜 자란 약자였다.

옛날 생각을 하면서 나는 대문 문턱을 넘었다. 절대 금지구역의 경계선을 넘는 기분이었다. 할아버지의 근엄함은 대문에서부터 시작되었다. 이천 평 터를 가진 담장 안에서는 언제나 긴장감이 돌았다. 엄중함, 근엄함은 비단 성리학의 분위기 때문만은 아니었다. 할아버지의 옛날 한문 책자는 크고 두꺼웠다. 기름에 절인 누런 표지를 열면 세로로 적혀 있는 한문이 빼곡하게 채워져 있었다. 할아버지 사랑채에는 언제나 그런 한자로 된 책이 펼쳐져 있었고 그걸 볼 때마다 조심스러웠다. 널따란 마당도 할아버지의 권위에 대하여 한몫을 했다. 안채로 가기 위해서는 축구장 같은 넓은 마당을 걸어야 했다. 할아버지는 마당을 즐겼다. 낮에도 대문을 걸어 잠그게 하면서도, 마을 사람들이 농악놀이를 할 때나 마을 청년들이 축구시합을 할 때면 마당을 허용했다. 장죽을 물고 앉아 사랑채 문을 열어놓고 축구 구경을 했다. 공이 들어갈 때면 "허," 하면서 장죽을 뻐끔뻐끔 빨아들였다. 정월 대보름이면 마을에서 농악놀이를 하고, 할아버지는 그들에게 마당을 허용할 뿐만 아니라 푸지게 대접하기를 좋아했다. 그렇지 않아도 존경받는 할아버지는 그런 이유로 존경이 두 배 세 배가 되었다.

안채로 가는 길은 마당 가장자리에 따로 만들어져 있다. 징검다리처럼 납작한 돌이 두 줄로 나란히 놓여 있다. 어린 시절 비가 오는 날이면 그걸 하나, 하나, 건너뛰면서 재미있어 했던 기억을 떠올리며 안채에 닿았다. 덩실한 처마 아래로 단정하게 하얀 회칠을 한 외벽이 고왔다. 안채도 방마다 문이 잠겨 있다. 긴 마루는 넓은 나무판이 잇대어 있고, 마루 중간중간에 둥근 기둥이 집을 받치고 있다. 둥근 기둥을 쓸어안으며 기둥 옆에 앉았다. 동향인 안채는 아침에 해가 떠오르면 해와 마주쳤다. 동향집 아이들이 총기가 있는 이유는 아침에 일어나 가장 먼저 해와 마주친 탓이라고 할아버지가 말했다. 사실이든 아니든 우리 형제들은 모두 학업성적이 뛰어났다. 할아버지는 그것을 풍수지리로 해석하면서 집터를 소중히 했다. 아저씨가 안채 방문에 채워 둔 자물통도 해제했다.

"방 안이 고슬고슬 할 거야. 한여름에도 한 달에 한두 번씩 불을 때고, 일주일에 한 번 씩은 꼭꼭 바람을 쐬거든."

아저씨의 말대로 안방이 햇볕에 잘 말린 빨래처럼 고슬고슬했다. 안채는 중앙에 안방이 있고 양 옆으로 건넌방이 있다. 오른쪽에 건넌방이 두 개 나란히 있는 건 나와 여동생이 각각 사용했던 방이다. 안채를 중심으로 양옆으로 별채가 붙어 있다. 오른쪽 별채는 아버지와 엄마가 거처했던 곳이고, 왼쪽은 남동생들이 사용했던 방과 손님들을 위한 방이었다.

안채에서 나와 아래채 광으로 갔다. 광에도 무거운 자물통이 굳건하게 채워져 있었다. 아저씨에게 자물통을 따달라고 했다.

"광에 들어가 보게?"

아저씨가 의아하게 생각했다. 한 번씩 집에 오더라도 광에까지 들어가는 일은 없었다. 이제 조만간 이 세상에서 사라질 우리 집을 마지막으로 구석구석 둘러보는 것이 집을 분신처럼 아꼈던 할아버지에 대한 예의일 것이었다.

"찾을 거라도 있나? 참, 군수 어르신 제사가 돌아오니 그렇기도 하겠지."

아저씨는 얼마 남지 않은 할아버지 제사를 들먹였다.

"그냥 한번 둘러보고 싶을 뿐이에요."

아저씨가 자물통을 열었다. 대청마루가 깔린 넓은 광이 운동장처럼 넓어 보였다. 벽을 따라 늘어선 독들이 운동장에 모인 학생들처럼 키순으로 잘 정렬되어 있었다. 한쪽에는 제기를 덮어 놓은 하얀 천이 넓게 펼쳐져 있다.

"제기 손질을 하느라 늘어놓은 거라네. 제사가 달포밖에 남지 않았으니 마음이 바쁘지 뭔가."

아저씨는 제기를 덮어 놓은 하얀 천을 바라보며 제사를 강조했다. 나는 말없이 고개를 끄떡였지만 이번 제사는 집에서 지낼 수 없을 거라고 속으로 중얼거렸다. 아저씨는 하얀 천을 벗기더니 잘 닦아 놓은 놋그릇을 보여 주었다. 제기는 목기도 있지만 대부분 놋그릇이라는 걸 나도 잘 알고 있었다. 향로부터 시작해 밥그릇 국그릇 찬기 숟가락 젓가락 등 놋그릇이 달빛처럼 맑고 정갈하게 광을 내고 있었다.

"요즘 약이 좋아서 놋그릇 닦는 것, 일도 아니야. 광도 옛날에 기왓장 가루로 닦을 때와 비교가 안 되고."

아저씨는 놋그릇을 조심스럽게 만지며 자랑스러워했다. 그런 다음 다시 하얀 천으로 덮었다. 싸늘한 공기가 엄습했다. 몸이 떨렸다.

"벽이 안채보다 훨씬 두꺼운 탓에 광은 한여름에도 서늘하다네."

아저씨도 몸을 움츠리며 말했다.

"벽이 안채보다 두껍다니요?"

"어르신께서 군수를 끝내고 집에 들어앉으실 때 집을 중축했는데 안채나 사랑채보다 광 벽을 두 배로 두껍게 했거든."

"왜 그랬을까요?"

이상한 일이었다. 주택의 중심인 안채 벽을 다른 곳보다 두껍게 하는 것은 이해가 가지만, 곡식과 이런저런 잡동사니를 보관하는 광의 벽을 안채보다 두껍게 한다는 건 이해가 가지 않았다.

"광이란 본디 곡물을 보관하는 곳이고 곡물은 가족을 지켜주는 양식이니 도둑이 들어서도 안 되고 바람을 타서도 안 된다는 생각이었지."

"바람을 타서도 안 된다구요?"

도둑이 들지 못하도록 하는 것이야 당연한 일이지만 바람을 타서도 안 된다는 건 이해하기 어려웠다.

"내 짐작이네만 바람은 아무래도 무얼 흩어지게 하는 것이라 그러셨을 거야."

"무슨 비밀이 새어나가는 걸 막는 것처럼 말인가요?"

"비밀? 광에 무슨 비밀이 있겠나."

아저씨는 비밀이라는 말에 화들짝 놀란 듯했다. 그런데 아저씨 말대로 광에 무슨 비밀이 있을 리 없었다.

키순으로 진열되어 있는 독 맨 안쪽으로 붉은 벽돌색을 띠는 독이 있었다. 문득 그 속에 무엇이 들어 있는지 궁금했다. 어려서 추억이 떠오른 탓이었다. 가끔 엄마를 따라 광에 들어가면 딴 세계 같았다. 정말 무슨 비밀이 숨겨져 있는 것처럼 궁금했다. 지금처럼 독들이 줄지어 있고 모두 뚜껑을 덮고 있는 독들은 궁금증을 자아내기에 충분했다. 내가 초등학교 입학할 때까지만 해도 우리 고향에는 냉장고가 없었다. 그래서 독은 냉장고 구실을 할 때가 있었다. 엄마는 독 뚜껑을 열고 때론 사과를 꺼냈고, 때론 감을 꺼냈다. 과일뿐만 아니라 약과며 유과도 꺼냈고, 말린 생선이며 미역 등 해산물을 꺼내기도 했다. 그런 생각을 하면서 성큼성큼 안쪽으로 들어가 붉은 벽돌색을 띤 독 앞에 섰다. 막상 가까이 보자 육중한 독 뚜껑을 열어 볼 엄두가 나지 않았다.

"감기 걸리겠어. 어서 나가."

아저씨가 내 곁으로 다가와 나를 독으로부터 밀어내며 나가자고 독촉했다.

"열어 봐야 빈 독이야. 농사를 지어야 무얼 담지. 자, 어서 나가자니까."

아저씨는 서둘러 나를 앞세우고 밖으로 나와, 다시 자물통을 잠그고는 돌아섰다. 서둘러 나를 광에서 밀어내는 태도가 조금 이상하긴 했지만 내가 감기 걸릴까 봐 염려하는 마음이라는 건 의심할 여지가 없었다.

"그나저나, 나랑 집사람 죽으면 누가 제사 일을 감당할지 걱정이야."

광을 나와 걸으며 아저씨가 제사 걱정을 했다.

"제사 요란하게 지내는 것, 이제 끝내야죠."

"섭섭한가? 내가 나이가 들어가니 걱정이 돼서 해 본 말인데."

"그렇지 않아요. 실은 진작부터 우리 형제들이 의논했어요. 앞으로는 제사 서울에서 간소하게 지내자고."

"하늘이 무너지면 무너졌지 자당께서 용납 안 하실 거네."

"맞아요. 엄마가 고집을 부리는 중이에요. 그렇지만 아저씨도 이젠 우리 집 일, 힘에 부치잖아요. 연세가 여든에 가까우신데."

아저씨네 가문은 대를 이어 우리 가문의 집사로 일했다. 이제는 그만둘 수도 있지만 할아버지가 워낙 후하게 대해 준 탓에 충성을 바친 거라고 엄마가 입버릇처럼 말했다. "그 옛날 논 스무 마지기에 하루 종일 돌아야 끝이 날 산판까지 모조리 내주었으니 살판난 거지. 넷이나 되는 자식들 모두 서울에서 대학 공부시킨 것도 다 우리 덕"이라고 하면서 아저씨의 수고를 당연하게 여겼다. 그렇더라도 할아버지를 극진히 모셨고, 할아버지가 안 계신 지금까지 우리 집을 자기 집보다 더 정성들여 돌봐 주는 아저씨에게 우리가 신세를 진 것이지 아저씨가 우리 덕을 본다고는 말할 수 없는 일이다.

엄마 말대로 아저씨네 자식들도 모두 서울에서 대학을 졸업하고 좋은 직장을 얻은 탓에 언제든 서울로 옮겨 갈 수 있는 처지인데도 아저씨는 시골사람이 시골을 떠나면 제명대로 살지 못한다면서 마을을 떠나지 않았다. 진짜 이유는 우리 집 관리 때문이라는 걸 나는 잘 알고 있다. 우리 집 제사만 해도 아저씨가 아니면 시골에서 지내는 건 어림없는 일, 돌이켜보면 제사는 아저씨네 가족을 혹사시키는 일이었다. 우리 집 제사는 할아버지 외에 아홉 분 조상을 모셔야 하는데 제사상에 올릴 과일부터 생선까지 일등급으로 구해야 하고, 술은 집에서 빚어야 하며, 물은 산 깊은 곳에서 생수를 떠다가 며칠 동안 정제해야 하고, 제사 때 입는 옷도 손질해야 한다.

내가 준호를 알게 된 것도 우리 집 제사 때문이었다. 할아버지가 살아 계실 때 우리 집 제사는 마을의 작은 잔치 같았다. 제삿날이면 집집마다 마을 어른들을 집으로 초대했다. 집안이 사람들로 꽉 찼다. 그것도 모자라 제사음식을 봉지, 봉지, 만들어 한 집도 빠짐없이 돌렸다. 심부름꾼으로 아저씨네 아이들과 동네 아이들이 동원되었다. 아이들은 몇 그룹으로 나뉘어 동네를 돌았다. 초등학교 5학년 겨울 제사 때 나도 심부름에 동참했다. 나는 아저씨네 아이들을 따라다녔다. 제사음식을 받아든 마을 사람들이 고마워하는 것이 즐거웠다.

그때 나에게 평생 잊을 수 없는 일이 벌어졌다. 아저씨네 아이들이 하리의 준호네 집으로 가 마당에서 "군수 댁에서 왔는데요."라고 외쳤다. 할아버지가 옛날에 군수를 지낸 탓에 마을에서 우리 집을 군수 댁이라고 불렀다. 군수 댁에서 왔다고 하면 집집마다 깜짝 놀란 듯이 맞이하면서 제사음식을 황송하게 받아 들었다. 그런데 준호네 집에서는 좀처럼 내다보지 않았다. 그날은 눈이 많이 내렸다. 우리는 눈을 맞으며 오히려 구걸을 하러 온 것처럼 사람이 나오기를 기다렸지만. 아무리 기다려도 사람이 나오지 않았다. 우리는 반드시 음식을 전달해야 한다는 생각 때문에 끝까지 인내했다. 아저씨네 아이들이 다시 "군수 댁에서 왔는데요."라고 외쳤다.

제사는 닭이 울기 전에 상을 걷고, 나누어 줄 음식은 아침을 먹기 전에 돌려야 했다. 그래서 대부분 부엌에서 아줌마들이 밥을 짓고 있다가 뛰어나와 음식을 받았다. 준호네 집 부엌에서는 밥을 짓는 아줌마도 보이지 않았다. 고요한데, 개만 요란하게 짖어댔다. 아이들이 다시 "군수 댁에서 왔는데요."라고 합창을 했다. 그때서야 남자 아이가 방에서 나왔다. 나보다 나이가 더 먹어 보이는 남자 아이는 귀찮은 얼굴로 우리에게 다가와 음식 봉지를 빼앗듯이 받아 들었다. 고맙다는 인사를 기대했던 우리는 모두 기가 죽고 말았다. 남자 아이는 음식을 받아든 채 나를 쏘아봤다. 눈에 비수 같은 빛을 번득이며 한참을 쏘아보더니 음식 봉지를 거꾸로 들고 옆에 있는 개 밥그릇에 쏟아 버린 것이었다. 개가 숨 쉴 틈도 없이 음식을 집어 삼키기 시작했다. 우리는 파랗게 질린 얼굴로 도망을 치듯 발걸음을 옮기려는데 남자 아이가 나를 향해 말했다. "가서 니네 할아버지께 전해, 군수 댁 제사 음식 따위는 개나 줘야 한다고."

나는 울음을 터트리며 집으로 돌아오고 말았다. 할아버지께는 차마 그 말을 전할 수가 없었다. 그 아이의 말을 이해할 수는 없었지만 할아버지께 해서는 안 될 것 같았다. 그 아이의 말과 행동이 너무 충격일 뿐만 아니라 예의를 전혀 모르는 아이라고 생각했기 때문이었다. 나는 할아버지로부터 예절을 배웠으므로 그런 판단은 할 수가 있었다. 평소 할아버지는 저녁식사를 마친 다음 가족들을 불러 모아 놓고 훈계를 했는데, 나는 아장아장 걷기 시작할 때부터 그런 훈계를 들으면서 자랐다. 아침저녁으로 할아버지께 문안을 드려야 했고, 출타하고 귀가할 때마다 가족들이 대문 앞에 줄지어 서서 배웅하고, 영접했다. 대문 앞에서 영접한 다음 방으로 들어가 할아버지가 자리에 좌정하면 가족들이 서열대로 절을 올렸다. 마을 사람들도 길을 가다가 할아버지를 만나면 허리를 굽혀 인사를 했다. 아줌마들은 머리에 쓴 수건을 벗고 두 손을 공손히 모으며 인사를 했고, 남자들은 모자를 벗고 정중하게 인사를 했다. 그런 식으로 마을 사람들이 모두 존경하는 우리 할아버지였다.

할아버지께는 차마 말할 수 없었지만 엄마에게는 말했다. 엄마가 그 아이를 향해 몹시 화를 낼 줄 알았는데, 화를 내지 않았다. 오히려 "그런 말 입 밖에 내면 안 된다. 친구에게도 말하면 안 돼. 알겠니?"라고 입단속을 시켰다. 엄마는 나만 단속한 게 아니라 그날 심부름을 한 아저씨네 아이들에게도 입단속을 시키면서 용돈까지 쥐어 주었다. 그날 일을 세상 어느 누구에게도 말해서는 안 된다는 걸로 인식한 나는 엄마가 시킨 대로 입을 꼭 다물었다. 나는 그 후로 다시는 제사음식을 배달하는 일에 끼이지 않았다. 함구하라는 엄마의 명령에 입을 꼭 다물고 살았을 뿐만 아니라 그 아이네 집 쪽으로 눈길도 돌리지 않았다. 사실 그 집 사람들은 마을 사람들과 친하지 않았고, 나에게도 낯설었다. 같은 마을에서 같은 초등학교를 다녔을 텐데 도무지 본 기억이 없을 정도였다. 나는 그때서야 그 집에 대한 내력을 알기 시작했다. 마을 사람들은 그 집을 독립운동가 집이라고 부른다는 것, 옛날에 그 아이 할아버지가 만주에서 독립운동을 하다가 가문이 망했다는 것, 그 아이 이름이 김준호라는 것도 그때서야 알았다. 김준호는 나보다 두 살 위였고 학생이 아니었다. 중학교에 입학은 했지만 겨우 한 학기를 다니다 그만두고 우리 고향과 가까운 여주에 있는 도자기 공장에 다니고 있었다.

준호 할아버지가 가족들을 데리고 일제 때 만주로 갔다가 할아버지는 그곳에서 돌아가시고 해방된 다음 준호네 가족만 돌아왔지만 재산을 모조리 처분해 독립운동에 썼기 때문에 남아 있는 게 없었다. 그것까지는 어쩔 수 없다 치더라도, 독립운동을 했는데도 나라에서 혜택을 받지 못한 채 오히려 빨갱이라는 손가락질을 받고 있었다. 준호 아버지가 빨갱이 짓을 하다가 붙잡혀 총살을 당했다고 했다. 빨갱이라는 말에 겁이 났다. 나를 쏘아보던 눈빛이 떠올랐다. 아이들이 빨갱이들은 눈이 빨개서 빨갱이라 한다고 했다. 북한 사람들은 도깨비처럼 머리에 뿔이 나 있고 눈이 빨갛다고 했다. 누구든지 북한에 대한 말만 해도 도깨비처럼 눈이 빨개져 빨갱이가 된다고 했다. 그렇게 되면 준호 아버지처럼 잡혀가 총살을 당한다고 했다. 어떤 아이들은 준호 아버지가 억울하게 죽었는데, 그렇더라도 그런 말을 함부로 하면 안 된다며 쉬쉬했다. 아무튼 무서웠다. 그래서 엄마에게 정말 준호 아버지가 빨갱이냐고 물었더니 엄마는 버럭 화를 내면서 어떤 말이든 그 집 이야기를 꺼내지 말라고 못을 박았다. 우리 집에서 준호네 이야기는 한마디로 금기어나 마찬가지였다.

엄마 명령에 따라 나는 중학교에 갈 때까지 준호에 대해 관심을 갖지 않았다. 그런데 중학교는 하리로 가는 길과 방향이 같았고, 멀리서 준호네 집이 보였다. 그동안 엄마의 함구령 때문에 꾹 참고 있었던 궁금증이 마치 갈증 난 목마름에 물을 찾듯이 그 집 쪽으로 자꾸만 눈길이 갔다. 사실 만날 용기도 없으면서 그를 만나보고 싶었다. 왜 우리 집 제사음식을 개나 주어야 하는지, 왜 자기 말을 우리 할아버지에게 전하라고 했는지, 꼭 알고 싶었다. 그런데 좀처럼 만날 수가 없었다. 대신 준호 여동생 준희를 만날 수 있었다. 준희는 초등학교 4학년이었다. 준호에게는 준희라는 여동생과 준수라는 남동생이 있었다. 중학교 1학년 1학기 기말고사를 치고 평소보다 조금 일찍 집으로 돌아오던 날, 용기를 내어 그 집 쪽으로 걸어갔다. 준호네 집은 하리에서는 가장 큰 집이었지만 그때도 집이 무척 낡았고 돌담에는 구멍이 숭숭 뚫려 있었다.

그 집 마당을 정면으로 들여다볼 엄두를 내지 못해 돌담 구멍으로 집 안을 들여다봤다. 마당 끝에 서 있는 무화과나무 잎이 시야를 방해했다. 집 안으로 한 발짝 더 내디뎠다. 제사음식을 가져갔을 때처럼 개가 나를 의식했는지 짖어댔다. 겁이 나 다시 담장 밖으로 물러나고 말았다. 그때 준희가 빨래 통을 이고 집 밖으로 나와 다리 아래로 가고 있었다. 다리 아래는 동네 빨래터였다. 나는 다리에 서서 준희가 빨래를 하는 걸 바라보았다. 6월 말인데, 초여름 날씨처럼 더웠다. 더위를 느끼며 다리 아래로 내려갔다. 준희 곁으로 가 얼굴과 손을 씻었다. 준희가 크고 예쁜 눈으로 나를 바라보며 미소를 지었다. 아버지가 빨갱이라면,

빨갱이들 눈이 빨갛다면, 준희 눈도 빨개야 하는데 보석처럼 아름답게 빛났다. 그날 비수 같은 눈빛으로 나를 쏘아보던 준호의 눈도 빨갛지는 않았다는 걸 떠올렸다. 거리감이나 이질감이 전혀 느껴지지 않았다. 편안한 마음으로 준희에게 말을 붙였다.

"니가 준희니?"

준희는 나를 향해 고개를 끄덕였다. 나는 손을 오래오래 씻으면서 준희가 빨래하는 걸 관찰하듯 유심히 바라보았다. 세탁비누를 쥔 손아귀가 찢어질 듯이 늘어나 아파 보였다.

"니가 왜 빨래를 하니? 니네 엄마는?"

"엄만 아프니까."

"그렇게 많이 아프니?"

"밥도 못하는데."

"그럼 누가 밥 지어?"

"내가 지어요."

"세상에, 니가 밥을 짓는다고?"

초등학교 4학년 아이가 밥을 짓는다는 말이 나로서는 이해가 가지 않았다. 나는 준희보다 세 살이나 더 먹었지만 밥을 짓기는커녕 내 양말도 빨아보지 않았기 때문이었다. 나는 사실 준호가 궁금했고, 망설이다가 결국 말을 꺼냈다.

"니네 오빠는 뭐하니?"

"오빠는 공장에 다녀요."

준희는 나를 거부하지 않고 술술 이야기를 잘했다. 준호와 달랐다.

"니네 오빠 학교엔 안 다녀?"

"학교에 어떻게 다녀요. 엄마 약값도 없는데."

나는 이미 들어서 알고 있으면서도 준호에 대한 정보를 듣고 싶어 이것저것 물어보았다.

"약값이 없다고? 그럼 어떡해?"

"그래서 오빠가 공장에 취직했는데, 엄마 약값을 벌려고 밤늦게 와요. 우리가 잠잘 때 왔다가 아침에 눈 뜨기가 무섭게 출근하니까 얼굴도 못 볼 때가 많아요."

준희는 내가 묻지 않는 말도 자세히 해 주었다. 준호는 일요일에도 일을 하러 갈 때가 많다고 했다.

그런데 한 번 준호를 볼 수 있는 아주 특별한 기회가 있었다. 여름방학이었다. 나는 그 해 일을 뚜렷이 기억할 수 있었다. 1971년 4월, 당시 대통령이 연이어 세 번째 당선되었고 아버지는 그때 세상이 끝났다며 좌절했기 때문이었다. 아버지는 그날 학교에서 퇴근하여 돌아와 평소처럼 할아버지 사랑채에 들어가 인사를 드렸다. 그런데 할아버지와 아버지가 주거니 받거니 하면서 서로 언성을 높인 것이었다.

"학교를 그만두겠다니?"

"세상이 이 지경에 이르렀는데 무슨 힘으로 선생을 한단 말입니까. 위에서 내린 명령에 따라 교육하는 꼭두각시 선생은 되기 싫습니다."

"그런 소리 다시는 입 밖에 내지 말고 그저 바람 부는 대로 살아. 무슨 걱정이냐. 위에서 하란 대로만 하면 되는 것을."

"일제 때 친일하면서 편하게 살다가 해방이 되자 다시 권력 잡고 나선 것처럼 말인가요?"

"천하장사도 시류 못 거스르는 법이다. 바람을 누가 막는단 말이냐. 언행 조심하고 때를 기다려."

"이번에 3선 성공하기 위해 대선자금 얼마나 썼는지 아세요? 국가 예산 10퍼센트 이상을 썼다고요. 장장 수백억에 달하는 돈을 썼는데, 이런 사실을 전혀 모르시면서 덮어놓고 시류라고 하지 마시라니까요."

"무슨 수단을 부려 대통령이 됐든지, 또 세 번을 하든 평생을 하든 나라만 잘 살게 해 주면 된다."

"왕조시대처럼요? 나라가 왕의 것인 왕조시대 말입니다."

아버지는 말을 마치자마자 사랑채를 박차고 나왔다. 나는 마당에 섰다가 아버지와 눈이 마주쳤는데 아버지의 눈에는 눈물과 분노가 가득했다. 나는 뭐가 뭔지 알 수 없었지만 아버지가 측은하기 짝이 없었다. 그렇더라도 나로서는 감히 무슨 말을 할 수 없었고 어떻게 하면 준호를 만날 수 있을까 하는 생각에 몰두했다.

그리고 그해 8월 15일 광복절 아침, 학교에서 기념식을 하고 돌아오는 길에 사거리에서 준호를 발견했다. 공장에 있어야 할 준호가 웬일인지 대낮에 자기 집으로 걸어가고 있었다. 반가웠다. 가슴이 쿵쿵 뛰었다. 당장 그의 앞을 가로막고 서서 말을 붙여 보고 싶었지만 막상 그를 보자 용기가 나지 않았다. 그가 마을 사거리를 벗어나고 있었다. 나는 멀찍이 떨어져 그의 뒤를 따라갔다. 준호는 내가 따라가는 걸 아는지 모르는지 총총히 집을 향해 걸었다. 다리를 건널 무렵 준호가 획, 뒤를 돌아봤다. 내가 뒤를 따라간다는 걸 눈치챈 것이었다. 그때 내 눈과 그의 눈이 마주쳤다. 그의 눈이 빛났다. 8월의 땡볕 아래 빛나는 커다란 눈 빛이 내 가슴을 관통했다. 가슴이 뻥 뚫려 버린 것 같았다. 뻥 뚫린 그곳으로 알 수 없는 설렘이 태풍처럼 지나갔다. 몸을 반대편으로 돌린 채 내가 어떻게 해야 좋을지 몰라 망설이는 동안 준호는 다리를 건너 자기네 집으로 들어가 버리고 말았다.

나는 준호네 집으로 다가가 돌담 구멍으로 집 안을 들여다보았다. 개가 열심히 짖었다. 개도 대낮에 준호가 온 것이 이상하면서도 반가운지 있는 힘을 다 해 꼬리를 흔들며 짖고 있었다. 준호, 준호 어머니, 준희, 그리고 막내 동생 준수 등 가족들이 사랑채로 향했다. 준호 어머니는 거의 기역자처럼 허리가 굽어 있었다. 준희가 부축을 하며 걸었다. 사랑채 대청마루로 올라간 가족들이 방 쪽을 향해 나란히 줄지어 섰다. 마당 쪽 돌담에서 바라본 내 눈에는 그들의 등만 보였다. 준호가 대청마루 앞쪽에 태극기를 꽂았다. 그런 다음 준호의 말에 따라 가족들이 고개를 숙이고 묵념을 했다. 학교에서 한 것과 똑같았다. 독립운동을 했다는 할아버지를 생각하며 묵념을 했을 것이란 생각이 들었다. 가슴이 뭉클해지면서 눈물이 핑 돌았다. 그걸 하려고 대낮에 집에 온 모양이었다. 광복절 묵념이 끝나자 준호는 쉬지도 않고 다시 집을 나왔다. 공장으로 돌아가는 것 같았다. 나는 멀리 도망치고 말았다.

나는 어느덧 노트에 '김준호'라는 이름을 쓰기 시작했다. 영어 단어를 외우기 위해서 노트를 메우기라도 하듯, 단어 대신 김준호를 쓰고 까맣게 메우기 시작했다. 노트가 한 바닥이 끝나면 다음 장으로 넘어갈 때까지 쓰고 또 쓰면서 그의 눈빛을 떠올렸다. 광복절 날, 나를 바라볼 때의 눈빛은 분명 적의에 찬 눈빛이 아니라는 확신이 들었다. 그런 확신이 들수록 준희를 더 가까이 했다. 준희에 대한 연민도 깊어져 갔다. 세탁비누를 쥔 손, 억지로 늘어난 작은 손아귀가 어쩌면 찢어질지도 모른다는 생각에 가슴이 아팠다. 우리 집에는 그때 흔치 않는 가루비누를 사용했다. 우리 집 일을 하는 김 씨 아저씨네 아줌마가 가루비누 덕택에 크게 힘을 들이지 않고 빨래를 한다면서 자랑을 하고 다녔다. 아줌마 말대로 가루비누를 물에 녹인 다음 세탁물을 담갔다가 헹구면 그만이었다. 엄마와 아줌마 몰래 가루비누를 훔쳐다 준희에게 주곤 했다.

"이거 엄청 비싼 건데!"

준희는 가루비누를 보자 감격했다. 빵이나 과자를 준 것보다 더 좋아했다. 준희와 나는 빨래터에서 주로 만났다. 준희는 토요일이나 일요일에 주로 빨래를 하고 나는 준희가 빨래터에 나오는 시간에 다리 밑으로 나갔다. 준희는 물속을 더듬어 조약돌을 고르고 또 골라내어 나에게 선물했다. 어떤 건 새알처럼 동그랗고 어떤 건 물고기 모양, 나비모양, 꽃모양인 것도 있었다. 나도 물속을 더듬어 조약돌을 골라내어 준희에게 주었지만 준희처럼 예쁜 건 좀처럼 찾을 수 없었다.

"준횐 어떻게 예쁜 것만 골라내?"

"빨래 하다가 싫증나면 돌 찾기를 해요. 우리 집에 가면 여러 가지 모양이 있는데 그중에서 송아지를 닮은 걸 가장 좋아해요."

"꽃모양 나비모양도 있는데, 왜 하필 송아지를 닮은 걸 좋아해?"

"빨리 송아지를 갖고 싶어서요."

준희는 소를 키우는데 소가 어서 커서 새끼를 낳는 것이 소원
이라고 했다. 소가 새끼를 낳으면 첫 번째 새끼는 주인에게 주
고, 두 번째 새끼는 자기가 가질 수 있다고 했다. 나도 준희네 소
가 어서 커서 송아지를 낳아 주기를 바랐지만 소가 언제 커서
송아지를 낳을지 답답하기 짝이 없었다.

준희와 이야기를 하면서 나는 준호 소식을 자주 들을 수 있
었다. 내가 중학교 2학년 때 준호는 제대로 공장생활을 하기 위
해 영등포 공장지대로 일자리를 옮겼고, 기숙사에서 생활하는
데 일요일마다 집에 온다고 했다. 준호를 만나기가 더 어려워지
고 말았다. 일요일마다 사거리에서 서성거렸지만 늦은 밤에나
오는지 만나지지 않았다. 좀처럼 준호를 만날 수가 없어 행여
나 하고 종종 그 집을 훔쳐보았다. 그때마다 준호 어머니가 허
리를 제대로 펴지 못하면서도 무언가를 해보려고 애썼다. 어렵
게 마당을 쓸기도 하고, 채소를 다듬기도 하고, 걸레를 빨기도
했다. 어떤 날엔 마당 옆 텃밭에서 호미로 밭을 매기도 했다. 그
럴 때면 준희가 쫓아가 "밤에 또 아프면 어떻게 해" 하면서 호
미를 빼앗았다.

준희 말로는 아버지가 억울하게 빨갱이로 몰려 붙잡혀 갈 때
어머니가 쫓아 나갔다가 경찰이 휘두른 방망이에 맞고 언덕 아
래로 굴러 떨어져 척추뼈를 다쳤는데, 치료를 제대로 하지 못해
불구가 되고 말았다고 했다. 시골 사람들과 잘 섞이지 못한 것
도 서울에서 내려온 탓이었다. 서울에서 살 길이 없어 준희가 아

기 때 시골로 내려온 것이었다. 준희는 말을 할 때마다 눈시울이 붉어졌다. 준희의 말을 듣는 순간 누가 내 머릿속에 '확' 불을 지른 것처럼 이 다음에 꼭 판사가 되어 준희 아버지가 왜 억울하게 빨갱이로 몰려 죽음을 당했는지 알아내야겠다는 생각이 스쳤다. 그때부터 나는 꿈이 무엇이냐고 누가 물으면 이 다음에 판사가 되어 가난하고 슬픈 사람들을 돕겠다고 대답했다.

준호 어머니는 다친 허리가 아려 밤이면 잠을 제대로 잘 수 없다고 했다. 계속 약을 먹어야 하는데 약값이 없어 약을 먹다 말다 한다면서 준희가 울상을 지었다. 준희도 중학교에 입학을 했는데 등록금이 없어 학교를 그만둘지 모른다고 했다.

"소가 커서 새끼를 낳으려면 1년이 걸린대요. 그리고 새끼 하나를 낳으면 다시 1년 후에 새끼를 낳을 수 있대요."

준희 말을 들어보면 소가 커서 첫 새끼를 낳는데 1년이 걸리고, 주인에게 첫 새끼를 주고 난 다음 다시 소가 새끼를 낳아야 비로소 자기 송아지를 갖게 되는 것인데, 그렇다면 자기 송아지를 얻기까지 꼬박 3년이 걸린다는 말이었다. 차라리 아저씨에게 말해 우리 집 소를 한 마리 끌어다 주고 싶었다. 나는 당장 아저씨에게 부탁했다.

"준희에게 우리 소 한 마리 주면 안 돼요?"

"애는 애구나. 소는 강아지나 토끼가 아니란다."

아저씨는 웃어넘기고 말았다. 정확하게 알 수는 없었지만 우리 집에는 소가 많았다. 우리 마을부터 시작하여 이 마을 저 마을에서 준희처럼 우리 소를 키우고 있었다. 아저씨는 종이에 이름을 적어가며 소가 잘 크고 있는지, 새끼를 몇 마리 낳았는지 확인하러 다녔다. 어제는 S마을에 다녀왔고 오늘은 D마을에 다녀왔다고 하면서 할아버지께 자세히 보고했다. 새끼를 받으면 또 다른 집에 새끼를 주는 식으로 소가 자꾸 불어났다. 그렇더라도 소는 아저씨 재산이 아닌 탓에 아저씨 마음대로 할 수가 없었다.

준희는 학교에서 돌아오면 소를 먹이러 다녔다. 나도 따라다녔다. 준희는 소를 몰고 산으로 갔다. 다른 사람들은 주로 들에서 소를 먹이는데 준희는 반드시 산으로 올라갔다. 나는 힘든데 왜 산으로만 가느냐고 물었다.

"소가 산 풀을 먹어야 빨리 큰대요. 산 풀이 들풀보다 훨씬 좋으니까."

나는 날마다 소를 끌고 산으로 가자고 했다. 그런데 소는 좀처럼 자라지 않았다. 준희보다 내가 먼저 지치고 말았다.

"오빠처럼 서울로 가 공장에 취직하고 싶은데 엄마 때문에 갈 수도 없어요."

준호가 돈을 제대로 벌기 위해 영등포 공장으로 옮겼지만 약값과 생활비를 충당하기에도 턱없이 모자란다고 했다.

내가 할아버지 금고에서 돈을 훔치기 시작한 것은 그때부터였다. 할아버지 사랑채에는 벽장이 있고 벽장 속에 금고가 있었다. 거기엔 언제나 돈이 차곡차곡 쌓여 있었다. 아저씨가 장날마다 소를 팔아 할아버지께 드리면 할아버지는 그 돈을 벽장 안 금고에 넣었다. 그걸 호시탐탐 노렸다. 할아버지는 금고를 열어 돈을 꺼내고는 잠그는 것을 가끔 잊어버릴 때가 있었다. 나는 그럴 때마다 "할아버지, 금고 안 잠갔어."라고 가르쳐 주고 할아버지는 우리 함이가 기특하다며 칭찬을 해 주었다. 그걸 생각하며 할아버지가 금고를 여는 날을 기다렸다가 돈을 꺼내 준희에게 쥐어주곤 했다. 대신 절대로 준호에게 말을 해서는 안 된다는 약속을 받아냈다. 학용품도 내 것을 살 때마다 두 배 세 배로 사뒀다가 준희에게 주었다. 책도 사 주었다. 우리 집에는 음식이 항상 푸짐하고, 그것도 엄마 몰래 싸다 주는 걸 잊지 않았다. 그럴 때마다 준호가 "군수 댁 제사음식 따위는 개나 줘야 한다"는 말이 떠올랐다. 도대체 우리 집 음식을 왜, 개나 줘야 하는지 알 수가 없었다. 더욱이 마을 사람들이 모두 존경하는 우리 할아버지를 왜 준호만 그토록 모욕하는지, 나는 그 이유를 언젠가는 준호를 만나 물어봐야 한다는 생각을 버리지 않았다. 그 생각은 내 키가 자라는 것과 함께 내 의식 속에서 성장해 갔다.

나는 고향에서 중학교를 졸업하고 서울에 있는 고등학교에 진학했다. 할아버지의 동생, 작은할아버지 댁에서 학교에 다니기로 했다. 집이 한남동에 있어서 우리 집에서는 한남동 할아버지라고 불렀다. 한남동 할아버지는 아들 둘에 딸 하나가 있었다. 아들 하나는 군 장성이고 또 하나는 고위직 공무원이었다. 막내로 태어난 딸 이연은 불행하게도 서른도 못 되어 어린 아들 하나를 남기고 죽고 말았다. 내가 서너 살 때쯤에 죽었으므로 나는 이연 고모를 본 기억이 없었다. 다만 지금까지 고모에 대하여 내가 알고 있는 정보는 국내에서 법학을 공부했으며 독일에서 철학을 공부했다는 정도였다. 아무튼 아들도 모두 따로 살고 있는 조용한 집에 내가 입주하게 되자 한남동 할아버지와 할머니는 나를 무척이나 반갑게 맞이했다.

한남동에는 부잣집들이 많이 모여 있고 한남동 할아버지 댁도 그중 하나였다. 70대인 한남동 할아버지는 아침마다 승용차로 나를 학교에 태워다 주는 일을 맡고 나섰다. 말려 봐야 소용이 없었다. 할 일이 없는 터라 잘됐다면서 신바람이 난 듯했다. 초등학교 때는 우리 할아버지가 학교에 데려다주는 일을 담당하셨는데 고등학교 때는 한남동 할아버지가 나선 것이었다. 그렇다고 한남동 할아버지가 할 일 없이 노는 분이 아니었다. 종종 공무원인 아들과 군인 아들이 집에 들렀다. 때로는 시커먼 정장을 한 사람들이 대여섯 명씩 떼를 지어 찾아오는가 하면 묵직한 선물상자가 거실에 쌓였다.

그들이 오면 무언가 비밀스럽게 회담을 하는 것처럼 이야기를 나누고 돌아가곤 했는데 대부분 정치 이야기였고 분위기는 진지하기 짝이 없었다. 누구는 진급시키고 누구는 모가지를 잘라야 한다는 것부터 데모 주동자 학생들을 다시는 햇빛을 볼 수 없도록 때려잡는다는 말이 나오기도 하고, 중앙정보부가 어떻고, 반정부 신문사와 방송국은 가차 없이 문을 닫도록 조치를 취해야 한다는 말이 오갔다. 그때까지도 나는 한남동 할아버지의 전직이 무엇인지 알지 못했는데 나중에 알고 보니 일제강점기 때 경찰 간부 요직을 거친 분이었다. 한남동 할아버지네 집은 이층 양옥이고, 내가 사용하는 방은 이층에 있었다. 이층 한가운데 작은 거실이 있고 방이 두 개가 있었다. 내가 하나를 사용하고 방 하나는 비어 있었다. 그리고 옥상으로 통하는 계단이 있었다. 나는 밤에 공부를 하다 졸리거나 피곤하면 옥상으로 올라가 밤하늘을 바라보며 머리를 식히곤 했다. 옥상으로 올라가는 계단 아래 다락방이 있었는데 그곳이 늘 궁금했다. 열어보고 싶었다.

7월, 더운 날씨에 몸이 나른해지면서 자주 옥상을 찾던 중 어느 날 다락방 문고리를 비틀자 문이 덜컥 열렸다. 방 안에는 낮은 책장이 놓여 있고, 거기에 오래된 책들이 꽂혀 있었다. 책장 옆으로는 봉인되지 않은 박스가 여러 개 줄지어 놓여 있었다. 호기심이 발동해 박스를 열어 보았다. 어떤 박스에는 책들이 가득 들어 있고 어떤 박스에는 앨범이 가득 들어 있었다. 앨범부터 열어 젖혔다. 앨범에는 사진 한 장 없이, 각종 훈장과 한문과 일본어로 된 상장들로 채워져 있었다. 내 능력으로는 무슨 상장인지 읽을 수가 없었지만 할아버지의 이름 이훈李勳과 업무에 충실한 공훈이란 것 정도는 알 수 있었다. 각종 계급장도 있었다. 경찰 계급장이었다.

그런데 정작 놀라운 것은 책을 모아 놓은 박스에서 발견한 연이 고모 일기장이었다. 웬만한 소설책 두께의 일기장에 깨알처럼 써 놓은 글은 대부분 우울하고 슬펐다. 무작위로 펼쳐 본 내용 가운데 "해가 찬란하게 빛난다. 이런 날엔 눈을 뜰 수가 없다. 육의 눈이 부셔서가 아니라 영혼의 눈 탓이다. 눈을 들어 하늘을 보기가 죄송한 탓이다. 나는 병들어 가는가. 가장 가까운 나의 부모님과 혈육들과도 말하기조차 싫어진다. 날이 갈수록……."이라는 것만 보더라도 고모가 심리적으로 무척 힘든 상태에 놓여 있었다는 것을 짐작할 수 있었다. 눈을 들어 하늘을 보기가 죄송하다는 것은 세상에 대하여 미안하다는 의미였다.

이 구절을 보자 언제나 미안하게 생각하면서 살아야 한다고 당부하는 아버지가 떠올랐다. 엄마로부터 별종이라는 말을 들을 정도로 남에게 곧잘 미안해하는 내 성격과도 비슷하다는 생각이 들었다. 나를 더욱 놀라게 한 것은 아이를 걱정하는 말 "도무지 이해하기 힘든 세상에 너를 낳아서 미안하구나. 너도 이 다음에 가문의 전통을 따라야 하겠지. 가문을 위하여 높은 곳을 향하여 물불 가리지 않고 그곳에 오르기 위하여 갖은 방법을 모색해야 하겠지. 불합리한 일도 마다하지 않고 말이다……."라는 내용이었다. 가문이라는 말은 나에게 익숙한 말이었다. 고모도 한남동 할아버지로부터 귀에 못이 박히도록 들었던 모양이었다. 공감을 뛰어넘어 동병상련 같은 심정이 느껴졌다.

나는 주저 없이 고모 일기장을 몰래 감추었다. 내 방에서 편하게 보고 다시 제자리에 갖다 놓을 생각이었다. 내 방에서 편하게 읽어 보는 글은 구체적인 감정이나 정황을 자세히 쓰기보다는 대부분 상징적이었다. 글 제목 대신 날짜가 적혀 있어서 일기장으로 보일 뿐, 일기장이라기보다는 고백 에세이였다. 외국에서 유학을 한 엘리트였으므로 역시 다르다는 생각이 들었다. 그 가운데 정황이 확실한 내용은 자신의 학력에 대하여 스스로 비판하는 글이 유일했다. "나는 해방 이전부터 지금까지 특권을 누려 온 나의 아버지 덕택에 외국 유학까지 어렵지 않게 공부할 수 있었다. 그 덕에 어딜 가나 하늘처럼 떠받들며 우러러보는 대접을 받고 있다. 나를 하늘처럼 우러러보는 사람들은 공부를 하지 못한 사람들이다. 그들은 일제치하에서 종처럼 가난했기 때문이라고 한다. 그래서일까, 그들이 나를 하늘처럼 떠받들며 우러러볼 때마다 내 뼛속에서 톱질소리가 난다. 톱질소리는 착취, 착취, 라는 소리를 낸다. 나는 그들의 무언가를 착취한 모양이다."라는 글이었다. 나에게 무언가를 하소연하는 것 같기도 하고, 어떤 당부를 하는 것 같기도 했다. 전율하는 충격과 함께 연이 고모와 우리 아버지 그리고 나 사이에 등식이 성립되는 느낌이 들었다. 연이 고모에 대한 연민과 그리움이 솟구쳐 올랐다.

일기장 외에 고모에 대한 물건이 더 있을지 몰라 그 방에 다시 들어가 보기로 했다. 어느 날 다시 그 방으로 들어가 일기장이 나왔던 박스를 뒤졌다. 더 이상 일기장은 나오지 않았고 누렇게 변색된 흑백 사진을 찾아냈다. 대학시절에 찍은 사진이었다. 비로소 고모 얼굴을 알게 된 나는 기쁨을 감추지 못한 채 방을 나와 문을 닫으려는데, 때마침 과일을 가지고 2층으로 올라오시던 할머니가 깜짝 놀라며 "거기서 뭐하니?"라고 했다. 그때부터 문이 잠기고 말았다. 문이 잠기는 바람에 고모 일기장을 제자리에 돌려놓지 못한 채 졸지에 내가 간직하게 되었다. 설사 문이 잠기지 않았더라도 나는 고모 일기장을 다시 제자리에 갖다놓지 않았을 것이었다. 그 후 나는 연이 고모 일기장에 대하여 푸른 석류처럼 입을 꼭 다물어 버리고 말았다. 석류가 가을을 기다리며 제 속에서 붉은 열매를 만들어 가듯이 내 속에서 연이 고모가 말하지 못한 무언가가 조금씩 익어가기 시작했다.

한남동 할아버지는 여전히 아침마다 나를 학교에 태워다 주는 일을 멈추지 않았다. 학교 교문까지 들어와 "열심히 공부해야 한다."는 당부도 잊지 않았다. 그럴 때마다 경비 아저씨가 허리를 굽혀 할아버지께 공손히 인사를 하는 것이었다. 경비 아저씨는 나에게도 특별대우를 했다. 이를테면 하교시간에 내가 교문을 나설 때마다 일부러 경비실 밖으로 나와 마치 할아버지 흉내를 내는 것처럼 "공부 열심히 해라."라고 했다. 경비 아저씨는 내가 한남동 할아버지의 친손자인 줄 알고 있었다. 어느 날인가는 경비 아저씨가 나를 부르더니 "그분이 너의 큰아버지쯤 되시지?"라고 물었다. 나는 무슨 소린지 몰라 어리둥절해 하자 "이승 장관님 말이다."라고 했다. 이승은 고위직 공무원이라는 한남동 할아버지의 아들이었다. 나는 그때서야 경비 아저씨가 할아버지께 인사 하는 이유를 알 것 같았다. 경비 아저씨가 가르쳐 준 것은 또 있었다. "옛날에는 날아가는 새도 떨어뜨리는 분이셨는데 손녀딸 학교에 데려다 주는 모습을 보니 참 보기가 좋다."고 했다. 나는 빙그레 웃고 말았다. 그리고 친할아버지가 아니라는 말도 하지 않았다. 그것도 한남동 할아버지의 후광일 테고 경비 아저씨가 특별히 알아봐 주는 게 싫지 않았다. 어느 순간 선생님들과 학생들 사이에 내가 신분이 대단한 집안 자손이라는 소문이 퍼졌다. 한남동에서 산다는 자체가 그걸 말해 주고도 남았다. 한남동 할아버지의 배경은 마치 베일이 벗겨지듯 그렇게 서서히 내 의식 속으로 들어왔다.

　나의 고교시절은 3선에 성공한 대통령이 다시 유신헌법을 만드는 시기였다. 세상이 살얼음판을 딛는 것 같았다. 대학생들부터 고등학생들까지 데모가 그치지 않았다. 우리 학교 학생들도 데모에 다녀왔다는 이야기를 늘어놓았다. 나는 한남동 할아버지가 통학을 시키면서 철저하게 단속하는 탓에 단 한 번도 데모에 참석할 수가 없었다. 할아버지는 데모라는 말조차 꺼내지 못하게 했다. 대통령은 대통령긴급조치를 연달아 발령하면서 비상군법회의를 설치하고, 헌법논의를 금지시키고, 언론도 통제하고, 청년들과 학생들의 단체 활동을 금지시켰다. 결국 현실이 아버지에게도 들이닥쳤다. 1975년 봄 대통령은 긴급조치 7호를 발령하여 데모를 주동한 대학마다 휴교령을 내렸고 아버지는 결국 사표를 내고 말았다. 그런데 사표를 내는 것으로 깔끔하게 끝나지 않았다. 학생들에게 데모를 유도하는 발언을 했다는 의심을 받으면서 불려 다니게 되자, 한남동 할아버지가 아버지를 야단치면서 달랬지만 아버지는 소신을 굽히지 않았다.

"선생이란 사람이 철없는 아이들이 떠드는 데 편승해서 함부로 말하고 함부로 사표를 내다니, 제정신이냐?"

"제정신이니까 사표를 냈지요."

"괜한 고집 피우지 말고 없었던 일로 해. 내가 수습할 테니. 한순간에 인생 절단 나는 수가 있어."

"독재도 모자라 영구집권을 하겠다는데 이런 세상에서 선생을 하란 말씀인가요. 전 못합니다."

아버지는 2년 전 우리 할아버지 앞에서 했던 말을 그대로 하고 있었다.

"영구집권이면 어떻고, 장기집권이면 어때. 나, 내 집안이 잘되면 그만이지 뭐가 문제야."

한남동 할아버지도 우리 할아버지처럼 말했다.

"그건 국민이 주인인 나라가 아니지요. 아무리 한 형제라지만 아버지나 작은아버지나 어쩌면 그렇게도 똑같으세요."

"이런 답답한 사람 봤나. 영구집권자 아래 영구적 출세가 보장되는 법이야. 정권 자주 바뀌면 어림도 없어."

"대통령의 영구집권을 이용해 영구적 기반을 쌓으라는 말씀
이군요."

"바로 그거야. 대통령이 영구집권을 할 수 있도록 도우면서
내 앞날도 마르지 않는 샘물처럼 만들어가는 것이지. 나와 가문
을 위해서라면 못할 일이 없다."

한남동 할아버지의 생각은 우리 할아버지와 비교가 안 될 정
도였다.

"작은아버지, 연이 생각을 해서라도 이젠 그런 생각 버리시라
구요. 연이가 왜 목숨을 끊었는지 아직도 모르세요?"

"가문을 배신한 그 따위는 내 자식 아니야. 내 앞에서 다시는
그 애 말 입에 올리지 마."

아버지의 말은 연이 고모가 자살했다는 말이었고, 자살한 이
유가 한남동 할아버지에게 있다는 말이었다. 그때까지만 해도
나는 연이 고모가 어떻게 죽었는지 알지 못했으므로 깜짝 놀랐
다. 한남동 할아버지는 연이 고모 말이 나오자 표정이 잿빛으로
변해 있었다. 자식이 아니라고 부정을 하면서도 속은 그렇지 못
한 모양이었다. 하긴 자식으로 치지 않는다면 고모 물건을 보관
할 리가 없었다.

아버지는 우리 할아버지보다 한남동 할아버지와 갈등이 더
심한 것 같았다. 한남동 할아버지는 재야에 묻혀 있는 것 같았
지만 당시 정치권과 연결되어 있는 탓이었다. 독재 정권과 각을
세우고 있는 장준하 선생이 의문의 죽음을 당했을 때도 아버지
는 마치 한남동 할아버지 탓인 것처럼 한남동으로 달려와 항의

하듯 캐물었다.

"작은아버지는 장준하 선생이 왜 죽었는지 아시잖아요?"

"제 발로 산에 올라가 떨어져 죽었는데 누굴 탓하는 거야."

"그게 아니잖아요?"

"국민이 자살하는 것까지 정부가 책임지란 말이야? 죽고 싶은 놈은 죽으라고 해."

장준하 선생이 산에 갔다가 절벽에서 떨어져 사망했다는 뉴스가 나왔고, 자살했다는 말이 돌았다. 아버지는 그럴 리가 없다면서 억울함을 참지 못했다. 아버지가 억울해하는 것은 장준하 선생의 죽음을 전후한 분위기 때문이었다. 1975년 2월 대통령 긴급조치의 공포 분위기 속에서 유신헌법 찬반 국민투표를 실시하여 대통령에게 초헌법 권한을 부여하는 유신이 합법화되고 말았다. 삼권분립과 견제와 균형이라는 의회 민주주의의 기본원칙을 전면 부정한 것이었다. 그리고 그해 8월 광복절 다음날 민주화를 위해 지금까지 싸워온 장준하 선생이 의문의 죽음을 당하자 아버지는 억울한 심정을 퍼낼 곳이 없어 노트에 썼다.

이제 세상은 독재자의 것이 되고 말았다. 갈수록 험악해져 가고 있다. 그래서 더욱 선생이 그립다. 장준하 선생은 강자에게는 강하고 약자에게는 약한 분이었다. 국가원수 모독죄로 감옥살이를 할 정도로 무소불위 독재자에게 항거한 사람이 가끔 '그 처녀아이' 손등이 떠오른다며 울적해 했다. 어느 해 겨울 사상계 동료들과 몇몇 교수들과 저녁을 먹기 위해 식당에 갔다. 나도 거기 있었다. 맥주 한잔하기 위해 맥주를 시켰다.

그날 스무 살쯤 됐을까? 음식과 맥주를 나르는 처녀아이 손등이 나무껍질처럼 터서 보기만 해도 쓰라려 보였다. 처녀아이 손등을 유심히 바라보던 선생은 그날 맥주를 마시지 않았다. 그 후에도 그 처녀아이 손등이 떠올라 맥주를 마시지 않는다고 했다. 우리가 보기에도 안쓰럽긴 했지만 우리는 그저 그러려니 생각했을 뿐이었다. 민주주의를 위해 독재 권력과 맞서 싸우다가 어느 날 느닷없이 목숨을 잃은 장준하는 그런 인간이었다.

돌이켜보면 애초에 우리의 꿈이 너무 화려했는지도 모른다. 절대왕정을 무너뜨린 프랑스 혁명에 비유되는 4·19혁명이 끝났을 때 우리는 소위 국민이 주인이 되는 세상을 꿈꾸고 있었다. 그런데 뜻밖에도 군인들이 쿠데타를 일으킨 것이었다. 그들은 나라의 부패와 구악을 일소하고 퇴폐한 국민 도의와 민족정기를 바로 잡겠다는 6개 항의 공약을 천명하고 나섰다. 다행히 거기에 4·19정신이 들어 있어 우리 같은 지식인들이 기대를 걸었다. 장준하 선생을 중심으로 한국의 지성들이 모인 사상계 인사들과 유력한 언론을 통해 지식인들이 계속 주장해 온 생각과 대부분 일치한 탓이었다. 무엇보다도 나라를 바로잡은 다음 선거를 통해 훌륭한 대통령을 선출하여 정권을 이양한다는 약속이 우리를 안심하게 했다. 한편으로는 젊은 군인답고 사내답다고 생각했다. 결국 이런 이유로 우리는 그의 생각에 전폭적인 지지를 보내면서 순박하게도 훌륭한 대통령이 탄생하기를 손꼽아 기다렸다.

그런데 학생들이 군정연장 반대를 외치기 시작하고, 재야 함석헌 선생이 "꽃은 필 때는 천지가 눈부시게 피었다가도 수정이 된 다음엔 깨끗이 떨어져야 꽃의 값이 있다"고 일침을 가할 정도로 그는 군정을 끝낼 생각을 하지 않았다. 그는 결국 군정 2년 5개월을 보낸 다음 1963년 10월 15일 대통령이 된 것이었다. 약속을 어기고 대통령이 된 그는 권력 강화를 위해 비상계엄, 특별선언을 선포하기 시작했다. 우리는 갈수록 절망하고 그는 갈수록 욕망을 키워갔다. 그는 1967년 5월 3일 또다시 대통령이 되었다. 그는 대통령 자리를 결코 내주고 싶지 않았다. 이번에는 3선을 꿈꾸며 헌법 개정을 시도하고 나섰다. 야당이 재야와 함께 저항하고, 학생들이 일어서고, 지식인들이 뭉쳐 결사적으로 몸부림쳤지만, 1967년 9월 14일 새벽 2시 집권당이 3선 개헌안 국민투표 법안을 국회 제3별관에서 야당 몰래 전격 가결 처리하고 말았다.

그는 3선 개헌 성공으로 1971년 4월 27일 또다시 대통령이 되었다. 그는 다시 마지막 코스 유신을 향해 달렸다. 종신 대통령으로 가는 유신헌법 만들기가 시작되었다. 그 어느 때보다도 강력한 비상사태와 특별선언이 이어졌다. 1971년 12월 6일 국가비상사태를 선언하고, 1972년 10월 17일 전국에 비상계엄을 선포했다. 살벌한 비상계엄 속에서 그는 유신에 대한 대통령 특별선언을 공표했다. 비상계엄 선포, 국회해산, 정당 및 정치활동 금지, 헌법의 효력을 일부 정지시키고 이를 비상 국무회의가 대행한다는 전제 아래 헌법개정안을 공고한 것이었다.

그리고 유신헌법에 대한 개헌투표를 실시하여 투표율 91.9퍼센트에 찬성 91.5퍼센트로 개헌을 확정짓는 데 성공했다. 이어서 유신헌법을 지키기 위한 공포의 긴급조치를 발령하기 시작했다. 1974년 1월 8일 대통령 긴급조치 제1호를 시작으로 유신헌법의 비판에 따른 국민의 입과 행동, 생각 모든 것을 금지시켜 버렸다. 긴급조치의 공포, 유신 헌법을 부정하거나 반대하거나 왜곡, 비방하거나 개정이니 폐기를 주장하거나 이런 분위기를 선동하는 행위를 하는 자는 영장 없이 체포 구금할 뿐만 아니라 사안에 따라 사형에 처한다고 했다.

장준하 선생이 침묵할 리 없었다. 이때 선생이 목숨 걸고 비판공세를 펼치다가 긴급조치 1호 첫 번째 구속자가 되어 징역 15년에 자격정지 15년을 받았다. 지난날 1967년 4월 대통령 모독죄로 투옥된 것에 이어 두 번째였다. 이 살벌한 시대에 장준하 선생이 갑자기 의문의 죽음을 한 것이었다. 자살이라고? 민주주의를 위해 싸워야 할 사람이 그렇게 죽어 버릴 수는 없었다. 그리고 내가 울분을 토할 곳은 한남동 작은아버지뿐이었다. 작은아버지는 무엇인가를 알고 있을 거라는 짐작 때문이었다.

재회

　고통을 잉태한 그의 손을 잡았다. 그가 살아온 날들의 아픔이 내 가슴을 관통했다. 신은 인간의 고통을 치유하기 위해 시간을 만들었다고 한다. 그래서 어떤 고통도 시간이 가면서 작아지거나 대부분 사라지게 마련이다. 어떤 극렬한 증오도 마치 쇠에 녹이 슬어 부슬부슬 떨어지듯 시간을 따라 서서히 사라질 수밖에 없다. 그런데 그것들이 사라질 동안 눈물을 흘려야 한다. 뼈를 깎는 고통을 이겨내기 위해 이를 악물고 눈물을 흘려야만 한다. 준호의 손이 그걸 말해 주었다. 잘생긴 얼굴과 달리 거친 손, 나무껍질처럼 거칠고 코끼리 거죽처럼 매듭 굵은 그의 손이 그걸 말해 주었다.

— 손을 잡던 날

서울에서 공부를 하면서도 준호를 잊지 않았다. 영등포 지역에서 공장생활을 하는 준호가 부촌 한남동에 나타날 턱이 없는데도 혹시나 만나지지 않을까 하는 막연한 생각을 줄곧 했다. 한남동과 멀지 않은 남산에 가끔 올라갔고 그때마다 야외음악당을 맴돌았다. 음악당 앞 운동장에서 준호와 비슷한 남자들이 여자 친구들과 배드민턴을 치는 걸 볼 수 있기 때문이었다. 준호가 그렇게 한가한 사람이 못 된다는 것은 그때까지도 깊이 생각해 보지 못한 탓이었다.

준희는 방학 때면 고향에 내려가 만날 수 있었다. 입시준비에 한창인 고등학교 3학년 여름방학 때도 고향에 내려갔다. 엄마는 공부에 가장 집중해야 할 시간인데 내려왔다면서 나무랐지만 준희라도 만나 보고 싶었다.

"쓸데없이 뭐하러 내려와. 대학시험이 코 앞인데. 너 법대 보내는 게 할아버지 소망이라는 거 잘 알면서."

나는 엄마 말을 듣는 둥 마는 둥하면서 곧장 준희를 만나러 하리로 갔다. 사람은 보이지 않고 개만 짖어 댔다. 한여름인데 방문이 꼭꼭 닫혀 있었다. 개 짖는 소리도 옛날 같지 않았다. 슬픈 울음소리처럼 들렸다. 마당가에 서 있는 무화과나무만 넓은 잎을 활짝 펼쳐 놓았을 뿐, 사람이 살지 않았다. 곧 김 씨 아저씨를 통해 준호네가 서울로 이사 갔다는 걸 알았다. 준호가 일요일마다 집에 왔다 갔다 하는 것이 힘든 탓이라고 했다.

"잘 떴지 뭐냐. 아무도 모르는 서울이 속 편하지. 빨갱이니 뭐니 해 가면서 좀 수군댔어야지. 그렇다고 딱히 먹고살 길이 있는 것도 아닌데."

아저씨는 말을 하면서 쓸쓸한 표정을 지었다. 빨갱이라고 수군댔다는 말은 나도 어린시절 들었던 말이었다. 서운하긴 하지만 아저씨 말대로 차라리 잘됐다는 생각이 들었다. 개는 이웃 사람에게 주고 갔는데 옛 주인을 못 잊어 빈 집을 찾아가 짖어 대는 거라고 했다. 준희와 놀았던 숙교 아래 빨래터로 갔다. 그때처럼 물속을 더듬어 조약돌을 찾아보았다. 마치 추억을 찾듯이 조약돌을 집어 올렸다가 버리고 다시 찾기를 되풀이했다. 나는 어느덧 준희처럼 송아지를 닮은 걸 찾고 있었다. 아무리 되풀이해도 송아지를 닮은 걸 찾을 수가 없었다. 갑자기 눈물이 솟구쳐 올랐다. 자칫하다가는 엉엉 소리 내어 울 것만 같은데 동네 아줌마들이 빨래를 하러 냇가로 왔다. 나는 눈물이 솟구쳐 오른 눈을 감추기 위해 후다닥 세수를 하고는 개울에서 나오고 말았다.

엄마에게 등 떠밀리지 않더라도 준호와 준희가 없는 고향에 더 이상 있고 싶지 않았다. 그 후로 입시 때문에 준호, 준희에 대해 더 이상 신경 쓸 겨를이 없었다. 설사 그들을 만난다 하더라도 당장 내가 할 수 있는 일이 아무것도 없었다. 다만 보고 싶다는 것, 그립다는 것, 그런 감정뿐이었다. 보고 싶어서 보고 난 다음 내가 무얼 어떻게 하지? 그건 다만 내 감정에 대한 만족을 채우는 것에 불과하다는 생각이 들었다. 대신 반드시 법관이 되어야 한다는 다짐이 솟구쳐 올랐다. 준호, 준희 아버지가 억울하게 죽었다는 말을 들었을 때 법관이 되어 반드시 진실을 밝혀내리라 다짐했던 결심이 다시 솟구쳐 오른 것이었다. 그렇다면 내가 해야 할 일은 오로지 공부에만 몰입하는 것이었다. 엄마는 내가 법대에 가는 게 할아버지의 소망이라고 강조했지만, 할아버지의 소망이기 전에 나의 소망이었다.

그래서 나는 열심히 공부했고, 법대에 당당히 합격했다. 할아버지의 소망도 이루어진 셈이었다. 할아버지는 우리 집에 판사 하나쯤은 나와야 하고 정치가도 나와야 한다면서 "우리 함이는 내가 꼭 판사를 만들 것이야."라는 말을 자주 했다. 할아버지는 법학을 공부하면 만사형통한 것으로 알았다. 정치뿐만 아니라 뭐든 다 할 수 있는 능력을 갖게 되니 꼭 법률가가 되어야 한다고 강조했다. 돌이켜 보면 할아버지는 아버지가 정치를 하기 바랐지만 말을 듣지 않자 나에게 희망을 건 것이었다.

"법을 알면 무슨 일을 하든지 사람들 위에 설 수 있는 것이다. 그뿐인 줄 아느냐. 세상 모든 사람들이 괄목상대刮目相對하는 높은 관료가 될 수도 있는 게야. 그쯤은 해야 가문을 빛낼 수 있지 않겠느냐."

'인간은 사회적 동물'이라는 말은 곧 '인간은 법적인 동물'이라는 말로 통한다. 그만큼 사람은 법을 떠나서 존재할 수 없다는 말이므로 할아버지의 생각이 틀렸다고는 할 수 없었다. 그런데 할아버지가 아는 법률가는 불의로부터 약자를 보호한다거나 정의로운 사회를 만드는 것이 아니라 오로지 사람 위에 군림하는 권력으로만 생각한 것이었다. 모든 게 가문 탓이었다. 관료나 정치를 선망한 것도 가문을 빛내기 위해서였다.

아무튼 나는 법대생이 되었고, 대학 캠퍼스에 들어서자 새로운 세계가 열렸다. 우선 가시적인 풍경부터 달랐다. 자타가 인정하는 성인으로서 각자 개성에 따라 입는 옷이며 남녀가 함께 걷는 풍경이 신비로웠다. 그런데 점점 그 신비로운 풍경을 볼 때마다 문득문득 싸늘한 적막감이 스쳤다. 그런 적막감 속으로 준호가 빛처럼 휙 지나가곤 했다. 마치 뿌리가 겨울 동안 땅속 깊이 숨어 있다가 봄을 만나자 싹이 트는 것처럼 그는 분명히 내 의식 어딘가에 꼭꼭 숨어 있다가 이제 막 성년이 된 나를 흔들어 댄 것이었다. 그런데 뜻밖에도 그 빛이 현실적으로 내 눈앞을 휙 지나가는 것이었다.

을지로였다. 거긴 인쇄소가 모여 있는 곳인데 교수님 심부름으로 그곳에 자주 갔다. 그날도 친구와 함께 교수님 인쇄물을 찾으러 갔었고, 우리가 인쇄소로 들어가는데 바로 옆 인쇄소에서 나오는 남자가 있었다. 다소 긴 머리가 얼굴을 가렸지만 머리카락 사이로 눈빛이 선명하게 빛났다. 나는 직감적으로 준호를 떠올렸다. 친구를 버려 두고 옆 인쇄소로 들어가 그가 누구이며 무엇을 하는 사람인지 물었다.

"S교회에서 온 것밖에 몰라요. 우리 인쇄소에서 주보를 찍기 때문에 금요일마다 와서 주보를 찾아가죠."

"그 교회 어디 있죠?"

"충무로에요."

S교회를 찾아 을지로와 경계를 이룬 충무로를 뒤졌다. 평일이라 교회는 문이 닫힌 채 고요했다. 주일을 기다렸다. 그날은 금요일이었고 이틀을 기다리는 시간이 천년 같았다. 드디어 일요일이 돌아오고, 교회로 갔다. 태어나 처음으로 교회에 발을 디뎠다. 교회에서 나를 대환영했다. 교회는 남녀노소를 불문하고 가진 자나 못 가진 자나, 지식의 유무나 신분의 높낮이를 가리지

않고 환영하면서 새로 들어온 새 신자에게 교회 전체가 총력을 기울였다. 더욱이 나는 전도유망한 대학생이었다. 그때만 해도 대학생은 어딜 가나 환영받는 존재였다. 나는 대학생들이 소속된 청년부에 합류되었다. 청년부는 대학생뿐만 아니라 만 20세 이상부터 30세까지 구성되어 있었다.

정말 거기에 준호가 있었다. 내가 그렇게도 만나고 싶어 하던 김준호가 틀림없었다. 금요일 인쇄소에서 본 그 얼굴이었다. 긴 머리가 얼굴을 가렸지만 역시 눈빛이 강렬하게 빛나고 있었다. 준호는 나를 봤는지 보지 못했는지 알 수 없었다. 예배가 끝나고 청년 두 명이 나에게 다가와 누구의 인도로 왔느냐고 물었다. 한 명은 여자이고 한 명은 윤태영이었다. 윤태영은 공교롭게도 우리 학교 법대 3학년에 재학 중이었다. 나보다 2년 선배였다. 새 신자 담당인 윤태영이 나를 챙겼다. 나는 그들의 질문에 대답하기보다는 준호를 의식하면서 주변을 둘러봤다. 그런데 준호는 금세 어디론가 사라지고 없었다. 윤태영이 다시 인도자가 누구냐고 물었다. 나는 부지불식간에 김준호라고 대답했다.

"어머, 준호 형제가?"

여자 청년이 뜻밖이라는 듯 놀랐다.

"바쁜 사람이 새 신자 인도까지 하다니."

윤태영도 마찬가지 반응을 보였다.

"그런데 준호와 어떻게 아세요?"

여러 사람들이 그런 식으로 질문을 했지만 그들은 나를 준호 여자 친구로 보지는 않았다.

"고향 친구예요. 아니 고향 오빠라고 해야 맞나? 아무튼 같은 고향이에요"

두서없이 그 정도로 말을 해 놓고 나자 걱정이 앞섰다. 준호에게 아직 이렇다 할 말 한 마디 건네 보지 못한 처지였다. 초등학교 5학년 이후 그것도 잠깐 마당에서 나를 쏘아보며 마치 활을 쏘듯이 매몰찬 말을 던진 이후 무려 9년만이었다. 문득 까마득하다는 생각이 들었다. 그동안 나는 계속 그를 생각하고 있었으므로 내 마음속에 그가 가까이 있었다고 할 수 있지만, 그는 전혀 아닐 것이었다. 나를 기억하기는커녕 내 이름을 알고 있기나 하는지 의문이었다. 설사 어린 시절 나를 기억한다 하더라도 피차 몰라보게 성장한 터였다. 나만해도 그랬다. 단발머리를 나풀대던 초등학교 5학년 소녀의 모습은 흔적 없이 사라져 버렸고, 큰 키에 삼단 같은 머리가 등을 덮었다. 굽이 높은 구두를 신었고, 옷도 맵시 나는 숙녀복을 입었다. 그가 쉽게 알아볼 리 없었다.

그다음 주에도 교회에 나갔지만 준호는 보이지 않았다. 준호 인도로 왔다고 했기 때문에 그가 왜 보이지 않는지 물어볼 수도 없었다. 그다음 주에도 보이지 않았다. 갑자기 벽 앞에 선 것처럼 답답했다. 청년부 팀장 윤태영에게 물어보기로 마음먹었다. 그런데 예배시간이 끝나자 윤태영이 준호에 대한 광고를 한 것이었다.

"준호 형제가 오늘도 과로 때문에 교회에 나오지 못했습니다. 준호는 알리지 말아달라고 부탁했는데, 제가 임의로 알리는 것입니다. 기도를 부탁드리기 위해서입니다. 형제 여러분의 많은 기도 부탁합니다."

"병원이 어딥니까? 그래도 가 봐야죠."

누군가 병원이 어디냐고 물었지만 병원은 말해 주지 않았다. '오늘도'라고 하는 것으로 봐 이번이 처음이 아닌 모양이었다. 이해가 갔다. 가족을 부양하자면 과로한 삶을 피할 수 없을 것이었다. 마음 같아서는 병원 좀 가르쳐 달라고 하고 싶었지만 무턱대고 나설 수가 없었다.

"준호 형제를 위해 다 함께 통성으로 기도합시다."

윤태영이 선창하듯 소리 내어 기도를 시작했다. 모두 고개를 숙이고 저마다 큰 소리로 기도를 했다. 나도 고개를 숙였다. 한 번도 기도를 해 본 적도 들어 본 적도 없었다. 눈을 꼭 감고 두 손을 힘껏 쥐고 무릎을 꿇고 앉아 그를 생각하자 '그를 도와주세요. 그를 지켜주세요……'라는 말이 흘러나왔다. 청년들이 기도를 하면서 여기저기서 우는 소리가 들렸다. 내 눈에서도 눈물이 흘러 내렸다. 알 수 없는 일이지만 사실 소리 내어 울고 싶은 심정이었다.

네 번째 주에야 그가 교회에 나타났다. 거의 한 달 만이었다. 분명히 준호였다. 목마른 사막을 헤매다 신기루를 만난 것 같았다. 속이 후련했다. 그는 이미 내 소식을 알고 있었다. 드디어 그가 내 앞에 섰다. 말없이 나를 바라보았다. 예전에 초등생 소녀를 향해 쏘았던 비수 같은 눈빛이 아니었다. 그렇다고 따뜻한 눈빛도 아니었다. 감정 정리가 안 되는 아주 혼란스러운 것 같은 애매모호한 것이었다. 그는 간신히 교회 청년부의 한 일원으로서 새 신자를 바라보기 시작했다. 나야말로 막상 그를 대하자 말문이 막히고 말았다. 얼마나 시간이 흘렀을까, 그가 먼저 말문을 텄다.

"이함?"

그가 내 이름을 부르다니, 경이로웠다. 그가 내 이름을 기억하고 있다는 것 자체가 눈물겹도록 고마웠다.

"벌써 대학생?"

그가 또 말을 했다. 나는 아직 호흡 조절이 안 된 상태에서 겨우 고개를 끄떡였다.

"전혀 모르겠는데, 사람이란 참 신기하군."

신기한 건 나였다. 그는 흔히 말하는 금수저를 물고 나온 귀공자처럼 보였다. 때마침 창문으로 새어 들어온 햇빛에 그의 얼굴이 빛났다. 머리에 황금 관만 씌워 주면 왕자가 될 것 같았다. 마른 체구지만 균형 잡힌 몸매에 키가 컸다. 지금으로 치면 가수 비와 흡사했다. 순간 '무얼 먹고 저렇게 키가 컸으며 하얀 살빛에 흠잡을 데 없는 남자가 됐을까?' 하는 의문이 들었다.

한편으로는 우리 집 제사음식을 개에게 던져 준 그의 마음속에 나란 존재가 있을 턱이 없을 것이며, 내 이름조차 기억하지 못할 거라고 생각했던 나는 기도할 때처럼 울컥 눈물이 솟구쳐 올랐다. 눈물이 그만 눈가로 흘러나오고 말았다. 그의 얼굴에 당황한 빛이 역력했다. 그때 윤태영이 다가왔다.

"고향 사람이 좋긴 좋은가 보군, 눈물까지 흘리는 걸 보니."

윤태영의 말에 그가 조금 웃었다. 웃음기가 번진 그의 얼굴이 '매력이란 이런 것인가' 할 정도로 신비스러웠다. 그의 말대로 사람이란 참 신기하다는 생각이 들었다. 그에 대한 신기함은 분명 기쁨이었다. 나는 기쁜 마음으로 준희 소식을 물었다.

"준희 잘 있죠?"

"음······."

그는 잠시 망설이더니 입을 열었다.

"여고 1학년쯤 됐지."

"벌써?"

그럴 것이었다. 내가 중학교 1학년 때 준희는 초등학교 5학년이었다. 그런데 여고 1학년이면 1학년이지, 1학년쯤이라는 말이 이상했다. 고등학교에 진학하지 못했다는 걸 짐작했다. 학교에 대해서는 더 이상 질문을 할 수가 없었다.

"준희도 교회에 나오겠죠?"

"갠, 한 달에 두 번밖에 못 나와. 일요일에도 일을 할 때가 있으니까."

준희가 공장에 다닌다는 것도 안타까운데, 일요일에도 일을 한다는 말에 가슴이 아팠다. 정말 옛날처럼 가슴이 아프기 시작했다. 분위기가 다시 무거워졌다. 준희 소식은 그쯤에서 접고 말았다. 대신 집을 알고 싶었지만 함부로 물어볼 수가 없었다. 다행히 교회는 교인끼리 형제자매라 부르면서 집은 물론 가정 형편까지 소상히 파악하고 있었다. 주일마다 결석자를 체크해 결석 이유를 반드시 알아냈다. 그래서 교회가 도울 일이 있으면 도우면서 관리를 하는 것이었다.

청년부에서 준호네 집을 알고 있었다. 청량리 후미진 곳에서 살고 있었다. 집 옆으로 시궁창 같은 검은 개천이 흐르고 검은 물에서 역한 냄새가 올라왔다. 개천을 따라 온갖 잡동사니 물건을 파는 허름한 가게가 즐비하게 늘어서 있고, 가난한 사람들이 모여 물건을 사고팔았다. 아줌마들은 개천을 등지고 앉아 푸

성귀, 두부, 콩나물 따위를 가지고 나와 팔고 있었다. 옛날 고향에서 준호를 만나기 위해 준호네 집을 배회했던 것처럼 청량리 준호네 집을 배회했다. 준호네는 낡은 기와집에 세 들어 있고, 집은 대문이 언제나 잠겨 있었다. 고향에서처럼 담으로 들여다볼 수도 없었다. 그냥 막연히 서 있을 수밖에 없는데 어느 날 준호 어머니가 집에서 나와 기역자로 굽은 몸으로 개천가에 콩나물 좌판을 벌이는 것이었다. 집에서 콩나물을 길러 내다 파는 것이었다. 그곳에 마침 헌책방이 줄지어 있어서 나는 헌책방에 가는 것처럼 다니면서 오랫동안 준호 어머니를 바라보았다. 콩나물은 잘 팔리지 않았다. 기역자로 굽은 허리가 아픈지 자주 심호흡을 퍼내며 허리를 만졌다. 나는 콩나물을 남들보다 서너 배씩 더 많이 사가지고 돌아서곤 했다. 그럴 때마다 준호 어머니는 고맙다는 말을 빼놓지 않았다. 고향에서도 나를 제대로 보지 못했던 탓에 준호 어머니는 성인이 된 나를 알아보지 못했다.

준희를 만난 건 두 달 후였다. 준호 말대로 준희는 한 달에 두 번 교회에 출석했다. 준희는 나를 보더니 눈물이 글썽해졌다. 훌쩍 커 버린 준희를 보자 이번에도 무얼 먹고 자랐을까? 라는 의문이 들었다. 정말 그들이 무얼 먹고 사는지 그게 가장 궁금했다. 그렇다고 대뜸 어떻게 살아? 하고 물어볼 수도 없었다. 이제 준희는 숙교 아래 냇가에서 빨래하는 어린 소녀가 아니었다. 준희의 자존심을 생각해 먹고사는 문제는 함부로 물어볼 수가 없었다.

"힘들지?"

나도 모르게 그런 질문을 하고 말았다. 준희는 쌩긋 웃고 말왔다.

"오빠한테 들었어요. 언니 법대에 다닌다는 거. 그것도 우리나라에서 최고인 S대학에."

"준희도 나중에 그런 대학 갈 수 있으니까 열심히 해."

"내가 어떻게요. 죽었다 깨어나는 게 더 쉽지."

"기도하면 이루어질 수 있을 거야. 준희는 착하고 아름다운 사람이니까 하나님이 준희 소망을 들어주실 거라고 믿어."

나는 당장 준희의 사정은 알 수 없었지만 준희가 꼭 대학에 가기를 바라는 마음으로 그렇게 말했다. 준희는 고개를 살래살래 흔들며 어림없다는 표정을 지었다. 더 이상 그런 말을 했다가는 오히려 준희를 우울하게 만들 것 같아 그만두고, 대신 추억을 꺼냈다.

"난 준희가 준 조약돌 아직도 갖고 있는데, 준희는?"

"정말요?"

준희가 깜짝 놀랐다. 깜짝 놀라는 준희를 바라보며 괜한 말을 했다는 생각이 들었다. 준희는 버렸을 수도 있기 때문이었다.

"난 언제나 갖고 다녀요. 이것 봐요."

놀랍게도 준희는 가방에서 내가 준 조약돌을 꺼내 보여 주었다. 틀림없이 내가 준 것, 별로 예쁘지 않은 조약돌이었다.

"이상해요. 마치 부적을 몸속에 품고 다니는 사람들처럼 이걸 간직하고 있으면 마음이 든든해지지 뭐예요. 언제나 언니가 내 마음속에 있는 것처럼, 엄마가 버리라고 해도 안 버렸어요. 엄마에게 그랬죠. 언니가 준 조약돌이 나를 지켜 준다고. 그래도 엄마는 쓸데없는 돌멩이라면서 자꾸 버리라고 해요."

준희는 아무 뜻 없이 자연스럽게 말했지만 준희의 말을 듣고 나자 기쁘기도 하고 한편으로는 충격이기도 했다. 준호 어머니가 내가 준 조약돌을 버리라고 한 것과 준호가 군수 댁 제사음식은 개나 주어야 한다는 말이 일치한 탓이었다.

준희도 매일매일 일상이 준호만큼이나 힘들기는 마찬가지였다. 창백해 보이는 얼굴에 피곤이 늪처럼 깔려 있었다. 준희는 평화시장 옷 만든 공장에서 일하고 있는데 미싱사가 되는 게 꿈이라고 했다.

"미싱사?"

"미싱으로 옷을 박는 일인데, 옷 만드는 제품공장에서는 남자는 재단사가 되는 게 꿈이고 여자는 미싱사가 되는 게 꿈이에요. 그렇게만 되면 최고가 되는 거니까."

"그럼 준희는 지금 무슨 일을 하고 있어?"

"시다예요. 미싱사가 옷을 박아 내면 실밥을 따면서 잘못 박힌 게 없는지 조사하는 일인데 나는 시다 중에서 일을 제일 잘한다는 칭찬을 받고 있어요. 손이 빨라서 다른 시다들보다 두세 배나 빨리 하니까요."

준희는 손이 빠르다는 말을 강조하면서 자부심에 차 있었다. 어려서 손아귀가 찢어지도록 비누를 문지르며 빨래하던 생각이 떠올랐다.

"그래, 다행이다. 무엇이든 남보다 잘하는 게 좋겠지."

"어려서부터 빨래를 열심히 한 덕분일걸요. 그런데 손가락에 훈장이 또 하나 늘었어요. 이거 봐요."

준희는 나이에 비해 크고 거친 손을 내 앞으로 내밀며 웃었다.

그리고는 두 번째 손가락과 가운데 손가락 매듭을 보여 주었다. 가위에 눌린 매듭이 굳은살로 변해 딱딱했다.

"그럼 미싱사가 되려면 얼마나 걸려?"

"보통 10년쯤 걸린대요. 빠르면 8년 걸리고."

"빨라야 8년이라고?"

내 입에서 한숨이 터져 나왔다. 고향에서 준희가 소를 키울 때가 떠올랐다. 그때 송아지 한 마리 갖기까지 3년이 걸린다고 했는데 이젠 미싱사가 되기 위해서는 10년에서 8년을 기다려야 할 것이었다.

나는 준희가 도대체 어떤 곳에서 어떤 일을 하는지 궁금해 어느 날 준희를 따라 나섰다. 공장이라면 넓고 큰 건물에 기계가 돌아가는 그런 규모를 상상했는데, 준희를 따라 들어선 평화시장은 학교처럼 길게 지어진 3층 건물이었다. 1층은 제품공장에서 만들어 낸 옷을 파는 도매시장이고 2층, 3층은 제품공장이었다. 공장은 학교처럼 복도를 사이에 두고 양쪽에서 칸칸마다 옷을 만들고 있었다. 복도는 대낮인데도 불이 켜져 있을 정도로 어두웠다. 라디오에서 남진의 '님과 함께'와 나훈아의 '고향역'이 울려 퍼지는가 하면, 한여름 매미가 여기저기서 울어대듯이 전기 모터 돌아가는 미싱 소리가 드르륵 드르륵 요란하게 울렸다. 준희를 따라 준희가 일한다는 공장 내부로 들어갔다. 들어서자마자 복잡다단한 공간 때문에 숨이 막혔다. 공장 내부는 다시 중간 층 다락을 만들어 놓았고, 다락으로 올라가는 실내 사다리가 있었다. 다락에서는 재단을 하고 아래서는 미싱사들이 빙 둘러 설치되어 있는 미싱에 앉아 옷을 박고 있었다. 그리고 옆에는 산더미처럼 박아 놓은 옷이 쌓여 있고 준희가 말한 시다들이 그 것들을 끌어안고 실밥을 따면서 옷을 살피는 것이었다. 시다들 은 모두 준희 또래의 중고교생 나이밖에 안 돼 보이는 소녀들이 었다. 소녀들은 학교 대신 제품 공장에서 실밥을 따고 있었다. 미싱사도 시다들도 모두 얼굴이 퉁퉁 부어 있었다. 소녀들이 실 밥을 따면서 옷을 휠휠 털 때마다 닭이 홰를 칠 때 흙먼지가 날 아오르듯 먼지가 날아올랐다. 나는 재빨리 손으로 입을 막으며 숨을 참았다.

"언니, 빨리 나가요."

준희가 나를 이끌고 복도로 나왔다. 복도로 나와 참았던 숨을 퍼냈다. 사실 먼지는 복도로 다 흘러나오는데도 마치 먼지구덩 이에서 빠져나온 것처럼 숨을 쉰 것이었다. 문득 전태일이 떠올 랐다. 여공들의 열악한 환경과 근로기준법을 위반하는 노동 현 실을 탓하면서 "우리는 기계가 아니다. 일요일은 쉬게 해 달라. 근로기준법을 지키라"고 외치며 분신자살한 재단사 전태일이 일했던 곳이 바로 평화시장이었다.

"아, 그 전태일이 여기서 일했었구나."

"올해가 6주년인데 11월에 추모 행사를 할 거라고 준비하고 있어요."

"전태일이 죽고 나서 달라진 게 있어?"

"나는 잘 모르지만 미싱사 언니들 말에 의하면 많이 달라졌다 고 해요. 옛날에는 아침 8시부터 일을 시작해 밤 9시에 끝났는 데 이젠 반대로 아침 9시부터 시작해 밤 8시에 끝난 것만 해도. 그전에는 일요일에도 무조건 일했는데 이젠 선택제이고요."

"선택인데 준희는 왜 일요일에도 일을 하지?"

"미싱사가 놀아야 나도 놀 수 있어서 그래요. 미싱사들은 자기가 하는 대로 벌기 때문에 대부분 일요일에도 쉬지 않고 일을 하거든요. 내가 한 달에 두 번만 교회에 나간 것도 그래서예요."

"아, 그렇군. 그럼 월급은? 월급은 만족할 만큼 줘?"

나는 결국 준희의 삶에 끼어들고 말았다.

"월급요? 월급은……, 교통비 정도예요."

준희는 말하기가 거북스러운 듯 망설이더니 겨우 말했다.

"교통비 정도?"

"기술을 배우니까요."

"기술 배우는 걸로 월급을 때운다? 그럼 기술은 언제 배워? 일요일에도 쉬지 않고 일한다면서 언제 가르쳐 주고 배우냐구?"

"가르쳐 주는 게 아니라, 어깨 너머로 배워야 해요. 미싱사가 없을 때 몰래 해 보는 게 배우는 거예요."

"말도 안 돼. 그런 법이 어딨어."

"미싱사 언니들도 다 그렇게 배운 거래요. 여긴 다 그래요. 참, 학원에서 배워 온 사람도 있기는 해요."

"그럼 준희도 학원엘 다니지 그래. 그럼 빨리 미싱사가 될 수 있잖아."

"그렇지 않아요. 학원에서 배워 온 사람도 우리처럼 시다를 거치지 않으면 미싱에 앉을 수 없어요. 여기서는 직접 옷을 만드는 과정을 한 땀 한 땀 눈으로 보면서 배우지만 학원에서는 가짜 옷을 만들면서 배우니까 우리와 천지 차이예요. 그래서 학원 출신들은 알아주지 않아요. 장인정신이 없다고 보기 때문에."

"장인정신?"

"오래오래 몸으로 직접 체험하면서 배워야 진짜 기술자가 된다고 보는 거죠."

나는 준희가 말하는 장인정신에 동의할 수 없었다. 그건 노동력을 착취하기 위한 일종의 변명에 불과하기 때문이었다.

"그럼 미싱은 언제 어떤 방법으로 해 보는 거지?"

"미싱사가 자리를 비울 때나 점심 먹는 시간에 재빨리 밟아 봐요. 그러다 들키면 혼나가면서."

준희는 나에게 자랑이라도 하려는 듯, 마침 미싱사가 자리에 없자 모터에 발을 올리고는 드르륵 밟았다. 미싱 바늘이 무서운 속력으로 움직였다. 영 점 영영 초만 빗나가도 손톱 부분 손가락이 뚫린다면서 준희는 그동안 쌓은 실력을 과시했다.

"미싱 바늘에 손가락이 백 번쯤 뚫려야 고지에 오른대요."

정말 번개처럼 움직이는 미싱 바늘이 준희의 손가락을 천과 함께 박아 버릴 것만 같아 숨을 쉴 수가 없었다. 준희는 용케도 손가락을 박지 않고 천을 박아 내렸지만 가슴이 뛰면서 불안하기 짝이 없었다. 시다 생활을 한 지 3년이 됐다는 준희는 정말 미싱에 앉혀 준다면 당장 상품으로 나갈 옷을 만들 수 있는 실력처럼 보였다. 그렇지 않아도 준희는 이미 상품으로 나갈 옷을 박고 있었다. 그런데 미싱사가 턱 들어서자 준희는 도둑처럼 후다닥 일어나 미싱을 정리하는 척하는 것이었다.

"도둑기술을 배우다니!"

내 입에서 한숨이 터져 나왔다. 서당 개 3년이면 풍월을 읊는다는 옛말과 같은 식이었다. 정말 3년쯤이면 능히 할 수 있는 일을 두 배 세 배로 세월을 늘려 잡아 사람을 붙들어 매는 것이었다. 전태일의 분신자살이 이해가 갔다. 그곳엔 꿈이 없었다. 몰래 눈치 봐가면서 10년 동안 도둑질을 하듯 미싱을 배워야 미싱사가 된다는 말은 인생의 황금기를 고스란히 도둑질당한다는 설명이었다.

"미싱사만 되면 고생 끝. 돈 많이 벌거든요. 집을 산 미싱사도 있어요."

준희는 시다 일을 한 지 3년이 되었으니 앞으로 5년 정도만 더 하면 미싱사가 되어 집안을 일으켜 세울 수 있다는 희망에 부풀어 있었다.

"내가 돈 벌어서 오빠와 준수 대학 보내 줄 거예요. 여기 미싱사 언니들도 돈 벌어서 오빠나 동생들 공부시키거든요."

나는 마치 위장취업을 하듯 종종 제품공장을 찾아가 준희를 도왔다. 과연 준희가 미싱사가 되기 위해 인생의 황금기를 그곳에 바칠 만한 것인지 어떤지를 제대로 판단하기 위해서였다. 다행히 눈코 뜰 새 없이 바쁜 제품공장에서는 누가 와서 일을 돕든 상관하지 않았다. 나는 준희가 시킨 대로 가위를 들고 옷에 거미줄처럼 달려 있는 실밥을 따고, 준희는 옷을 하나하나 검사한 다음 개켜 쌓았다. 개켜 쌓아 놓은 옷을 다리미질하는 남자들이 거둬다가 다려서 출고하면 끝이었다. 일을 하면서 하루 종일 듣는 건 드르륵거리는 모터 소리와 대중가요뿐이었다. 글 한 줄 읽는다거나 서로 대화를 나눈다거나 잠시 창밖을 내다보며 생각에 잠긴다는 건 상상조차 할 수 없었다. 따지고 보면 점심시간도 없는 거나 마찬가지였다. 부연 먼지 속에서 빵 조각이나 또는 제각각 싸온 도시락을 먹기가 바쁘게 실밥을 따야 했다. 그렇게 쉴 새 없이 일을 하는데도 작업반장이라는 사람이 돌아다니면서 "출고가 코앞이야. 빨리 빨리 해."라며 연신 독촉을 했다. 작업반장이 독촉을 할 때마다 분노가 솟구쳐 올랐다. 그때마다 작업반장을 쳐다보았다. 작업반장도 나를 쳐다보며 고개를 갸웃했지만 나에 대해서는 상관하지 않았다.

시다? 나는 시다라는 말을 골똘히 생각해 봤다. 시다라는 말 자체가 일본 말이었다. 일제강점기 때 일제가 우리 국민을 시다로 부리면서 착취했던 느낌을 지울 수가 없었다. 나는 결국 준희를 제품공장 시다로 방치해서는 안 된다는 생각에 이르렀다. 낮에 일을 하고 밤에 야간학교에 다닐 수 있는 길을 찾기로 했다. 때마침 내가 자주 찾는 종로서적에 갔다가 '여점원 구함'이라는 구인광고를 보게 되었다. 그런데 준희가 망설였다. 시다 경력 3년이 아까운 탓이었다. 자기 실력은 이미 옷을 만드는 수준에 이르렀고, 앞으로 5년만 흘러가 주면 미싱사가 될 자신이 있다면서 머뭇거렸지만 나는 단호하게 준희를 끌고 서점으로 갔다.

"책 제목만 읽어도 십 년이면 다른 세계를 보게 될 거야."

서점은 일요일마다 쉬고 밤에 학교에도 갈 수 있다고 했다. 그렇게 해서 준희는 서점에서 일하면서 야간 여상에 입학할 수 있었다. 교회 출석도 주일마다 가능했다.

교회생활이 갈수록 즐거웠다. 준호와 준희를 만나는 재미에 나는 한 주도 빠지지 않았다. 윤태영이 나와 같은 학교에 같은 법대라는 것도 커다란 도움이 되었다. 윤태영은 나에게 공부에서부터 교회생활까지 도움을 주려고 애썼다. 성경에 재미를 붙이는 것도 윤태영 덕분이었다. 윤태영은 어느 날 철학자 겸 신학자인 마틴 부버의 책을 나에게 내밀었다. 부버의 말을 이해하기는 어려웠지만 친절한 윤태영의 권유를 기꺼이 받아들였다.

"성경이 당신에게 완전히 생소한 책이라 하더라도 그것을 읽어라. 당신과 직접적인 관련이 없더라도 읽어라. 성경을 읽다가 당신 안에 어떤 감정이 일어난다면 그것을 그대로 받아들여라. 성경에 적힌 어떤 문구가, 어떤 이미지가 당신을 압도적으로 감동시킬지 모르니 항상 마음을 열어두라……."

윤태영은 지혜로운 판사가 되려면 '반드시' 성경을 읽어야 한다고 강조했다. 솔로몬에 비유되는 명판결은 차치하고 인간문제를 판결해야 하는 판사야말로 가장 지혜로운 자가 되어야 한다는 것이었다. 성경은 스토리이면서도 문학 작품과 달리 인간의 감정이나 생각을 파헤치지 않았다. 서술자가 비평이나 의견을 드러내지도 않았다. '단지 인간의 행동을 나열할 뿐'이었다. 어떤 특정 사건에 대해 반복적으로 기술하기도 하고, 어떤 사건은 너무 간단하게 다루기도 하고, 어떤 대목은 오랜 시간을 뛰어넘기도 했다. 부버는 이것을 독자에 따라 각각의 해석과 생각을 도출하도록 유도하기 위해서라고 했다. 다만 성경에 적힌 어떤 문구가, 어떤 이미지가 자신을 압도적으로 감동시킬지 모른다면서 성경을 읽다가 어떤 감정이 일어났을 때 그것을 그대로 받아들이는 것이 성경을 읽는 가장 좋은 방법이라고 했다.

윤태영은 성경을 읽으면서 인간의 감정에 대해 나름대로 연구

한다고 했다. 일반적으로 '법학' 하면 감동과 감정과 무관한 것으로 알고 있지만 법률 문제야말로 인간관계에서 발생하는 감정 문제가 주류를 이루고 있기 때문에, 감정 문제는 감동으로 해결하는 것이기 때문에, 감동은 상대를 설득하는 무기이기 때문에 반드시 감정을 연구해야 한다고 했다. 윤태영의 조언대로 지혜로운 판사가 되려면 감동과 감정의 형태를 중요시해야 할 것이었다. 나도 윤태영처럼 성경을 통해 나를 압도시킬 감동을 만나고 싶었다.

준호의 성경 읽기는 우리와 급이 달랐다. 윤태영도 성경에 대해서는 준호에게 물어볼 정도였다. 성경에 열중한 탓인지 준호는 성경대로 산다는 평을 받았다. 성경대로 산다는 것은 경건주의자라는 말이었다. 담배는 물론 술 한 모금 마시지 않았다. 그런 걸 죄악시했다. 모두 준호는 목사가 될 거라고 했다. 본인도 그걸 부인하지 않았다. 그래서인지 준호는 공장생활만 하던 옛날과 달리 이른 새벽에는 우유배달을 하고, 낮에는 출판사 제본실에서 일을 하고, 밤에는 학원에 나가 공부를 하고 있었다. 이미 중학교 학력 검정고시는 따냈고, 고등학교 검정고시를 준비 중이었다

"오빠, 종이만 봐도 배가 부르대요."

준희의 말에 의하면 준호는 공부가 하고 싶어 영등포 생산 공장을 그만두고 책 만드는 출판사로 직장을 옮겼다고 했다. 공부에 목마른 탓에 책을 만드는 종이만 봐도 배가 부르다는 말이 측은하게 들렸다. 종이에 베인 손가락은 한두 개씩 늘 밴드가 감겨 있고 무거운 책을 나르는 손목엔 파스가 붙어 있었다.

그러면서도 주일엔 꼭꼭 교회 예배를 보고 청년부에서 봉사를 했다. 우리 세 사람 모두 교회학교 교사를 맡았다. 준호는 초등부, 윤태영은 고등부, 나는 중등부를 맡았다. 분반 실과 시간대는 각자 다르지만 들어가고 나올 때라든지 회의 때 자주 만났다. 그렇게 자주 만나면서도 준호는 나에게 가까이도 멀리도 하지 않았다. 준호의 속마음을 짐작하기 어려웠다. 그러니까 옛날에 나에게 쏘아붙였던 말을 아직도 기억하고 있는지, 아니면 잊어버렸는지 도무지 알 수가 없었다. 나는 지금까지 품고 있었던 그 지독한 의문이, 오히려 준호를 만나자 거짓말처럼 사라져 버리고 말았다. 대신 준호의 진면목을 발견하기 시작했다.

준호는 지금까지 내가 생각했던 비수처럼 날카로운 사람이 아니었다. 그는 교회 청년부에서 가장 인기 있는 사람이었다. 비수처럼 날카로운 사람이라면 누가 좋아할 리 없었다. 여자 청년들이 서로 초등부를 맡으려고 한 것도 준호와 가까이 있고 싶어서였다. 인간이 잘생기고 매력이 있다는 것은 일단 누구에게나 호감을 사게 마련이다. 재판을 할 때도 가끔 그런 적이 있었다. 사건 기록을 보면서 사건에 따라 범법자의 인상이 상상되기 마련인데, 같은 죄를 지었더라도 범법자의 인상에 따라 느낌이 달랐다. 물론 그런 느낌이 재판에 영향을 주지는 않지만 "저런 사람이 어쩌다가?"라는 식의 동정이 가는 것은 사람으로서 어쩔 수 없는 감정이었다. 부모 입장에서 같은 자식이라도 잘생긴 자식에게 더 마음이 간다는 통계도 있듯이 인간은 잘생긴 사람에 대한 호감은 숨길 수 없는 감정임에 틀림없었다.

"준호 때문에 우린 말씀이 아니야. 질투 나서 살겠냐구."

"확실히 준호는 외모뿐만 아니라 사람을 끄는 무언가가 있다니까."

남자 청년들이 농담조로 말했지만 진담 같았다. 남자 청년들 말처럼 나 역시 여자 청년들이 준호 형제, 준호 형제, 하며 졸졸 따라 붙을 때면 은근히 질투가 났다.

한편으로 준호는 젊은 철학자처럼 보이기도 했다. 사색적인 눈과 일자로 다문 입이 지조가 곧아 보인 탓이었다. 평소 말을 하지 않을 때는 평생 말을 하지 않을 것처럼 보였지만 말을 하기 시작하면 은근히 귀를 기울이게 만들었다. 교회학교 수업도 아이들이 쏙 빠져들게 만들었다. 가끔 초등부 아이들과 수업하는 걸 몰래 지켜보곤 했다. 그는 수업을 시작하기 전에 반드시 구약성경 창세기 4장에서 인간이 최초로 살인범죄를 저지른 가해자 가인과 피해자 아벨 이야기를 해주었다. 가인은 자기 이름 첫 자처럼 '가'짜의 마음으로 선물을 하나님께 드렸기 때문에 하나님이 받지 않았고, 아벨은 자기 이름 첫 자처럼 '아'름다운 마음으로 선물을 드렸기 때문에 하나님이 기쁘게 받으셨다면서 우리도 하나님께 아벨처럼 아름다운 마음을 선물로 드리자며 수업을 진행했다. 아이들이 기억하기에 재미있는 표현이었다.

그는 한 가지 주제를 선정하여 토론식 수업을 했다. 예를 들면, 구약성경에서 이삭의 장자 에서가 팥죽 한 그릇에 동생 야곱에게 장자권을 팔아버린 것을 어떻게 생각하느냐? 라든지 엄마 리브가가 야곱의 몸에 양털을 붙여 장자 에서처럼 꾸며 눈먼 아버지로부터 축복을 받게 한 것을 어떻게 생각하느냐는 식이었다. 성경을 함부로 해석하는 걸 두려워하는 교회와 전혀 다른 태도였다. 아이들은 팥죽 한 그릇에 장자의 권리를 판 것은 남자답지 못하며 장차 큰일을 할 수 없다고 했다. 그리고 리브가가 야곱을 장자처럼 꾸민 것은 속임수이기 때문에 찬성할 수 없다고 했다. 그런가 하면 에서가 욕심이 없는 순수한 사람이라고 평가하기도 했다. 또 어떤 아이들은 일생을 좌우하는 축복을 따내기 위해서는 조금 비겁하긴 하지만 야곱처럼 할 수도 있다는 등 저마다 의견을 말하면서 자유롭게 토론을 즐겼다. 다른 반과 대조적이었다. 다른 반은 몸부터 부동자세로 앉아 교사가 열심히 설명하는 것을 그냥 듣기만 하면서 어떤 아이들은 졸고, 어떤 아이는 하품을 하고, 어떤 아이는 자주 시계를 봤다.

성경공부가 끝나면 준호는 아이들과 어울려 장난을 쳤다. 아이들과 함께 마룻바닥에 누워 뒹굴며 깔깔 웃는 모습은 정말 철없는 아이 같았다. 그런 모습을 볼 때마다 놀랍고 믿어지지 않았다. 옛날 나에게 쏘아붙였던 그 눈빛을 도무지 찾아볼 수가 없었다. 나는 의문에서 해방되었고, 마음이 빠르게 준호에게 다가갔다. 그때까지 준호에 대한 호칭이 애매했다. 청년부는 서로 '형제'라고 호칭했지만 나는 그게 잘 되지 않았다. 그렇다고 준희처럼 '오빠'라고 불러지지도 않았다. '저기요'라고 부르기도 하고 '이렇게 봐요'라고도 했다. 너무 불편하고 힘들었다. 그러다가 어느 날 내 입에서 주로 연인끼리 부를 법한 '준호 씨'라는 말이 흘러나왔다.

서로 가까워지는 지름길이 여행이라는 말이 있듯이, 대학 2학년 여름방학 때 교회학교 수련회가 있었다. 우리 청년부는 양평에 있는 청소년수련원으로 아이들을 데리고 떠났다. 2박 3일이었다. 교회를 벗어나자 마치 집을 벗어난 것처럼, 또는 어떤 규율에서 풀려난 것처럼 한결 자유로웠다. 평소와 똑같은 대화를 하더라도 더 정감이 느껴지고 더 감동적이었다. 낮에는 아이들과 함께 예배를 드린 다음 호수에서 수영을 하거나 보트놀이를 하고, 밤에는 게임을 했다. 그리고 취침 전에 모두 함께 통성기도를 하는 순서로 진행되었다. 나는 게임을 할 때마다 준호와 한편이 되었다. 달빛 좋은 밤, 강강술래를 하듯 모두 손을 잡고 돌 때, 우리도 손을 잡아야 했다.

준호가 먼저 내 손을 덥석 잡았다. 순간 그가 처음으로 내 이름을 불렀을 때처럼 꼼짝할 수가 없었다. 뜨거움이 전신으로 퍼지기 시작했다. 마치 오랫동안 기다려 온 갈망이 비로소 이루어진 것처럼 눈물이 핑 돌았다. 준호의 손은 거칠고 묵직했다. 귀공자 같은 얼굴과 정반대였다. 가늘고 연약한 내 손이 나무껍질이나 바위를 잡고 있는 것 같았다. 나는 한시도 쉬지 못했을 그의 손을 생각하는데 열중했다. 강강술래처럼 빙글빙글 돌아가면서 노래를 불렀지만 나는 노래 대신, 어려서부터 이 공장 저 공장을 전전하면서 험한 일을 했을 그의 손이 하는 말을 듣고 있었다. 준호도 가끔 무슨 생각을 하는지, 아니면 나처럼 무언가를 느꼈는지 나를 향해 약간 미소를 띠는 것도 같았다. 그쯤에서 게임이 끝나고 손을 놓아야 했다. 그가 내 손을 놓고 돌아설 때, 나는 이미 그에 대한 애잔함에 젖어 있었고 그런 기분으로 부지불식간에 "준호 씨!"라고 불렀다. 그가 획, 돌아봤다. 다소 당황한 표정이었다. 얼굴이 붉어진 채 무슨 말인가를 하려다 말고 아이들이 있는 곳으로 뛰어가 버리고 말았다.

다음 프로그램은 기도하는 시간이었다. 확 트인 야외에서 기도하는 건 처음이었다. 나는 아직 통성기도를 할 정도로 신앙적이지 못했다. 미리 준비라도 해 온 것처럼 교사와 심지어 초등생들까지 모두 큰 소리로 "하나님 아버지!"라고 외치며 통성기도를 하기 시작했다. 모두 울부짖었다. 각자 소원을 말하며 소원을 들어달라고 애원하는 것이었다. 나는 고개를 숙인 채 조금전에 잡았던 준호의 손을 생각했다. 어려서부터 소년가장을 해 온 그의 손이 언젠가는 보상받아야 한다는 생각을 하면서 "이제부터 그에게도 희망이 꽃피게 해 주세요! 부디 역경의 비바람 속을 헤맨 그 거친 손에 승리의 깃발을 쥐어 주세요!"라고 속으로 기도를 하는데 준호의 목소리가 들려왔다. 나는 속으로 하던 기도마저 멈추고 준호의 통성기도에 귀를 기울였다.

"주님께서 당부하신 대로 우리는 그들이 우리의 오른뺨을 칠 때마다 왼뺨까지 내주었습니다. 주님께서 당부하신 대로 우리는 그들이 우리의 겉옷을 빼앗을 때마다 속옷까지 내주었습니다. 원수가 목마를 때 마시게 하라는 말씀대로 그들에게 넘치도록 마시게 했습니다. 그럼에도 그들은 계속 약한 우리의 목을 조입니다. 입이 있어도 말 못하는 세상, 어쩌다 용기 있는 사람들이 입을 벙긋했다가 붙잡혀 목숨이 위태롭고, 형장의 이슬로 사라지기도 했습니다. 그들은 오로지 권력을 위해 사람의 생명을 위협하거나 죽이고 있습니다. 그들을 언제까지 두고 보시렵니까. 언제까지 그들의 손에 불의한 권력을 맡겨 놓으시렵니까. 도대체 언제까지 선량한 국민의 생명을 마음 내키는 대로 도륙하도록 두시렵니까. 도대체 언제까지……."

준호는 단 한 마디도 자기 자신을 위한 말은 언급하지 않았다. 약자를 위한 기도를 하면서 억울함을 참을 수 없어 큰 소리로 울부짖고 있었다. 그때는 유신정권 시대였고 1972년 개헌된 유신헌법 제53조를 이용해 대통령은 헌법상 국민의 자유와 권리를 잠정적으로 정지시키는 긴급조치 발령 중이었다. 1974년 1월 8일 제1호를 시작으로 제9호까지 나간 긴급조치는 1979년 10월 26일 대통령이 사망하기 전까지 산천초목을 떨게 하고도 남았다.

그러니까 새로 만든 유신헌법을 부정하거나 반대하거나 왜곡하거나 비방하거나 헌법을 다시 개정하자고 하거나 폐지하자고 주장하거나 발의 또는 청원하거나 유언비어를 날조 유포하거나, 이런 것들을 선동하고 선전하거나 방송하거나 신문에 보도하거나 출판하거나 기타 방법으로 이를 타인에게 알리는 행위를 하는 자, 또는 조치를 비방하는 자는 법관의 영장 없이 체포 구속 압수 수색하고 15년 이하 징역에 처하며, 15년 이하 자격정지를 함께 병과할 수 있다고 했다. 그리고 이 모든 것은 비상군법회의에서 심판하여 처단한다고 했다. 또한 민청학련과 이와 관련된 단체와 조직에 가입하거나 활동을 찬동하거나 고무 동조하거나 그들에게 장소와 물건 금품 또는 편의를 제공하거나 문서나 도서나 음반이나 그 외에 출판, 제작, 소지, 배포, 전시, 판매하는 자는 영장 없이 체포하여 비상군법회의에서 사형 또는 무기징역에 처한다고 했다.

이 살벌한 현실에서 그래도 몸부림치는 사람들이 있었다. 중앙정보부가 민청학련을 공산주의자로 몰아붙이면서 1960년대에 벌어진 인혁당을 다시 민청학련과 싸잡아 엮어 마구 잡아들였다. 마치 그물로 물고기를 잡아 올리듯 영장 없이 체포하여 구금하는 사람이 천여 명이 훨씬 넘었다. 그중에서 더러는 사형, 더러는 무기징역을 받았고 사형을 집행당한 사람만 해도 인혁당에서 8명이나 되었다. 이쯤 되자 유신 반대운동이 거의 사라진 듯했다.

그런데 작은 불씨 하나가 다시 불을 붙였다. 부산 중부교회 청년부에서 만든 회지 '책방골목'이 긴급조치 9호를 위반했다는 이유로 중부교회 담임 목사와 청년부 간부 대학생들이 줄줄이 구속되고 말았다. 술집이나 밥집에서 술기운 탓에 유신을 들먹였던 사람들이 어느 날 쥐도 새도 모르게 사라져 버리고 마는 세상에 그들이 만든 회지 머리말은 그야말로 폭탄급이었다. "아프다. 아파도 왜 때리느냐고 반항하지도 못한다. 불쌍한 사람들, 나와 너 똑같이 힘없는 사람들, 우리 약한 힘을 모아 아프다고 고함이라도 질러 보자. 왜 때리느냐고 반항해 보자. 달려들어 같이 치고받고 육탄전이라도 해보자. (…) 이 땅을 사랑하고 이 백성을 사랑하는 사람들이여! 우리 올바른 삶을 위하여 아니 떳떳한 죽음을 위하여 힘써 이 땅의 진정한 자유와 민주주의를 실현시키자. 한국적이니 유신이니 따위는 말고 좀 더 거시적인 안목으로"라고 했던 것은 목숨을 내놓은 저항이었다. 전국 대학생들이 다시 움직이기 시작하고, 교회마다 청년부에서 붙잡혀 간 중부교회 목사와 청년들을 위해 기도하는 중이었다.

준호가 울부짖는 기도는 아버지를 떠올리게 했다. 장준하 선생이 의문의 죽음을 했을 때 한남동 할아버지를 찾아와 항의하던 일이 떠올랐다. 아버지가 학교를 그만둔다고 했을 때 우리 할아버지와 언쟁했던 일도 떠올랐다. 준호가 억울해하는 것과 아버지가 억울해하는 것이 오버랩되면서 나는 그만 숙연해지고 말았다. 그리고 그날 이후 마치 바람이 몰아다 준 것처럼, 누가 하나하나 자세하게 읽어 준 것처럼 그의 기도 소리가 내 귀에서 맴돌았다. 그럴 때마다 가슴이 서늘해졌다. 가슴이 서늘해진 것은, 어릴 때 그가 나에게 쏘아붙였던 말이 다시 떠오른 탓이었다. 준호가 그들이라고 지칭하는 무리 속에 우리 할아버지가 포함된 것만 같은 생각 때문이었다.

땅

 그들이 땅을 내놓으라고 했다. 조상이 황무지를 피눈물로 일구어 놓은 땅을 찾듯이, 땅을 내놓으라고 했다. 땅이 울었다. 조상이 일제에 충성을 바쳐 차지한 땅을 겁도 없이 내놓으라고 할 때마다 땅이 땅을 치며 울었다. 조상이 손바닥 발바닥이 터지도록 경작한 땅을 억울하게 빼앗긴 것처럼 땅을 내놓으라고 할 때마다 땅이 울며불며 말했다. 땅은 민족의 탯줄이라고, 민족에게 고운 젖을 먹여 기르는 어머니라고, 그들은 제 어미의 숨통을 밟고 권력을 휘두른 폐륜아였다고, 그때마다 땅속으로 땅속으로 화석 같은 피멍이 들었다고 통곡했다. 그래도 그들은 땅을 내놓으라고 했다. 자꾸만 조상이 물려준 자기네 땅이라고 우겼다. 끝내 땅이 분노했다. 수십 년 동안 제 어미의 숨통을 비틀며 안락했던 폐륜을 더 이상 용서할 수 없다고……

유신을 용납할 수 없었던 아버지는 학교를 그만둔 다음 그림을 그린다면서 어딘가로 돌아다녔다. 그리고 달라지지 않는 세상을 한탄하면서 술을 많이 마셨다. 간이 나빠졌다. 병원에 입원할 정도로 병이 악화되었는데도 아버지는 술이 아버지를 살린다고 했다. 아버지의 허탈은 그 무엇으로도 대신할 수 없었다. 나는 대학생이 되어 법을 공부하면서 비로소 유신헌법의 속성을 알게 되었다. 그리고 아버지를 이해할 수 있었다. 유신헌법에 따라 대통령이 장악한 권력에 경악을 금치 못했다. 그것은 삼권분립과 견제와 균형이라는 의회 민주주의의 기본원칙을 전면 부정해 버린 것이었다. 반대세력의 비판을 원천봉쇄해 버린 것, 국민기본권을 대폭 축소하고 입법부의 국정감사권을 박탈해 버린 것, 사법적 헌법보장기관인 헌법재판소를 정치적 헌법보장기관인 헌법위원회로 개편한 것, 긴급조치권과 국회해산권을 대통령에게 부여하여 대통령에게 초헌법적 권한을 갖게 한 것은 과거 제왕만이 가질 수 있었던 절대권리였다. 17세기 프랑스 루이 14세가 자신을 가리켜 "짐이 곧 국가"라고 했던 것처럼 대통령이 곧 법이요 진리요 국가였다.

그리고 1978년, 70년대의 유신시대가 막바지로 접어들었다. 이젠 체념할 듯도 한데 대학생들은 끝까지 유신을 용납하지 않으려고 했다. 그해 6월 12일 대학생들이 유신체제 철폐와 학원 민주화를 선언하고 나섰다. 서울시내 대학생들이 광화문에서 유신 반대 가두시위를 벌였다. 나는 그냥 바라만 보고 있었다. 나는 고교시절부터 대학까지 단 한 번도 데모에 나가지 않고 공부만 열심히 한 덕택에 재학 중 사시에 합격하는 행운을 얻었다. 비교적 빠른 편이라 주변에서 소년등과라며 칭찬이 자자했다. 그리고 곧이어 사법연수에 들어가야 했다. 연수 기간은 2년이고 서너 달마다 10과목 시험을 쳐야 했다. 연수 성적에 따라 판, 검임명이 달려 있는 탓에 어쩌면 사시보다 더 힘든 과정이었다. 연수가 끝날 때까지 외부와 접촉을 끊는 것이 상책이었지만 나와 동시대를 살아가는 수많은 대한민국 대학생들 데모를 눈으로 바라보는 것만이라도 해야 할 것 같았다. 도무지 안 되는 줄 알면서도 시위를 할 수밖에 없는 학생들이 안타까웠던 것은 아버지가 안타까운 탓이었다. 그날도 아버지를 생각하면서 안타까운 마음으로 학생들을 바라보는데 나처럼 학생들 시위를 바라보던 어떤 시민이 "얘들아, 이제 다 끝났다. 차라리 포기해 버리고 사는 게 속이라도 편하지."라고 했다. 그때 아버지도 병석에서 "학생들도 머지않아 다 포기하게 될 것이다. 영원한 밤이 계속 될 것이야. 대한민국은 그의 것이고 그는 원하는 것은 무엇이나 다 가질 수 있으니까."라고 했다. 그런데 정말 그랬다.

학생들의 저항에도 아랑곳하지 않고 1978년 7월 6일 통일주체국민회의 대의원들이 뽑는 대통령 선거가 실시된 것이었다. 그는 대한민국 제9대 대통령선거에 혼자 나와 일등을 했다. 대의원 2,583명 가운데 2,578명이 참여하여 2,577표를 얻었다. 딱

한 표가 무효표로 처리된 탓에 99.9퍼센트라고 했다. 한 사람이 계속해서 다섯 번이나 대통령이 된 것이었다. 이런 현실을 쌍수를 들어 찬양하거나 아니면 침묵하는 게 살아남는 길이었다. 만약 이런 현실을 부정하거나 비판할 경우 빨갱이로 몰리는 것은 상식이었다. 상식대로 어떤 언론은 이를 찬양했고 어떤 언론은 사실 그대로만 보도했다. 그래도 살얼음판을 딛고 비판하는 사람들이 있었다. 잡히면 유신을 반대하는 빨갱이로 몰려 다시는 세상을 구경할 수 없을지도 모르는 위험을 무릅쓰고 시민단체들이 비밀리에 전단을 뿌려댔다. 그 가운데 대한민국 문교부가 발행한 중학교용 반공교과서 내용을 인용한 전단이 입도 벙긋 못하는 국민들의 가슴을 시원하게 뚫어 주었다.

"공산 국가에서도 형식상 선거를 치른다. 그러나 그 선거는 민주주의 국가에서 실시하고 있는 선거와는 다른 일종의 사기 행위이다. (…) 우선 공산국가의 선거에서는 단 한 사람의 입후보자에 대하여 찬성이냐 반대냐 하는 것을 표시할 수 있을 뿐이다. 그러나 유권자는 찬성할 수 있는 자유는 있어도 반대할 수 있는 자유는 없다. 선거라고 하는 것은 글자 그대로 많은 사람 중에서 적격자 한 사람을 고르는 선택행위인데 입후보자가 한 사람밖에 없다는 것은 벌써 선거로서의 의미가 없는 것이다. 그들의 선거 결과는 항상 99% 이상의 투표율과 99% 이상의 찬성으로 나타난다. 이런 선거 분위기 속에서 반대를 한다는 것은 상상조차 할 수 없는 일이다. 따라서 공산당의 명령에 복종해야 할 의무만이 있을 뿐 다른 어떤 권리도 인정되지 않는 것이 바로 공산주의 국가들임을 알 수 있다.

　　　　　　　　— 중학교 교과서 『승공통일의 길 2』, 47, 52, 53쪽

　시민들이 전단을 주워 들고 감탄을 금치 못했다. 우리나라 문교부가 만든 교과서에 나온 내용을 그대로 따온 것 때문이었다. 교과서는 공산주의 국가에서도 형식상 선거를 치르지만 그것은 민주주의 국가에서 하는 선거와 달리 일종의 사기 행위라고 했다. 그리고 사기 행위인 이유를 밝혀 놓았다. 먼저 선거라는 것은 많은 사람 중에서 적격자 한 사람을 고르는 선택 행위인데, 단 한 사람의 입후보자에 대한 찬성이냐 반대냐를 묻는 선거이기 때문이고, 입후보자가 단 한 사람밖에 없다는 것은 선거로서 의미가 없다는 것이었다. 그리고 그들의 선거 결과는 항상 99퍼센트 이상 투표율과 99퍼센트 이상의 찬성으로 나타난 까닭이라고 했다. 재미있는 것은 '단 한 사람의 입후보자에 대하여 찬성이냐 반대냐 하는 것을 표시할 수 있을 뿐이다. 그러나 유권자는 찬성할 수 있는 자유는 있어도 반대할 수 있는 자유는 없다.'는 대목이었다.

　전단 내용은 그야말로 비판이나 주관적 생각이 단 한 자도 없는 완벽한 객관적인 내용이었다. 더욱이 유신체제에 맞추어 제작된 교과서였으므로 누가 나무랄 수도 따질 수도 없고, 법으로 옭아맬 꼬투리를 찾을 수도 없었다.

　"완벽한 비유구나."

　아버지는 탄복하면서 긴 한숨을 펴냈다. 우리 교회 청년부에서도 전단을 돌려 읽으며 감동을 주체하지 못했다.

"유신체제의 본질을 확 까발려 놨군."

"이 기막힌 해학성에 난 숨을 못 쉬겠어."

"난 전율했다. 이건 최고의 예술이야."

"맞아, 이건 창자가 끊어지도록 폐부를 흔들어 버린 절창이라구."

우리 교회뿐만 아니라 대한민국 시민들이 잠시나마 답답한 속을 풀어냈다. 그런데 그뿐이었다. 권력은 비판과 욕을 즐기는 묘한 성미를 가진 것처럼 유신정권은 줄기차게 전진했다. 이제 영원한 밤이 계속 될 것이라는 아버지의 예언대로 세상은 갈수록 어두워져만 갔다. 대한민국에서 그는 자신이 원하는 것은 무엇이나 다 가질 수 있을 것 같았다. 죽음도 뛰어넘을 것 같았다. 한 치 앞을 모르는 게 인간사라는 말도 그와는 무관할 것 같았다.

그런데 1979년 10월 27일 이른 아침, 뜻밖의 속보가 우리를 어리둥절하게 만들었다. 10월 26일 늦은 밤 안가에서 벌인 술판에서 그가 자신의 오른팔 중앙정보부장의 총탄에 쓰러져 비로소 그 질긴 욕망을 끝낸 것이었다. 아버지는 산 하나가 벼락같이 달려와 이마에 딱 부딪친 느낌이라고 하시면서 반가워 덩실덩실 춤이라도 춰야 할 텐데 허탈하다고 했다.

"우리가 바라는 것은 그따위 치졸하고 어이없는 죽음이 아니었다."

아버지는 너무나 많은 것들이 그의 욕망 아래 쓰러졌기 때문에, 우린 너무나 많은 것을 빼앗겼기 때문에 오히려 허탈을 주체할 수 없다고 했다. 일제처럼 채울수록 배고픈 권력 욕망은 자신 스스로 끝내지 못하고 타의에 의해 종말을 고하기 마련이라는 것을 안타깝게도 그는 깨닫지 못한 탓이라고 했다.

신은 누구에게나 공평하게 죽음을 주었고, 그래서 영원히 대통령을 하겠다는 그도 결국엔 죽었을 뿐이었다. 이제 그쯤에서 모든 것이 끝나는 줄 알았다. 그러니까 내가 태어나 일곱 살 때 대통령이 되어 대학을 졸업할 때까지 대통령을 한 무소불위의 권력이 종지부를 찍는 줄 알았는데 아버지는 끝이 아닐 거라고 했다.

"장장 18년 독재 권력의 뿌리가 장본인이 사라졌다 하여 쉽게 끝나는 게 아니다."

"국민들은 그렇게 생각하지 않은 것 같아요. 세상이 축제분위기잖아요."

"그렇지가 않다. 18년 동안 뻗은 뿌리가 만만치 않을 거야."

아버지의 예언은 정확하게 들어맞았다. 그가 사라지고 숨도 돌리기 전에 또다시 그와 비슷한 군인이 등장한 것이었다. 나라는 비상계엄 아래 있고, 느닷없이 육군참모총장을 구속하는 하극상 사건이 일어나면서 이번에도 군인이 국가보위비상대책위원회를 설치하고 상임위원장이 되어 국민 앞에 나타난 것이었다.

전국 곳곳에서 대학생들이 군인 물러가라는 데모를 하기 시작했다. 격렬했다. 이번에도 쿠데타 군인정권이 들어설지도 모른다는 두려움 때문이었다. 전라도 광주에서도 대학생들이 군인 물러가라고 외쳤다. 그런데 어느덧 북에서 빨갱이들이 넘어와 광주시민들과 합세했다는 뉴스가 터져 나오기 시작했다. 아버지는 뉴스를 들으며 "유신을 쏙 빼닮은 자식이 태어났으니 또 얼마나 많은 목숨이 희생될까!"라는 탄식을 하다가 돌아가시고 말았다. 물론 병이 악화된 것이 원인이었지만 본인이 생을 포기한 원인이 더 크다는 의사의 말은 내 가슴을 더욱 아프게 했다.

아버지가 돌아가시는 슬픔 속에서도 나는 무사히 연수를 마치고 판사 임명을 받았다. 가장 먼저 그 기쁨을 아버지께 드리고 싶었던 심정을 감당하지 못한 상태인데 이번에는 준호가 보이지 않았다. 이번에도 과로로 쓰러진 건 아닌가 하는 걱정이 스쳤다. 준호는 교회에 출석을 하지 않을 뿐만 아니라 집에도 며칠째 들어오지 않았다고 했다. 교회 청년부가 나서서 찾아보았지만 흔적조차 없었다. 출판사에도 며칠째 출근을 하지 않았다면서 준희가 떨었다.

"오빠가 아무래도 삼청교육대에 잡혀간 것 같아요."

"말도 안 돼. 숨도 안 쉴 정도로 성실하게 살아가는 사람을 왜 잡아간단 말이야?"

"머리만 길어도 잡아간대요. 길을 가다가 크게 웃었다는 이유로 잡혀간 여자들도 있구요. 여관 주인 여자들도 많이 잡혀갔대요."

"머리, 크게 웃는 여자들, 여관 주인들?"

머리끝이 솟구쳐 올랐다. 우리는 모두 얼어붙었다. 삼청교육대라는 말만 들어도 우는 아이가 울음을 뚝 그칠 정도의 공포 분위기였다. 국보위가 국민적 기대와 신뢰를 구축하려는 목적 아래 군경합동작전으로 벌인 일명 '삼청작전'이었다. 국내부터 외국 교포들까지 머리에 띠를 묶고 사회정화를 외쳤다. 하얀 머리띠에 '정화'라는 빨간 글씨가 새겨져 있었다. 사회정화라는 구호와 함께 사회질서를 흐리는 교육대상자들을 검거한다는 이유로 눈에 거슬리는 건 무조건 잡아들였다. 물론 정화되어야 할 불량한 인간들이 많았다.

준호의 머리는 다른 사람들보다 상당히 긴 편이었다. 머리가 앞으로 내려오면 눈을 덮을 정도였다. 바람이 부는 날엔 자주 머리를 쓸어 올렸다. 언젠가 준호의 긴 머리에 대해 잠시 생각한 적이 있었다. 머리가 조금만 더 짧았으면 좋겠다는 생각이 들었다. 그런데 준호는 언제나 머리를 그 정도를 유지했다. 개성이겠거니 했다.

"오빠 머리가 다른 사람들 보다 길긴 하지."

나는 불안한 표정을 감추지 못한 채 준희를 향해 말했다.

"오빤, 머리로 자신을 가리려고 한 것 같아요. 자신이 없는가 봐요. 얼굴을 내놓기가."

나는 깜짝 놀랐다. 남달리 뛰어난 외모를 가진 사람이 머리로 얼굴을 가리려고 하는 심리를 이해할 수 없었다. 콤플렉스를 갖고 있다는 것은 준호답지 않았다. 그럼 어려서 나를 노려보던 그 당당함은 도대체 무엇이었던가? 알 수 없는 일이었다. 아무튼 준호의 행방을 아는 것이 가장 급한 일이었다.

한남동 할아버지가 떠올랐다. 한남동 할아버지를 찾아오던 사람들은 분명 예사롭지 않은 사람들이었다. 또 한남동 할아버지 아들 가운데 군인은 원 스타였다. 만약 머리가 길다는 이유로 삼청작전에 걸렸다면 원 스타에게 알아보는 것이 가장 빠를 것 같았고, 구제할 길도 있을 것 같았다.

"그건 오직 국보위에서 하는 일이야. 지금이 어느 땐데."

원 스타는 손을 내저었다. 나는 집요하게 매달렸다. 준호는 숨 쉴 시간조차 없을 정도로 성실하게 사는 사람인데 이유가 뭔지나 알아봐 달라고 했다. 판사로 임명되면서부터 나에게 기대를 걸고 있는 원 스타는 끝까지 내 부탁을 거절하지 못했다. 며칠 후 상황을 파악한 원 스타가 나에게 전화를 했다.

"그 아이 우리와 같은 고향이지?"

나는 일부러 고향 따위를 말하지 않았는데 알아버린 모양이었다. 고향을 말해 주게 되면 준호 할아버지와 아버지에 대한 말이 나올 것이었다. 원 스타도 독립운동가 가문과 정서적으로 맞지 않다는 걸 직감한 탓이었다.

"그 자식 사상이 불순해. 하리의 김상운 손자야. 함이 너 알고 있었지?"

"알고 있었어요."

"그런데 왜 말을 안했지?"

"굳이 그 사람 할아버지까지 말할 필요가 있을까요?"

"아무튼 신경 쓸 것 없다. 장발 때문에 걸린 건 맞는데 A급으로 분리된 걸 보면, 이유가 만만치 않아."

"A급은 뭐고, 만만치 않다는 건 뭐죠?"

"그 아이 할아버지 김상운이 독립운동을 한 건 맞지만 그 양반 아나키스트였고, 그 아이 아버지는 제헌국회 때 빨갱이 새끼들 반민특위와 관련이 있어. 한마디로 모두 빨갱이들이야."

"아나키스트가 무슨 이념주의라도 된단 말인가요? 그리고 김준호 아버지가 설사 그런 사람이었다 해도 국보위에서 연좌제 폐지한다고 발표했잖아요."

국보위에서 1981년 3월 25일 연좌제를 폐지한다고 발표했던 게 엊그제였다. 나는 준호 아버지가 빨갱이라는 말을 어려서부터 들어 왔던 터라 놀라지 않았다. 물론 빨갱이라는 말은 몰아붙이기였고 거짓이었다. 그래서 생각 같아서는 왜 준호 아버지가 빨갱이냐고 항의하고 싶었지만 형편상 말을 자제할 수밖에 없었다. 준호 신변문제도 문제지만 지금이 어느 때냐며 주의를 준 원 스타 말대로 그런 걸 따질 분위기가 아니었다.

"연좌제 폐지한다고 했지만 그건 법적인 문제이고, 현실적으로 꼬리표는 떼기 어려울 거야. 그리고 아나키스트가 이념이든 아니든, 반공을 국시로 하는 우리나라에서는 그걸 사회주의 사촌으로 본다는 사실을 알아야지. 생각해 봐, 무정부주의니 연합이니 하는 게 사회주의와 다를 게 없잖아. 좌파라니까. 보수와 반대란 말이지."

"아나키즘이나 좌파는 대체적으로 모순된 것, 구태하고 반민주주의적인 적폐 따위를 개혁하여 새롭게 하기를 선호하잖아요. 정의를 위해하는 불의를 용납하지 않으려는 합리주의 사고잖아요. 그런데 그게 왜 보수와 반대란 말인가요? 보수는 그런 걸 반대한다는 건가요?"

"아무튼 우리나라는 그렇단 것만 알아 두면 돼. 이게 다 정치에서 나온 것이고, 정치란 정적을 최악으로 모는 수단을 강구해야 살아남는 거야. 뭐가 진실인가는 중요하지 않아. 국민에게 정적에 대한 부정적인 이미지만 심어 주면 그만이니까. 너도 앞으로 법조인으로 행세하고 살아가려면 정치계의 흐름을 제대로 파악해야 한다."

"어떻게 법치주의를 바탕으로 한 민주주의 국가에서 그럴 수 있단 말예요?"

"너도 머지않아 알게 될 거다. 우리나라에서 큰소리치며 살아가려면 좌파에 이름을 올리지 않아야 한다는 것, 좌파는 곧 빨갱이로 통한다는 것 말이다. 사람이 출세를 하려면 어느 것이 나에게 유리하느냐보다 무엇이 나에게 해로운지를 먼저 간파해야 하는 거야. 그러니까 좌파는 출세하는 데 있어서 경계의 대상이라는 말이지."

원 스타의 말은 일리가 있었다. 보수와 좌파, 아버지는 보수라는 말도 싫어했지만 좌파라는 말을 몹시 싫어했다. 우리나라에서 좌파라는 말은 해방과 함께 권력을 선점해 온 기득권 세력이 정치적 견제 대상을 북한과 가까운 것으로 이미지를 덧씌워 놓았기 때문이라고 했다. 그런 탓인지 보수는 스스로 보수라는 말을 즐겨 사용하지만, 보수가 좌파라고 부른 쪽은 스스로 좌파라고 하지 않았다.

"좌파가 경계의 대상이라면 보수는 선망의 대상이 되겠군요. 그래서일까요? 우리나라 보수라는 이름은 미리 찜하듯이 명당자리를 차지한 것처럼 보이거나 특허를 낸 상표처럼 생각될 때가 있어요. 그렇지만 따지고 보면 좌파라는 이름은 보수 쪽에서 지어 준 것이잖아요. 우위를 선점한 보수 쪽이 힘이 약한 쪽을 억척스럽게 좌파라고 불러 대니까요."

"틀린 말은 아니지. 그렇더라도 너 어디 가서 좌파를 두둔하는 것 같은 그런 말 함부로 하면 안 된다. 좌파로 몰리는 수가 있어. 아차하면 빨갱이로 몰리게 되고 그렇게 되면 우리 가문도 끝장이다. 그렇게 만들면 만들어지는 게 우리 현실이라는 걸 명심하란 말이야. 아무튼 함이 넌 법조계에서 우뚝 서야 한다. 소년등과를 한 인물은 권력자들이 탐을 내는 법이니까. 내가 뒤에서 밀어줄 테니 나만 믿어."

"전 그런 건 필요 없고 다만 법관으로서 본분을……"

"법관으로서 본분? 넌 아직 세상을 몰라서 그러는데 세상이란 줄 서기 나름이야. 아무튼 이제 됐니? 니 부탁 다 들어준 거다. 이 다음에 너도 내 부탁 들어줄 때가 있겠지? 아무튼 우리 잘해 보자."

원 스타는 나를 밀어준다는 식으로 자신의 힘을 은근히 과시하면서 나와 무슨 계약이라도 하듯이 다짐을 받아 낸 것이었다. 원 스타의 말을 종합해 보면 큰일이었다.

"준호가 A급으로 분류되었대."

"그게 정말이야?"

윤태영이 눈을 휘둥그레 뜨며 놀랐다.

"그건 국보위상임위원장 전두환이 아니면 아무도 손을 댈 수가 없는 문제야."

윤태영이 마른 침을 삼키며 얼굴빛이 변했다. 준호는 원 스타 말대로 장발문제로 일단 잡혀든 것이 사실이었다. 국보위는 그런 식으로 무조건 잡아들인 다음 4등급으로 분류했다. 장발 등 단순하다고 판단되는 것은 D급이었다. D급은 훈방조치로 적당히 끝냈다. 전과가 한두 개쯤 달려 있는 것은 B급 C급이었다. 이들은 일정 기간 혹독한 훈련을 거친 다음 내보냈다. A급은 사상범인 셈이었다. 정치적으로 사상문제를 결부시켜 군사재판이

나 검찰에 인계 하는데 거기에 준호가 포함돼 있었다. A급은 무려 3천 명에 달했다. 삼청교육대는 7만여 명을 영장 없이 체포하여 그중 교육대상자로 4만여 명을 가려내어 삼청교육을 받게한 것이었다. 원 스타 말대로 준호가 사상범으로 취급되는 A급으로 분류된 것은 준호 아버지와 할아버지 탓이 분명했다.

우리는 막연히 준호가 돌아와 주기만을 바랄 수밖에 없었는데, 준호가 돌아온 건 다음 해 1월이었다. 6개월 만이었다. 생각했던 것보다는 빠른 셈이었다. 준호는 넋이 나간 상태였다. 눈은 증오에 가득 차 있고, 굳게 다문 입은 실어증에 걸린 것처럼 평생 열리지 않을 것만 같았다. 옛날 나에게 쏘아붙였던 눈빛이 고스란히 되살아난 것이었다. 말을 붙이기가 두려웠다. 청년부원들은 죽지 않고 살아 돌아온 것만 해도 기적이라며 기뻐했다.

"죽여도 좋다는 삼청교육대에서 살아서 돌아온 게 기적이지."

"앞으로가 더 문제야. 삼청교육대 다녀온 사람들 모두 리스트에 올라 있어. 앞으로 범죄수사에 활용하기 위해서지. 준호도 마찬가지고. 퇴소자들에게 그동안 있었던 일에 대해 입도 벙긋 말라는 지시가 내려졌으니 누구든 준호에게 함부로 뭘 물어볼 생각 하지 마."

윤태영이 청년부원들에게 당부했다. 준호가 입을 다문 것은 여러 가지 이유가 있을 것이었다. 정치현실에 대한 환멸과 자신의 처지에 대한 환멸, 그리고 입도 벙긋 말라는 삼청교육대의 지시일 것이었다. 윤태영 말대로 그들은 범죄수사에 활용되었다. 행정기관에서는 내무부의 지시에 따라 동, 면사무소 별로 순화교육이수자 사후관리 기록카드를 작성해 두고, 생활환경을 관

찰하기 시작했다. 예를 들면 주거이전을 할 때마다 관할 동, 면
사무소에서 특별히 그들을 관리했다. 예를 들어 어디서 범죄가
발생하면 그들을 먼저 수사대상에 올린 것이었다.

준호네 가족사가 너무 기구했다. 할아버지는 일제에, 준호 아
버지는 해방기에, 준호는 5공 시대에 3대가 고난을 받은 것이었
다. 나는 임명을 받을 때 "법관으로서 헌법과 법률에 의하여 양
심에 따라 공정하게 심판하고 법관윤리강령을 준수하며 국민에
게 봉사하는 마음가짐으로 직무를 성실히 수행할 것"을 선서했
다. 햇병아리 판사답게 정의에 대한 열정이 마구 끓어올랐다. 그
런데 준호를 위하여 내가 할 수 있는 일은 아무것도 없었다. 다
만 연민만 쌓여 갈 뿐이었다. 자연의 순리대로 시간은 흘러가기
마련이고 우리는 각자 삶을 살 수밖에 없었다. 윤태영과 나는
법조인으로서 삶이 있고 준호는 준호대로 자신의 길을 가야 했
다. 준호는 그 와중에서도 고등학교 졸업 검정고시에 합격한 후
대학입시 공부를 시작했다.

2004년 이후 나는 사십대 중반에 들어섰고 판사로서 탄력이
붙기 시작했다. 그리고 세상이 변하기 시작했다. 예상 밖의 인물
이 대통령이 되면서 그동안 손도 대지 못했던 친일파 청산에 관
한 특별법이 어렵게 문을 연 것이었다. 법조계에서도 새롭게 정
신을 가다듬었다. 일제강점기 친일반민족행위 진상규명에 관
한 특별법제정에 따라 '친일반민족행위 진상규명위원회'가 발족
되었다. 한편으로는 친일반민족행위자들의 재산을 국가에 귀속
시키는 문제에 관한 법률이 만들어지면서 대통령 직속기관으로

'친일반민족행위자 재산조사위원회'가 설립되었다. 거물급 친일파 후손들이 물려받은 재산을 국가가 환수하기 위한 목적이었다. 이것을 두고 국민들은 반민특위의 부활이라고 하면서 제2반민특위라고 불렀다.

제2라면 처음이 있을 것, 사실 나는 제1반민특위에 대해 적극적으로 공부한 적이 없었다. 사법시험에 나오는 문제가 아니었으므로 관심 밖이었을 뿐만 아니라 반민특위와 나와 관련이 없다는 생각이 더 지배적이었다. 그런데 이제 현실적인 법적 문제로 떠오른 이상, 판사로서 반드시 알아야 했다. 반민특위의 시작은 이랬다. 1945년 해방이 되고, 1948년 7월 17일 제정된 대한민국 제헌헌법 101조는 친일반민족행위자를 소급해서 처벌할 수 있는 근거를 마련했다. 그리고 한 달이 지난 다음 친일파 처벌을 위한 특별법 '반민족행위처벌법'이 국회에 상정되었다. 법안을 표결에 부치기까지 찬반 공방이 팽팽했다. 반대파들은 친일파 처벌이 불가능하다고 주장했다. 틀린 말은 아니었다. 그들 말대로 당시 국가 통치기구인 경찰조직 80퍼센트 이상을 친일경찰이 장악하고 있는 현실이었다. 또한 정부의 중요 요직을 거물급 친일파들이 장악하고 있었다. 생각해 보면 범죄자에게 스스로 자기 범죄를 자백하고 죄의 대가를 치르라는 것이나 마찬가지였다. 그럼에도 찬성하는 쪽이 완강하게 밀어붙인 끝에 1948년 9월 7일 제59차 본회의에서 발의된 지 20일 만에 '반민족행위처벌법'이 통과되기에 이르렀다.

그렇다고 일이 해결되는 것이 아니었다. 법안이 통과되고 반민족행위처벌법이 발의는 됐지만 심의과정을 거쳐 현실적으로 법을 시행하기까지는 무한정 시일이 걸릴 게 당연했다. 반민특위 위원들은 이 점을 중요시했다. 무한정 정부 중요 요직을 친일파들이 장악한 상태에서 시간이 흘러가서는 안 된다는 생각이었다. 이 문제를 두고 고민한 반민특위 위원들은 특별법안과 별개로 정부 요직에 포진되어 있는 '친일파 숙청에 관한 건'을 국회에서 긴급동의로 제안하고 나섰다. 정부가 정치권에 무분별하게 기용하고 있는 친일파 관료들을 배제해야 한다는 것이었다. 결국 거수로 찬반을 묻는 과정에서 재적의원 165명 가운데 139명이 참석했고, 전원 손을 들어 만장일치로 찬성을 표시했다.

"뻔히 보고 있는데 손을 들지 않을 수 있겠어."

우리는 모이면 이 문제에 관한 이야기를 하게 되고, 윤태영이 거수로 묻는 방법은 반대를 막기 위한 기발한 생각이었다고 감탄했다. 이렇게 제헌의회에서 '반민족행위처벌법'과 '정부 내 친일파 숙청에 관한 건'이 압도적 찬성으로 통과되면서 모든 것이 잘 되어갈 것처럼 보였다.

그리고 1948년 9월 23일 드디어 이승만 대통령이 반민족행위처벌법을 국민 앞에 공포하는 날이었다. 그런데 서울운동장에 느닷없이 "이런 민족분열의 법률을 만든 것은 국회 안에 있는 공산당 프락치의 소행이다. 국회 내의 김일성 앞잡이를 숙청해야 한다."는 삐라가 뿌려진 것이었다. 이날 내무부 주관으로 서울운동장에서 형식상 반공국민대회라는 이름으로 반민족행위처벌법 반대 국민대회가 열리고 있었고, 삐라는 반민족행위처벌법을 주장한 반민특위위원들을 빨갱이로 몰기 위한 작전이었다. 사실 반민족행위처벌법을 주장한 국회의원들을 빨갱이로 몰아붙인 것은 그때가 처음이 아니었다.

한 달 전에도 시내 각처에 '행동대원'이라는 이름으로 살포된 삐라에 "대통령은 민족의 神聖이다. 절대로 순응하라……. 민족 처단을 주장하는 놈은 공산당의 走狗다, 공산주의자는 반민족 세력이고, 반공세력은 민족세력이다."라고 적혀 있었다. 국회 방청석에서도 "반민족처단법은 시기상조다. 국회에서 친일파를 엄단하라고 주장하는 자들은 빨갱이다."라는 삐라가 살포된 적이 있었다.

"불리하면 상대를 빨갱이로 몰아붙이는 버릇이 그때부터 생긴 거군."

"맞는 말이야. 그런데 사실은 일제가 일본에 반항하는 사람들을 공산주의자로 몰아붙인 것을 친일파들이 배워가지고 그대로 답습한 것이었지."

윤태영과 준호가 말을 주고받으며 고개를 저었다.

반민족행위처벌법 방해공작은 거기서 끝나지 않았다. 1949년 새해가 시작되면서, 일제 경찰 출신의 경찰 간부들이 나서서 반민특위 요인 체포 작전을 시작한 것이었다. 1949년 5월 18일 반민특위위원들에게 남로당 지시를 받았다는 혐의를 뒤집어씌워 소장파 국회의원 3명을 경찰서로 끌고 갔다. 1949년 6월에는 국회부의장 등 반민특위 핵심 인물들을 무더기로 체포하는 국회 프락치사건이 일어나면서 경찰이 반민특위사무실을 습격하여 쑥대밭을 만들어 버렸다. 이어서 1949년 6월 29일에는 친일파 청산을 지지하는 김구 선생이 암살당하는 사건이 일어나면서 사태가 급물살을 탔다.

정부는 반민특위 예산을 대폭 삭감하고, 사업비를 배정하지 않는가 하면, 반민특위가 요구하는 자료제출에 응하지 않는 방법으로 활동을 못하도록 방해하면서 특별법에 의해 설립된 '반민족행위특별조사위원회'를 와해시킬 갖가지 법 개정을 강구했다. 드디어 정부는 반공정국과 백색테러 공포로 세상을 장악한 가운데 1949년 7월 6일 '반민족행위처벌법 개정안'을 통과시키는 데 성공했다. 개정안이 통과된 다음 날 반민특위위원장 K의원과 위원 전원이 총 사퇴하기에 이르렀다. 그리고 그해 7월 15일 이승만 대통령 측근인 Y의원이 반민특위의 새 위원장으로 선임되었고 위원들도 모두 교체되었다.

"그들은 모두 친일파 비호세력의 핵심 인물들이었지."

"반민특위위원들을 친일파 비호세력으로 모두 교체한 건 소가 웃을 일이지 뭐야. 결국 그들은 친일파를 보호하면서 정부와 함께 반민특위를 해체하는 수순을 밟아나갔으니까. 이때 준호 아버지께서도 희생되었던 거고."

윤태영과 준호가 마치 엊그제 일처럼 말을 주고받았다. 준호 아버지에 대한 이야기는 어려서 준희에게 들은 이후로 처음 듣는 말이었다. 원 스타가 반민특위와 관련이 있다면서 빨갱이 운운하던 말도 비로소 이해가 되었다. 윤태영 말에 의하면 준호 아버지는 제헌국회 때 반민특위 위원 중 K의원의 비서였다. 반민특위 핵심 인물들을 무더기로 체포하는 국회 프락치사건이 일어나고 경찰이 반민특위사무실을 습격하여 쑥대밭을 만들어 버릴 때 준호 아버지는 집으로 피신해 있다가 체포되었고 체포된 지 불과 열흘 만에 죽었다고 했다. 경찰에서 자살이라고 했지만 믿을 수 없다고 했다.

"충격이야. 준호 아버지가 그렇게 억울하게 가셨다니."

"준호 아버지뿐만 아니라 그때 반민특위위원들이 모두 그렇지. 이게 다 근본적으로 일제 때문이지 뭐야."

윤태영과 내가 말을 주고받는 동안 잠자코 듣고 있던 준호가 자리를 뜨고 말았다. 어려서 내가 들었던 말, 우리 마을 사람들이 준호 아버지를 빨갱이라고 수군거리던 말의 근원을 알 것 같았다. 준호에게 미안했다. 그때나 지금이나 우리나라에서 빨갱이라는 말은 '천형'과 같은 저주스러운 말이기 때문이었다. 우리 가족 특히 우리 엄마는 아마도 죽는 날까지 준호네를 빨갱이라고 부를 것이기 때문이었다.

"일제강점기 때 독립운동을 하는 애국지사들을 쫓던 경찰들이 해방이 되자 다시 대한민국 경찰직 80퍼센트 이상을 차지하고 앉아 이번에는 친일파를 청산하려는 반민특위위원들을 숙청했으니 기가 막힐 일이지."

준호가 다시 돌아오자 윤태영이 안타까운 표정을 지으며 말했다. 윤태영은 오늘날 우리나라 국민이 걸핏하면 흑백으로 갈리는 근원적 원인도 친일파를 청산하지 못한 데 있다면서 한탄했다.

"사실 제헌국회에서 시작한 친일파처벌특별법은 재가동된 것이었잖아. 그래서 엄밀히 따지면 이번 정부에서 부활시킨 반민특위는 제3차라고 해야 옳지."

준호 말대로 이번이 3차라는 말은 맞는 말이었다. 친일파 처벌에 대한 법안은 해방되자마자 시도되었다가 미군정에 의해 실패한 적이 있었다. 제헌국회에서 특별법안을 만들기 1년 전이었다. 1947년 3월, 미군정 때 남조선과도입법회의에서 '부일협력자간상배에 대한 특별법 조례 안'을 상정해 그해 7월에 통과시켰는데 남한 실정을 파악하지 못한 미군정이 인준을 거부한 것이었다. 당장 남한을 통치하는 편리함을 위해 과거 조선총독부 관료들과 일제 친일경찰들을 그대로 존속시키려는 의도에서였다. 일이 그쯤 되자 해방 직후 도망갔던 친일경찰들과 거물급 친일파들이 다시 나타나, 남한 단독정부수립부터 국가 요직에 등용되기 시작하면서 국가를 장악하게 되었다. 일제강점기 때 경찰 간부를 지낸 한남동 할아버지도 거기에 속할 것이었다.

고교시절 다락방에서 몰래 봤던 훈장들과 그걸 감추려는 할머니가 떠올랐다. 감춘다는 것은 부끄러운 것인데도 그걸 버리지 않는 이유를 비로소 알 것 같았다. 어딘가 마음 한구석에 아직도 훈장을 자랑스럽게 생각하는 것이 있을 것 같아 윤태영을 향해 조심스럽게 입을 열었다.

"일제로부터 받은 훈장을 아직도 간직하고 있다면 왜일까?"

"설마 그런 사람이 있겠어? 하늘 아래 가장 부끄러운 증거물인데."

"있다면?"

"그건 확신범이지."

"소설가 이광수처럼 확고한 자신의 신념에 따라 정당하고 옳다고 생각하는 범죄?"

"그렇지, 이광수야말로 확신범이었지. 그가 반민특위의 심문을 받을 때 '나는 민족을 위해 친일했소이다. 내가 걸은 길이 정경대로正經大路는 아니오마는 그런 길을 걸어 민족을 위하는 일도 있다는 것을 알아주시오.'라고 하면서 전혀 소신을 굽히지 않았으니까."

"민족과 국가 앞에 그렇게 오만할 수가?"

"기록을 보면 이광수의 확신이야말로 대단한 것이었지. '그대들이 피를 흘린 뒤에도 일본이 우리 민족에게 좋은 것을 아니 주거든 내가 내 피를 흘려 싸우마.'라고 자신의 피를 담보로 징용, 징병을 간절히 권했으니까."

"이광수의 피를 담보로 한국 청년들이 일본을 위해 싸워라? 이광수 따위의 피가 뭔데?"

준호가 흥분했다.

"더 기가 막힌 건, 이광수를 애국자라고 주장하는 사람이 아직도 존재한다는 사실이야."

"도대체 누가? 왜?"

준호가 화를 내며 윤태영을 바라보았다.

"이광수는 끝까지 민족의 발전을 위해 친일을 했다고 반민특위 심문에서 주장했는데, '조선청년들이 징용에서는 생산기술을 배우고 징병에서는 군사훈련을 배울 것으로 알았고 산업훈련과 군사훈련을 받은 동포가 많으면 많을수록 우리 민족의 실력이 커질 것이라고 생각했'고 진술한 거야. 그런데 친일파 옹호자들이 이 진술을 들먹이며 이광수를 애국자라고 주장하는 거지."

그렇다면 한남동 할아버지도 훈장을 부끄러움 때문에 다락방에 숨긴 게 아니라 자신의 행위에 대한 정당성, 그 정당성에 대한 변함없는 확신 때문이라는 생각이 들었다.

2005년부터 친일반민족행위자 재산의 국가귀속에 관한 법률이 만들어지고, 대통령 직속기관인 '친일반민족행위자 재산조사위원회'가 활동을 시작하자 친일파 후손들이 나라에 재산을 빼앗기지 않으려고 격렬하게 몸부림쳤다. 그들은 '친일재산 국가귀속 결정'은 국민의 사유재산권을 침해한 것이며 이는 헌법에 어긋난 것이라고 주장하면서 헌법재판소에 위헌소송을 제기했다. 국가를 상대로 재기한 소송은 무려 239건이었고 소송을 재기한 후손들은 2백 명이 넘었다.

"뻔뻔하긴, 그 조상에 그 후손들이지 뭐야. 어떻게 이럴 수 있느냐고. 단 한 뼘의 땅, 한 술의 밥이라도 민족을 배반하고 취득한 것은 절도인데. 그리고 민족이 재산을 빼앗기고 고문까지 당해 상해를 입었다면 형법 제337조에 해당되는 일이야. 안 그래 이 판?"

윤태영이 나를 똑바로 바라보며 흥분했다. 서로 대화를 나눌 때 윤태영은 언제나 나를 똑바로 쳐다보면서 이야기하는 버릇이 있었지만 그날따라 유난히 나를 똑바로 쳐다본다는 생각이 들었다.

우리 집에서도 즉각 반응했다. 엄마와 남동생 겸이가 안절부절못했다. 전국에서 1위로 넓은 선산을 가진 민 씨네 땅이 일제로부터 받은 것인 만큼 국가에 귀속되어야 마땅하다는 결론에 따라 환수조치 됐다는 뉴스 때문이었다. 경기에서 2위라면서 엄마가 그토록 자랑스럽게 여기는 우리 선산은 다섯 필지로 되어 있고, 취득 연도가 각각 달랐다. 우리 땅은 네 필지가 일제강점기에 취득한 걸로 나타났다. 일제강점기, 조선총독부로부터 공훈으로 받은 땅이라면 국가에 내놓은 것이 당연했다. 본래 조상들로부터 물려받은 한 개 필지에 할아버지가 일제강점기에 네 필지를 늘려 확장한 것이었다.

"우리 땅이야 손바닥만 한 땅인데 누가 관심이나 두겠어. 나라에서 제주도 마장이나 빼앗을 생각을 해야지."

엄마는 경기에서 민상호 가문 다음 가는 넓은 땅이라면서 과시하더니 이젠 손바닥만 한 땅이라고 급격히 축소하면서 작은댁으로 넘어간 제주도 땅에 대한 원한을 거침없이 드러냈다. 할아버지가 작은댁 자식들에게 넘겨준 마장은 이미 소유주가 바뀐 뒤였다. 벌써 몇 년 전에 그 땅을 팔아 제주도에 관광호텔을 지었다는 소문이 있었다.

생각해 볼 것도 없이 할아버지가 관료로서 일제강점기에 그만한 임야를 늘렸다면 공훈으로 받은 게 틀림없었다. 고민이 밀려들기 시작했다. 엄마를 설득한다는 건 하늘의 별을 따오기보다 더 어려운 일이고, 내 임의로 국가에 귀속하는 절차를 밟을 생각도 들었다. 그런데 때마침 청주에서 사건이 하나 벌어졌다. 청주지원에서 어마어마한 땅을 놓고 M씨 가문의 후손들이 조상 땅 찾기를 벌였는데, 무려 12필지로 되어 있는 땅은 청주 시내 중심을 차지하고 있었다. 그들은 청주시를 상대로 학교와 청주 시민들이 사용하는 도시의 중심 도로를 철거하고 조상 땅을 돌려달라는 소송을 낸 것이었다.

이 소송문제는 다시 법조계를 놀라게 했다. M씨 가문의 외손자들이 청주지법 앞에서 소송을 취하해 달라는 피켓시위를 하고 나선 것이었다. 두 남자는 "청주시를 상대로 한 토지반환소송은 조상을 욕되게 하는 짓입니다. 청주시민을 위한 법원의 판결을 기대합니다."라고 쓴 피켓을 들고 법원 정문에 서 있었다. 법은 외손자들의 손을 들어주었고, 그들은 결국 승소했다. 승소한 다음 "우리는 친일파에 의해 피해를 입은 수많은 사람들과 함께 숨을 쉬며 동시대를 살아가고 있습니다. 그렇다면 우리 할아버지의 땅이니 내놓으라고 할 게 아니라 숨죽이고 나누는 삶을 살아가는 것이 상식이자 도리라고 생각합니다."라고 언론과 인터뷰한 말이 세상을 더욱 감동시켰다.

239건이나 되는 친일파 재산 국가귀속 문제는 좀처럼 판결을 내릴 수가 없었다. 법원의 고충이 이만저만이 아니었다. 후손들의 저항이 워낙 거센 탓이었다. M씨 후손들이 낸 청주 소송도 무려 4년이라는 시간이 흐른 뒤에야 7대 2의 합헌 결정이 내려진 것이었다. 결국 다른 모든 소송에서 국가의 친일재산 귀속 결정이 적법하다는 판결이 나자 국민들이 환호했다.

국민이 환호할수록 나는 용기가 나지 않았다. 두려웠다. 만약 나도 할아버지가 물려주신 임야를 국가에 귀속시키는 일을 벌였다가는 엄마는 충격으로 쓰러져 목숨을 부지하기 어려울 것이었다. 도저히 그럴 수 없었다. 엄마는 누가 뭐래도 세상에 한 분밖에 없는 나의 분신이었다. 사실 생각해 보면 우리 선산은 소송을 벌인 239건들과는 도무지 견줄 게 못 되었다. 엄마가 손바닥만 한 땅이라고 축소해 버리듯이, 수십만 평에서 수백만, 수천만 평 수준인 그들에 비하면 우리 땅은 5만여 평에 불과하다는 것이 내 마음을 잠재울 수 있는 변명이 되어 주었다.

친일파 땅 문제를 두고 교회에서도 설왕설래했다. 분위기가 심상치 않았다. 목사님의 조상 땅 찾기 문제 때문이었다. 목사님의 조상이 남겨 놓은 땅이 있는데 땅을 찾기 위해 소송을 제기한 상태였다. 목사님은 반드시 그 땅을 찾아내어 하나님 앞에 바치겠다고 포부를 밝혔지만 교인들은 덮어놓고 그걸 환영하지 않았다. 문제가 점점 엉뚱한 곳으로 흐르기 시작했다. 목사님이 친일파 후손이라는 소문이 나면서 교회를 떠나는 성도들이 늘어난 것이었다. 성도들이 하나둘 떠나기 시작하자 일부 장로들이 목사님에게 교회를 위해 사임을 하든지 아니면 조상 대신 국민 앞에 사죄를 한 후에 그 땅을 국가에 바쳐야 옳다고 주장하고 나섰다. 목사님은 천부당만부당하다면서 하나님 앞에 털끝만큼도 부끄러움이 없다고 펄펄 뛰었다.

목사님이 펄펄 뛰면서부터 교회는 목사파와 장로파로 갈렸다. 친일 두둔파와 반친일파로 갈린 것이었다. 양쪽 사이에 싸움이 붙기 시작했다. 목사파는 오히려 반대파 장로들을 몰아내자며 소리쳤다.

"빨갱이 사탄은 물러가라!"

"너희들이 빨갱이다. 빨갱이 친일파 사탄은 당장 교회를 떠나라!"

예외 없이 빨갱이가 등장했다. 공격은 양쪽이 주거니 받거니 하면서 서로 빨갱이 사탄이라고 했다. 그때까지도 우리 젊은 팀에서는 별 요동이 없었다. 두 파는 서로 우리를 자기네 편으로 끌어들이기 위해 상대방을 비방했다. 목사파에서는 목사를 지지

하는 교인들로부터 연명을 받아 하나님으로부터 기름부음 받은 목사를 지켜야 하는 이유서를 우리에게 나누어 주었다. 장로파들은 교회를 지켜야 한다면서 우리를 설득했다. 그때 윤태영과 준호가 장준하 선생이 떠오른다고 했다. 우리 아버지가 그토록 존경해 마지않았던 장준하 선생의 분노를 말한 것이었다.

상해 임시정부 시절 그곳에서도 파벌이 생기고, 서로 기선을 잡기 위해 싸움을 하자 이제 막 스무 살, 풋내기 장준하가 단상에 올라 분노하다 못해 절규한 사건이었다. 청년 장준하가 "우리는 이곳을 떠나 다시 일본군으로 들어가, 일본 항공대에 자원하여 비행기에 폭탄을 싣고 와 여기 임시정부에 내리 쏟아 붓고 싶은 심정입니다. 선생님들은 왜놈들에게 받은 설움을 다 잊으셨습니까. 차라리 이곳에 오지 않고 여러분들을 계속 존경했더라면 더 행복했을 것을……"이라고 울부짖자, 그때 김구 선생 등 기라성 같은 지사들이 고개를 숙인 채 입도 벙긋 못했다는 이야기였다. 사연을 들여다보면 장준하 선생뿐만 아니라 누구라도 분노할 일이었다. 3·1만세운동 이후 상해 홍커우공원에서 일본 천황 생일날인 천장절 축하행사가 있었고 김구 선생의 주도로 윤봉길 의사가 폭탄을 던져 일본 고위 간부들을 살상한 일로 임시정부가 중경으로 피신해 있을 때였다. 그때 장준하는 학도병으로 징집되어 중국 서부지역에 배치되어 있었다. 아무도 예상하지 못한 해방을 1년가량 앞둔 상태에서 장준하는 청년동지들과 함께 임시정부로 도망갈 연구를 하던 끝에 드디어 탈출하는 데 성공했다. 50여 명이 목숨 걸고 6천리 길을 야행으로만 6개월 동안 산을 더듬어 악전고투 끝에 드디어 임시정부에 도착했다. 그런데 서로 싸우고 있었다. 서로 자기편을 만들기 위해 목숨 걸고 도망쳐 온 청년들을 여기저기서 끌어당기는 것이었다. 청년들은 실망하다 못해 통탄하는데, 교민들이 청년들을 위한 환영회를 열었다. 이날, 장준하가 대표로 단상에 올라 피를 토하는 심정으로 쏟아 낸 말이었다.

S교회는 이북 출신 장로들이 과반수였다. 그들 대부분이 반친일파였고 목사에게 사임을 요청한 상태였다. 목사파는 그들을 빨갱이로 몰아붙이기 시작했다. 목사를 음해한 자들의 믿음은 가짜이며 하나님의 심판을 면치 못할 것이라고 저주를 퍼부었다. 만약 누구든지 목사를 음해하면 마찬가지라며 교인들을 협박하는 것도 서슴지 않았다. 마치 청년 장준하처럼 결국 인내하다 못한 청년들이 나섰다.

"친일파를 비판하면 빨갱입니까? 왜죠?"

목사파들은 선뜻 대답하지 못했다.

"상대를 무조건 빨갱이로 몰아붙이는 나쁜 습관 그것, 일제와 해방정국에 이은 독재자들이 권력 방패막이로 써먹은 아주 악랄한 수법 아닌가요?"

청년들이 목사파 장로들에게 따져 물었지만 묵묵부답이었다.

"친일파를 반대하면 왜 빨갱인지 말씀해 주셔야지요?"

"말씀해 주세요?"

"그래, 말해 주지. 왜 빨갱이냐? 이게 알고 싶다 이거지? 나라를 어지럽힌 것들은 무조건 좌파, 빨갱이야. 왜냐? 북은 우리를 괴롭히는 존재니까. 그들처럼 나라를 어지럽히지 말라, 이런 말이야. 교회를 어지럽힌 것도 나라를 어지럽힌 거나 마찬가지니까. 아, 또 있지. 빨갱이 새끼들이 설치게 두었다가는 북한에게 나라를 빼앗기게 되고, 그렇게 되면 우리 기독교인들은 신앙의 자유를 잃게 되기 때문에 빨갱이들을 꼼짝 못하게 해야 한다 이 말이야."

70대쯤으로 보인 장로가 자신 있다는 듯이 열변을 토했다.

"지금 장로님이 생각하시는 그게 바로 빨갱입니다. 자기네들과 생각이 다르면 무조건 반동이라고 몰아붙이는 북한과 똑같으니까요."

청년들의 항의가 릴레이로 이어졌다. 윤태영과 나는 공직자라는 입장 때문에 묵묵히 있을 수밖에 없었다. 준호도 침묵했다.

"지금이 어느 땐데 아직도 케케묵은 반공이념으로 상대를 제압하려고 합니까. 더욱이 교회에서 말입니다."

"부탁인데요. 교회에서만이라도 제발 말도 안 되는 억지소리, 그 빨갱이 타령 좀 하지 말자구요."

청년들이 돌아가면서 한마디씩 할 때마다 여기저기서 쿡쿡 웃었다. 목사파, 그러니까 친일파 지지자들을 비웃는 웃음이었다.

"젊은 것들이 뭘 알아? 니들이 6·25가 뭔지나 알아? 동족상잔, 동족끼리 서로 총을 겨눈 6·25 말이야?"

목사파가 다시 목소리를 높였다. 6·25를 말할 때는 마치 6·25전쟁이 젊은 청년들 때문에 일어난 것처럼 흥분했다.

"너희들 말 한번 잘했다. 뭐 악랄한 수법? 목사를 비방하고 쫓아내려고 안달 난 너희들이야말로 악랄한 수법자들, 좌파지. 목사님이 조상 땅 찾아내어 교회에 헌납하시겠다는데, 그리고 목사님은 친일파 후손이 아닌데 도대체 왜 트집을 잡느냔 말이야!"

"하나님 앞에 가장 진실해야 할 목사님이니까요. 그 누구보다도 민족 앞에 떳떳하고 당당해야 할 목사님이니까요."

갈수록 청년들과 목사파, 아니 친일파 옹호자 장로들과 대립이 거세어져 갔다. 법이든 교회든 감정싸움은 답이 없기 마련이었다. 감정은 감정을 불러와 더 큰 감정을 만들어 냈다. 각자 자기 입장에서 생각하고 자기 입장만 중요했다.

그런 와중에 2009년 11월 때마침 친일인명사전이 발간되어 김구 선생 묘역에서 친일인명사전 발간 국민보고대회가 열렸다. 그때 교회에서 반전이 일어났다. 지금까지 목사를 비판하는 장로파 가운데 중심인물인 박수일 장로가 "나는 친일파 후손"이라고 스스로 고백하고 나선 것이었다. 그는 교인들 앞에 목이 쉬도록 회개 기도를 하기 시작했다. 박 장로는 유난히 친일파를 증오한 인물이었다.

"저는 지금까지 '너희가 선을 미워하고 악을 좋아하여 내 백성의 가죽을 벗기며 그 뼈를 꺾어 다지기를 냄비와 솥 가운데 담을 고기처럼 하는도다'라는 구약성경 미가서(3장 2~3절) 말씀을 생각하면서, 친일 인사들을 향해 분노했습니다. 일제치하에서 떵떵거리는 것도 모자라 해방된 조국을 좌지우지하면서 살아가는 그들을 도저히 용납할 수가 없었습니다. 그들은 정부의 고위직이나 여러 가지 공직에 앉아 과거 행위에 대한 반성은커녕 민족과 국가에 대하여 최소한의 미안한 생각도 없었습니다. 오히려 큰소리를 치면서 왜 과거사를 들춰내어 갈등을 조장하느냐고 뻔뻔스럽게 말하는 것이 죽도록 미웠습니다. 친일파들과 그의 자손들은 대부분 호의호식하면서 마음껏 원하는 대로 공부하여 정치가로 고급 공무원으로 재벌가로 출세하는데, 나라를 찾겠다고 독립운동을 한 가문은 3대가 망하여 그 자손들은 공부는커녕 하루 세 끼 양식을 벌기 위해 밤낮을 허덕이며 고달픈 인생살이에 시달리는 현실을 목격할 때마다, 이런 기가 막힌 세상이 어디 있느냐고 피를 토할 지경으로 분개했는데, 정녕 뜻밖에 내가 친일파 후손이라는 사실을 알고 이렇게 하나님 앞에 엎드렸습니다. 주여, 저를 용서하여 주시옵소서. 저의 할아버지를 부디 용서하여 주시옵소서."라고 용서를 연발하면서 눈물의 기도를 하는 것이었다. 교회가 눈물바다가 되고 말았다. 모두 합동으로 통성기도를 하면서 박수일 장로를 위해 "용서하여 주시옵소서! 불쌍히 여겨주시옵소서!"를 되풀이했다.

박 장로는 할아버지를 본 적도 없고 집안사람들로부터 할아버지에 대한 이야기를 들을 기회도 없었다고 했다. 거기에는 나름대로 사정이 있었다. 박 장로의 할아버지는 박 장로의 아버지가 어릴 때 평양에서 돌아가셨고, 박 장로의 아버지는 한국전쟁 때 피난 도중 돌아가셨다고 했다. 어머니의 말에 의하면 독자인 아버지는 피난을 오면서 족보를 마치 자신의 아버지를 모시듯 들고 나왔고 가문의 흔적이라면 오로지 그것뿐이라고 했다. 그런데 친일인명사전에 할아버지 이름이 떡 올라 있더란 것이다. 그는 지금까지 친일파들을 향해 욕을 했는데 그건 바로 할아버지와 자신을 향해 퍼부은 욕이었다며 눈물을 흘렸다. 그런데 교회는 간단하게 해결하는 방법이 있었다. 모두 함께 용서를 빌며 울고 나자 교회가 다시 하나가 되는 것이었다. 그렇게 싸우고 서로 비방하고 물리적 공격까지 서슴지 않았던 사람들이 언제 그랬냐는 듯이 마치 태풍이 지나간 자리처럼 말끔하게 치유되는 것이었다.

상황이 이쯤 되자 담임목사가 멍해졌다. 한 주가 지나가고 다시 주일이 돌아왔는데 담임목사가 예배를 집례하지 않았다. 부목사가 설교를 담당하면서 예배가 끝나자 담임목사는 경기도에 있는 모 기도원으로 한 달 동안 기도에 들어갔다고 했다. 한 달이 지나가고 다시 주일이 돌아왔는데, 이번에도 부목사가 예배를 인도했다. 부목사의 설교가 끝난 다음 어디선가 담임목사가 불쑥 나타났다. 오랜만에 교인들 앞에 선 담임목사는 "오늘 제가 하나님과 여러 성도님들 앞에 그동안 잘못을 고백하기 위해 단에 섰습니다."라고 했다. 모두 어리둥절한 상태가 되고 목사는 기도를 하기 시작했다. 목사도 박 장로처럼 용서해 달라는 기도였다. 교회는 또다시 눈물바다가 되고 말았다. 박수일 장로가 고백할 때보다 통곡소리가 몇 배나 더 컸다. 목사는 기도를 그칠 줄 몰랐다. 그렇게 눈물로 고백한 다음 목사는 교회를 떠났다. 장로는 떠나지 않고 교회를 지켰다. 목사는 교회를 떠날 수 있어도 장로는 교회를 쉽게 떠날 수 없기 때문이었다.

가혹한 증거

너희가 선을 미워하고 악을 좋아하여 내 백성의 가죽을 벗기며 그 뼈를 꺾어 다지기를 냄비와 솥 가운데 담을 고기처럼 하는 도다

— 구약성경 미가서 3장 2~3절

망설이던 끝에 나도 친일인명사전을 보게 되었다. 사전은 과거 그들의 행적을 철저한 증거자료에 의해 규명해 놓았을 뿐만 아니라 빈틈없을 정도로 구체적이었다. 조선총독부의 기록과 당시 언론이나 관보 등을 토대로 하여 선별한 친일파들의 반민족행위는 같은 민족으로서 도저히 눈으로 읽을 수 없도록 잔인한 것이었다. 국가에서 친일파로 확정하여 공인된 사람은 1천 6명이고 이들은 시기적으로 1기, 2기, 3기로 분류되어 있었다. 1

기와 2기는 이완용 같은 한일병합을 주도한 최고위 권력 핵심층 인물군이었다. 3기는 그다음 권력층으로 일제가 중일전쟁을 일으킨 1937년부터 해방 직전까지 일제에 충성을 바친 인물군이었다. 3기에 해당한 인물은 704명이었고, 여기에 우리 할아버지 이름 '이학'이란 이름이 버젓이 있었다. 한남동 할아버지 이름 이훈도 있었다. 할아버지들의 이력과 일제에 충성을 바친 업적과 업적에 대한 훈장과 상훈까지 자세하게 나와 있었다.

우리 할아버지는 을사늑약 이후 일본 게이오의숙에서 행정을 공부하고 경찰서 통역관을 거쳤다. 황해도 서흥경찰서 통역부터 시작하여 평안북도 선천경찰서 등 여러 지역 경찰서 통역관을 지낸 다음 군수를 지냈다. 할아버지가 일본에서 유학했다는 말은 들었지만 통역관을 했다는 말은 들은 적이 없었다. 하긴 당시 유학파로서 어디서든 통역은 할 수 있는 일일 것이었다. 군수 재임기간은 1930년부터 시작하여 12년간이었다. 장수, 순창, 부안, 금산을 거쳐 마지막으로 우리 고향에서 군수를 지내고 해방되기 전에 퇴임했다. 문제는 할아버지가 경찰서 통역을 했다는 것이나 군수를 언제부터 언제까지 했는지가 중요한 게 아니라, 일제에 얼마나 충성을 바쳤느냐가 중요했다. 군수로 재직 시 중일전쟁 군용 물자 공출, 국방헌금과 전투 비행기를 만드는 헌납자금을 위한 모금, 국방 사상 보급과 선전에 적극적으로 힘쓰는 등 일제의 식민지 통치와 전쟁 수행에 모범적인 협력자로서 훈 5등 서보장을 받았다. 그런데 놀라운 것은 일본정부로부터 받은 '한국병합기념장'이었다. 구체적으로 한일병합을 하는 데 어떤 기여를 했는지는 알 수 없지만 제목만으로도 가슴이 철

렁 내려앉았다.

한남동 할아버지는 일본 경도제국대학을 나와 역시 전국 경찰서마다 통역관을 거치면서 경찰간부에 올라 그야말로 출세가도를 달린 분이었다. 경상북도 성주경찰서부터 영천경찰서, 전라남도 장흥경찰서, 전라북도 옥구, 순창, 김제, 진안, 그리고 경기지역을 두루 거쳤다. 한남동 할아버지도 중일전쟁 때 징병에 무수한 청년들을 동원한 공을 세워 일본으로부터 여러 가지 훈장을 받았다. 우리 할아버지가 받은 훈 6등 서보장을 받았고, 고등관 3등 종 5위 서위를 받았다. 경찰 간부가 군수보다 훨씬 높은 자리였지만 지시는 경찰이 하고 실행은 군수가 했던 탓에 우리 할아버지의 공훈이 더 컸다. 놀랍게도 외할아버지의 업적도 나와 있었다. 면장을 역임한 외할아버지는 주공기간 1937년부터 1940년 2년 7개월 동안 군수품 공출 기록은 대맥大麥 56석, 건초 2,325관, 모치 100매, 돈피 203매, 통조림용 돈豚 40두, 여론조성과 국방사상 보급을 위한 기록은 구장회의 90회, 강연회 30회, 좌담회 60회, 기원제 102회, 봉고제 51회, 영화회 75회, 연극회 322회 시국관계 책자, 인쇄물 배포 3,320부 등등 부지기수였다.

할아버지가 군수를 지낸 탓에 우려하지 않은 것은 아니었지만 막상 할아버지의 업적을 보고 나자 진퇴양난에 빠지고 말았다. 어릴 때 준호가 나에게 쏘아붙인 말 "군수 댁 음식은 개나 주어야 한다."는 말이 비로소 실감이 났다. 어쩌면 준호가 지금까지 나에게 단 한 마디도 하지 않는 것은 나 스스로 알기를 바란 것인지도 모를 일이었다. 박수일 장로가 사죄 기도를 하면서 언급했던 미가서 3장 2~3절 "너희가 선을 미워하고 악을 좋아 하여 내 백성의 가죽을 벗기며 그 뼈를 꺾어 다지기를 냄비와 솥 가운데 담을 고기처럼 하는 도다"라는 말씀이 나를 제압해 버리 고 말았다. 머리를 흔들었다. 다른 사람은 몰라도 우리 할아버 지 이학은 결코 그럴 분이 아니었다. 우리 고향 일대에서 절대적 으로 존경받았던 훌륭한 할아버지였다.

그나마 다행이라고 해야 할까. 친가든 외가든 우리 할아버지 들은 문장으로 바친 충성은 단 한 줄도 없었다. 글이 빠져 있다 는 것에 안도한 것은 사회 지도자급의 명사들이나 글을 잘 쓰는 문사들의 일제에 대한 찬양과 충성이 우리 할아버지들과 비교 할 바가 못 된 탓이었다. 상식적으로 글은 단숨에 그것을 읽는 사람의 정신을 송두리째 바꿔 버릴 수 있는 영향력을 발휘하지 않던가.

창씨와 나

香山光郎(이광수)

내가 향산(香山)이라고 씨를 창설함에 대하여 혹은 면대面對하 여 혹은 서간으로 내 창씨의 동기를 묻는 이가 있다. 대다수는 나의 香山이라는 창씨에 대하여서 비난하지마는 또 그 중에는 찬성하는 이도 있고 창씨에 대한 의견을 묻는 이도 있었다. 오늘 내가 받은 익명인의 편지에는 나의 창씨를 강하게 비난하고 그 동기와 이유를 발표하는 것을 요구하였다. 반드시 이 익명인의 서간에 응함만이 아니나 이때를 당하여 나의 태도에 대하여 일언할 필요가 있음을 통감한다.

창씨의 동기—내가 향산(香山)이라고 씨를 창설하고 광랑(光郎)이라고 일본적인 명으로 개改한 동기는 황송한 말씀이나 천황어명天皇御名과 독법讀法을 같이하는 씨명을 가지자는 것이다. 나는 깊이깊이 내 자손과 조선민족의 장래를 고려한 끝에 이리하는 것이 당연하다는 굳은 신념에 도달한 까닭이다. 나는 천황의 신민이다. 내 자손도 천황의 신민으로 살 것이다. 이광수라는 씨명으로도 천황의 신민이 못 될 것이 아니다. 그러나 香山光郎이 좀 더 천황의 신민답다고 나는 믿기 때문이다.

내선일체—내선일체를 국가가 조선인에게 허하였다. 이에 내선일체운동을 할 자는 기실 조선인이다. 조선인이 내지인과 차별 없이 될 것밖에 바랄 것이 무엇이 있는가. 따라서 차별의 제거를 위하여서 온갖 노력을 할 것밖에 더 중대하고 긴급한 일이 어디 또 있는가. 성명 삼자三子를 고치는 것도 그 노력 중의 하나라면 아낄 것이 무엇인가. 기쁘게 할 것이 아닌가. 나는 이러한 신념으로 香山이라는 씨를 창설하였다.

편의—앞으로 점점 우리 조선인의 씨명이 국어(일본말)로 불려질 기회가 많을 것이다. 그러할 때에 이광수보다 香山光郎이 훨씬 편할 것이다. (중략)

결심—우리의 재래의 성명은 지나를 숭배하던 조선祖先의 유물이다.

(중략) 옛날의 지명과 인명을 지나식으로 통일한 것은 불과, 700년래의 일이다. 이제 우리는 일본제국의 신민이다. 지나인과

혼동하는 성명을 가짐보다도 일본인과 혼동되는 씨명을 가지는 것이 가장 자연스러운 일이라고 믿는다. 그러므로 나는 일본인이 되는 결심으로 씨를 香山이라고 하고 명을 光郞이라고 하였다. 내 처자도 모조리 일본식 명으로 고쳤다. 이것은 충성의 일단으로 자신하는 까닭이다.

정치영향—금년 8월 10일까지 조선인의 창씨의 기한이 끝난다. 그날의 결과는 정치적 영향에 큰 관계가 있다고 나는 믿는다. 즉 일본식 씨를 조선인 전부가 달았다고 하면 그것은 조선 2400만이 진실로 황민화할 각오에 철저하였다는 중대한 추리자료가 될 것이다. 만일 그와 반하여 일본식 씨를 창설한 자가 소수에 불과하다 하면 그것은 불행한 편의 추리 자료가 아니 될 수 없는 것이다. 왜 그런고 하면 국가가 조선인을 신임하고 아니함이 조선 자신의 행불행에 크게 관계가 있을 것은 자명하기 때문이다. 그러므로 일본적인 씨를 창설하는 것은 일종의 정치적 운동이라고 나는 믿는다.

— 『매일신보』 1940년 2월 20일

합리적 발전적 귀환을 논하는 말, 씨 설정을 주제로, 반도 풍습의 그 조국에로의 것

김문집

개벽 이래 조선이 오늘날만큼 행복했던 시대는 없었습니다. 왜냐하면 그것은 조선이 원래의 조선으로 돌아갔다는 것이겠

지요. (중략) 우리나라는 반도와 내지가 일신동체一身同體였던 것
이 그 뒤 여러 가지 사정 때문에 현해탄의 이쪽의 반도만이 따
로 떨어져서 조선이라고 하는 나라를 만들게 되었습니다. 그래
서 조선이 본국으로부터 떨어져서 다른 나라를 만든 결과가 어
떻게 되었는가 하는 것은 누구보다도 조선 자신이 가장 잘 알
고 있습니다. 낳아 준 어버이를 떨어져 남의 집―아니 의붓아
버지 집에서 '행랑방'살이를 해 온 그 자식의 비참함은 듣는 것
만으로도 딱한 것입니다. 이처럼 우리는 오랜 '세월' 동안―지
나支那라고 하는 나라를 의붓아버지로 받아들여, 고집스럽고
탐욕스런 의붓아버지를 섬기듯 섬겨 왔던 것입니다.

이 불쌍한 아이의 모습을 확인하고도 편안하게 발을 뻗고
쉬고 있는 어버이가 세상에 어디 있겠습니까? 없기 때문에 지
금부터 30년이나 전에, 영명英名하고 자애로우신 우리 메이지明
治 천황폐하는 친히 당신의 양팔을 벌리시고 고생 끝에 병을 얻
어 거의 주검에 가까웠던 조선이라는 자식을 끌어안아서, 곧바
로 당신의 집에 데리고 돌아와서는 친자식으로서 우리를 새롭
게 키워 주시기로 한 것입니다.

(중략) 원래 우리들의 아버님이신 천황폐하께서는 이를 몹시
불쌍히 여기시고, 누더기를 걸친 채 굶주리고 병든 우리 2천 3
백만의 '조선'이라는 당신의 아이들에게 아낌없이 약과 먹을 것
을 주시고, 하루라도 빨리 내지에서 다정하게 키워진 7천만의
자식들과 똑같이 복스럽고 행복한 형제로 키워 뛰어놀 수 있도
록 여러 가지로 힘을 다하셨습니다. (중략) 모든 것이 행복해졌
습니다. 이것은 바로 우리가 우리의 조상 집으로 돌아와서, 만

세일계萬歲一系, 대대로 그 자리를 이어받아 온 '종가'의 자애를 내지동포와 다름없이 받았다고 하는 증거입니다.

황실은 우리나라의 종가이며, 천황폐하는 우리나라의 아버님이신 것입니다. 그리고 2천 3백만의 조선동포는, 원래는 아주 오랜 옛날부터 7천만 내지동포와는 친형제였습니다. 나중에 서로 헤어져 남처럼 지내왔으나 지금부터 30년쯤 전에 다시 원래대로 우리 종가에 돌아가, 한 몸이 된 것이기 때문에 이미 이제는 사실로만 그런 것이 아니라, 호적상으로 보아도 내지동포와는 의심할 여지없는 진짜 형제가 된 것입니다. (중략) 우리는 우리와 우리 자손의 행복을 위하여, 하루라도 빨리 불선不善을 버리고 우리에게 결핍되어 있는 좋은 것을 추구해야 합니다. (중략) 다행히 민사 령의 일부가 개정되어 앞으로는 조선동포도 씨를 설정하는 것이 법률적으로 허용되었으므로, 지금 곧바로 면사무소나 경찰서 또는 학교장이 있는 곳으로 달려가서, 씨를 만드는 방법이나 그것에 대한 의견 등을 묻고, 경사스러운 이번 기회를 놓치지 않도록 수속하도록 합시다. (중략) 2천3백만 동포여! 우리는 지금 우리의 조상의 나라인 대일본제국의 진실 국민이 되지 않았습니까? 피를 나누고 태어난 자신의 어버이 집에 돌아온 이상 옛날 의붓자식으로서 봉공하던 그 시절의 풍속이나 관습을 과감히 씻어내고, 친형제와 일심일체가 되어 하나의 풍속으로 살아가야 우선은 어버이 된 자의 마음이 편할 수 있겠지요. (중략) 우리는 상고上古 때 우리 선조의 나라였던 일본으로 돌아와서 이제야 완전한 황국신민으로서 부족함이 없는 생활을 시작하고자 하고 있습니다. 그 황국

신민이 지나식의 성을 그대로 가지고 있다는 것은 누가 보아도
불명예스럽고 부끄러운 일입니다. 신라시대 이전의 조선인은
모두 내지인과 같은 이름을 붙이고 있었다는 것은 역사가 명백
하게 보여주고 있는 그대로입니다. (하략)
　　　　　　　　—『총동원』1940년 3월호(필자는 조선문인협회 간사)

아세아의 피

　　　　　　　　　　　　　　　　　　김기진

오오 이날! 인류의 역사에 영원히 빛날
1941년 12월 8일

"제국帝國은 오늘 새벽에
서태평양 바다 위에서
미, 영 두 나라와 전쟁상태에 들어갔다"
아침의 라디오가 이 뉴스를 전할 때
진정 그대여, 혈관이 터질 듯 전신이 긴장하지 않던가?

길거리에서도, 전차 가운데서도
모르는 사람들끼리 마주보면서—
"해냈구나! 기어코!"
"마닐라, 홍콩, 싱가폴, 호놀룰루까지!"
"아! 시원하다! 체증이 떨어지누나!"

"인제 안심이다 가슴이 후련하다!"

호외를 들고서 이같이 주고받는

사람들의 얼굴에 기쁨이 넘치는 빛!

오오 드디어 동양의 하늘에 검은 구름 걷히어졌네

마침내 '선전포고'다!

미, 영의 두상頭上에 폭탄의 비를 퍼부어라!

얼마나 오래 전 일본국민이 이날이 오기를 기다렸을까

왼손에 십자가 오른손에는 칼

성서와 아편을 한 몸에 품고서

태평양 동쪽의 언덕 언덕을 구석구석을

기만! 통갈恫喝! 회유! 착취! 살육! 강탈!

끝없는 탐욕의 사나운 발톱으로 유린하여 오던

오! 저 악마의 사도를 몰아낼 때가 왔다

극동의 해가 찬란한 해가 뚜렷한 일장기가

아침 하늘에 빛난다

이글이글 탄다

황공하옵게도 조서詔書가 내렸다! '선전포고'다!

일억의 국민이 한꺼번에 일어섰다 기약期約하지 않고 일치해

버렸다

(중략) 오오 개전초일에 혁혁한 이 전과!

하늘이 돕고 땅이 돕고 신명이 돕네

필리핀 하와이를 점령하고

홍콩 싱가폴을 무찔러 버리자

탐욕 횡포한 유니온 · 잭과

오만 무례한 존 불의 산녁을 따 버리자!

그리고 우리의 일장기를 지키자
(중략) 모이자 일장기 아래로!

인류의 역사에 영원히 새겨야 할
오오! 1941년 12월 8일

—『매일신보』 1941년 12월 13일~16일

징병제와 반도여성의 각오

天城活蘭(김활란)

이제야 기다리고 기다리던 징병제라는 커다란 감격이 왔다.
(중략) 우리에게 얼마나 그 각오와 준비가 있는 것인가? 우
리는 아름다운 웃음으로 내 아들이나 남편을 전장으로 보낼
각오를 가져야 한다. 따라서 만일의 경우에는 남편이나 아들
의 유골을 조용히 눈물 안 흘리고 맞아들일 마음의 준비를 가
져야 한다. (중략) 모든 것이 내 것이 아니다. 내 남편도 내 아
들도 물론 국가에 속한 것이다. 그리고 보면 국가에 속한 내
남편이나 아들 또 내 생명이 국가에서 요구될 때 쓰인다는 것
은 너무나 당연한 일이다. 못 쓰인다면 오히려 그 얼마나 부끄
러운 일인가. 꼬집어 말하자면 나라를 위해서 무엇을 바친다는
것도 말이 안 된다. 나라의 것을 나라가 쓰는 것이지 내가 바칠

것은 아무것도 없는 것이다. 잠깐 맡았던 내 아들이 훌륭히 자라서 나라가 다시 찾아가는 것이다.

(중략) 이제 우리에게도 국민으로서의 최대 책임을 다할 기회가 왔고, 그 책임을 다함으로써 진정한 황국신민으로서의 영광을 누리게 된 것이다. 생각하면 얼마나 황송한 일인지 알 수 없다.

— 이화여자전문학교장 「女性의 武裝」, 『조광』
제8권 2회, 1942년 2월

일제를 찬양하면서 충성을 맹세한 글은 이루 헤아릴 수 없을 정도로 많았다. 손아귀에 들어오지 않을 만큼 두꺼운 책으로 묶어도 삼사십 권은 족히 될 것이었다. 그 가운데 일제에 대한 극찬과 충성심으로 가득 찬 문사들의 글을 읽으면서 우리 할아버지들이 다행이라고 생각했지만, 그건 어디까지나 궁여지책일 뿐 마음이 불안하기는 마찬가지였다. 다시 준호가 두려워지기 시작했다. 일이 손에 잡히지 않았다. 판결문을 쓰자면 밤새 고민을 해도 모자랄 판인데 정신이 자꾸 흐트러졌다. 인간과 죄에 대하여 밤을 새워 생각하기 시작했다. 구약성경 창세기의 아담과 하와로 대표되는 인간의 죄는 자신들을 지어 준 신을 속인 탓에 신을 볼 수 없다는 것, 그것이 곧 '사람이 자신의 양심을 볼 수 없는 이유'가 아닐까, 하는 생각이 들었다. 눈에 보이지 않는 것을 두려워하지 않는 인간의 본성이 두려워 윤태영에게 푸념조로 말을 걸었다.

"이 세상에 죄인 아닌 인간이 있을까?"

"갑자기 무슨 소리야?"

"죄인이 죄인을 심판할 수 있을까?"

"갑자기 죄인론을 펼치는 이유가 뭐냐니까?"

"문득 내가 죄를 심판하는 판사라는 게 가증스럽게 느껴져서 그래."

"이 판, 왜 그래?"

"그냥."

"요즘 아무래도 이상해. 뭐야?"

"아무것도 묻지 말고 그냥 내 말만 들어 줘."

"준호 때문이지?"

두서없는 내 언사를 윤태영은 전혀 눈치채지 못한 채 엉뚱한 준호를 꺼내 들며 다그쳤다.

"준호 문제가 아니야. 갑자기 나 같은 인간이 인간을 심판한다는 게 말이 안 된다는 생각이 들어서 그래. 존속살인자 가인을 보호하고 나선 하나님도 이상하고. 정말 하나님이야말로 이상하잖아? 금기를 어기고 선악과를 따 먹었다는 이유로 아담과 하와에게는 죽음이라는 벌을 내리면서, 살인범 가인에게는 너무나 관대했잖아. 가인이 살인을 했는데도 벌을 내리기는커녕 가인이 사람들이 자기를 죽일 거라고 호소하자 가인을 죽인 자에게는 죄를 일곱 배나 더하시겠다고 하면서 심지어 보호해 주겠다고 약속까지 했으니까."

아담과 하와의 장자 가인이 저지른 구약성경 창세기의 첫 살인사건은 아무리 성서라지만 사실 지금까지도 나를 어리둥절하게 만들었다.

"하나님도 막상 살인이라는 사건을 당장 어떻게 처리할지 종잡기 어려운 게 아니었을까. 아니면 모든 건 하나님만이 심판할 수 있다는 신의 절대 권한을 의미한 것이든지."

"그렇다고 면죄부를 주는 것도 모자라 범죄자를 보호까지 해주는 건 이해할 수 없어."

"하나님은 죄를 지었다고 해서 직접 심판하는 게 아니라, 스스로 자신을 심판하도록 만들어 간다고 봐야지."

"과연 인간이 자신을 심판할 수 있을까? 철저하게 이기적인 인간이 자신을 버릴 수 있느냐구."

"인간이 동물과 다른 건, 자신을 심판할 수 있는 양심이 있다는 거 아니겠어."

"양심? 인간의 양심엔 한계가 있다는 거 우린 잘 알잖아. 범법자들을 통해서."

"그런데 인간에겐 이타심이라는 반짝반짝 빛나는 보석도 있잖아. 나보다 남을 생각하는 마음, 그것 때문에 인간은 누군가를 위해 무엇인가를 위해 자신의 평생을 바칠 수도 있고, 희생할 수 있는 굉장한 힘을 발휘하는 거지. 예수님께서 '나를 따르려거든 너의 모든 것을 다 버려야 한다'고 천명한 것도 그걸 믿기 때문이었고, 바울이 로마를 다니면서 '십자가에 자신을 못 박지 않고는 예수를 따를 수 없다'고 역설한 것도 같은 맥락 아니겠어."

"그런데 가인은 끝까지 자신을 심판하지 않고 자손을 퍼뜨리며 잘 살았잖아. 어디에도 가인이 반성했다거나 자신을 스스로 심판했다는 내용이 없어."

"그래서 하나님은 장자인 가인의 계보를 택하지 않고, 아벨 대신 '셋'을 태어나게 하여 그 자손들로 계보를 이었지. 뿌리 말이야."

"가인을 계보에서 제외시킨 것으로 그가 지은 죄가 상쇄될 수 있을까?"

"상쇄되지 못하지. 그래서 하나님은 세상을 만들기 전에 미리 인간의 양심을 바탕으로 정의를 세운 것 아니겠어."

"정의는 양심에서 이루어진다는 이야기야?"

"그렇지. 정의는 양심의 줄기 끝에서 피어나는 꽃이니까."

윤태영의 말은 결국 정의로 집약되었다. '정의는 양심의 줄기 끝에서 피어나는 꽃'이라는 그의 말에 나는 말문이 막혔다. 창세기 1장 첫머리를 생각했다. 하나님은 세상을 만들기 전에 가장 먼저 빛과 어둠을 구별하는 일을 했고 가장 먼저 '빛이 있으라' 명령했던 것은 물리적 빛 외에 정의였다는 확신이 들었다. 정의는 인간의 정신 가운데 가장 핵심인 탓에, 정의는 지혜와 용기와 분노를 품은 탓일 것이었다.

사실 정의는 우리 같은 법학도들에게 가장 핵심적인 문제였다. 우리는 대학에서 법학을 배울 때 우리의 뼈를 정의로 다시 갈아 끼워야 했다. 우리는 앉으나 서나 정의正義 란 "사회나 공동체를 위한 옳고 바른 도리이다, 바른 의의意義다. 철학적으로는 플라톤의 철학에서, 지혜와 용기와 절제의 완전한 조화를 이루는 것"이라고 외웠다. 머리로 외우는 것이 아니라 가슴으로 외워야 했다. 그래야 옳은 법률가가 된다고 했다. 이것은 우리가 알아야 할 가장 첫 번째 정의라고 하여 정의1이라 했고, 보편적으로 말하는 정의定義2도 함께 외워야 했다. 정의2는 어떤 단어나 사물의 뜻을 명백히 밝혀 규정하는 것이고, 논리적으로는 어떤 개념의 외연에 대하여 내포內包를 구성하는 여러 속성 가운데 본 질적인 속성을 제시하여 그 내포를 한정하는 것이었다.

윤태영이 강조한 정의와 내가 지금까지 머리로 외운 정의가 막다른 골목에서 서로 마주친 것처럼 맞닥뜨렸다. 거기다 하나 님의 첫 명령 '빛이 있으라'는 다름 아닌 '정의를 실현하라'는 명 령으로 치환되었다. 이 막다른 골목을 피할 수 없었다.

"선배, 우린 반드시 정의를 실현해야 할 사람들이겠지?"

"새삼스럽게 무슨 말이야?"

"그런데 과연 이 세상에 정의다운 정의가 존재하기는 하는 걸 까?"

"지혜와 용기를 탐할 줄 알고, 불의에 분노할 줄 알면 정의는 살아 있다고 봐야 하지 않을까? 그런데 이 판, 정말 이상해. 도 대체 무슨 말이 하고 싶은 거지?"

윤태영이 고개를 갸웃거렸다. 나는 더 이상 말을 하지 않았다. 차마 할아버지가 친일파 명단에 들어 있다는 말을 입 밖에 꺼낼 수가 없기 때문이었다. 그런 이유로 준호가 두렵다는 말도 할 수 없었다.

친일인명사전이 신문에 나고 TV뉴스를 타면서 여기저기서 두 가지 평가로 갈렸다. 하나는 이미 지나간 걸 가지고 이제 와서 뭘 어쩌자는 것이냐는 것이었고, 하나는 이제라도 진실을 알리 고 친일파가 반성하고 국민에게 사죄해야 한다는 것이었다. 그런데 장본인들은 대부분 사망한 처지이니 그 후손들이 대신 사죄를 해야 한다는 분위기였다. 우리 가족들 역시 황당해했다. 때마침 엄마 생신날 모인 자리에서 엄마와 남동생들이 친일인명사전을 만든 사람들을 향해 질타를 퍼부었다.

"도대체 이제 와서 뭘 어쩌자는 거야."

"좌파 새끼들 언제나 그렇지 뭐."

"일제든, 독재든, 국민을 잘 먹여 살리면 되는 것 아니야? 어차피 그때 나라를 우리 힘으로 어쩔 수 없었잖아."

"빨갱이 새끼들이 덮어놓고 떠들고 있는데, 그때 조선은 거지급이었다는 걸 알아야지."

이야기가 이쯤 되자 막내 여동생 복이가 더 이상 참지 않았다.

"거지급이면 나라를 남에게 줘 버려도 되는 거야? 오빠들 권리를 누가 빼앗아도 그렇게 말할 수 있을까? 그리고 국민을 잘 먹여 살리면 된다구? 국민이 동물이야?"

"당시 식민지가 우리뿐인 줄 알아. 아시아 후진국 대부분이 식민지였어. 카리브해 세인트루시아는 무려 열네 번이나 주인이 바뀐 것도 모자라 영국에게 무려 150년 동안 식민지였고. 지금도 영국 국왕의 명으로 총독을 임명하고 있잖아."

복이의 말에 남동생들이 발끈했다. 나는 잠자코 듣고만 있었다. 남동생들 말대로 이미 지나간 일인데 뭘 어쩌란 말인가라는 생각에 몰두하려고 애썼다. 정말 모든 건 다 지나가 버린 옛일이었다.

복이를 제외한 우리 가족들처럼 앞일을 생각하기에도 벅찬 세상에 애타게 지나간 과거에 매달린다는 것은 낭비라는 생각을 강화시키면서 계속 윤태영에게 할아버지에 대한 말을 함구했다. 그러다 보니 준호는 물론 윤태영과도 만나기가 거북해졌다. 그래서 점점 교회에 나가지 않자 윤태영이 줄기차게 전화를 했다.

"이 판, 준호와 무슨 일 있지? 생각해 보니까 준호도 뭔가 이상하거든."

"준호가 왜?"

준호가 이상하다는 말에 화들짝 놀랐다. 준호가 궁금했다.

"준호도 무척 의기소침해졌지 뭐야. 요즘엔 도무지 입을 열지 않아. 아무튼 지독하게 우울해."

"공부 때문이겠지. 직장일 하랴 공부하랴 얼마나 피곤하겠어."

"준호가 피곤한 게 하루 이틀이야."

윤태영에게 말은 그렇게 했지만 내심 준호가 걱정이 되었다. 준호는 뒤늦게 야간 대학에 들어가 신학을 공부하고 있었다. 준호가 피곤하게 산다는 것은 새삼 놀랄 일이 아니었다.

윤태영 말대로 준호도 나를 피하는 눈치였다. 상대를 쳐다보기가 민망할 때의 그런 느낌이 나에게 전달된 것이었다. 나도 마찬가지였다. 나는 자꾸만 준호가 제사음식 때 나에게 쏘아붙였던 말이 떠오르면서 문득문득 그가 낯설어진 것이었다. 그러면서도 그가 보이지 않으면 보고 싶었다. 그가 내 시야에 있으면 바라보기 힘들고, 시야를 벗어나면 보고 싶은 일이 반복되면서 나는 결국 윤태영에게 할아버지 이야기를 고백하고 말았다.

"그래서 준호를 피한 거였어?"

뜻밖에도 윤태영이 태연했다.

"솔직히 그래, 지금까지 까맣게 잊혀진 일인데 준호 씨가 옛날에 했던 말이 자구 떠오르지 뭐야. 다시 나를 공격하는 것처럼."

"실은 나도 알고 있었어. 이 판 할아버지가 일제강점기에 군수를 지냈다는 거. 준호가 말해 주더라. 그리고 이 판에게 지금까지 미안하단 말을 하지 못했다고. 그래서 늘 미안하다고. 그리고 막상 친일행위자 인명사전이 나오자 이 판 보기가 더 힘들어진다고. 이 판이 무슨 잘못이 있느냐는 거지."

의외였다. 준호가 윤태영에게 자신의 심정을 말했다는 것은 그만큼 힘들었다는 증거였다.

준호와 나는 그런 식으로 서먹하게 시간을 보냈다. 서먹한 가운데서도 나는 나대로 준호는 준호대로 각자의 삶을 살아야 했다. 준호의 생활은 더 나아질 방법이 없었다. 여전히 새벽마다 배달을 하고 낮에는 출판사에서 제본을 하고 밤에는 야간 대학에서 공부를 하는 식이었다.

"오빠를 보면 가엾어 죽겠어요. 무거운 책을 이리저리 옮기다 보면 팔이 빠져나간 것만 같대요. 밤마다 팔이 아려 잠을 못 잘 때가 많아요. 그뿐인 줄 아세요. 기침도 많이 해요."

"기침을 한다구?"

"종이 먼지 때문이래요. 가끔 작업장에 가보면 도무지 숨을 쉴 수가 없거든요. 먼지가 오빠를 야금야금 잡아먹는 것만 같아요."

준희 말대로 준호는 종이 먼지에 야금야금 잡아먹히면서 신학대학을 졸업했다. 준호가 대학을 졸업하던 날 윤태영과 내가 그에게 꽃다발을 안겨 주었다. 그리고 윤태영이 감격에 겨운 축하 메시지를 건넸다.

"준호, 결국 해낸 거야. 내 친구 장하다!"

나 역시 "축하해"라고 했다. 그런데 축하한다는 말이 어딘가 공허하게 들렸는지 윤태영이 나를 뜨악한 표정으로 바라보았다. 그럴 것이었다. 내 속에서 나온 축하한다는 말은 걱정이 절반이었다. 앞으로 걸어가야 할 목회자의 길이 녹록지 않기 때문이었다.

사실 준호가 신학대학에 들어갔을 때, 몹시 못마땅했다. 목사의 삶은 일제강점기의 독립운동가 못지않게 험난한 탓이었다. 그가 더 이상 고행의 삶을 사는 게 싫었다. 그렇다고 왜 하필이면 목사를 선택하느냐는 말도 함부로 할 수가 없었다. 불경스러운 말이기 때문이었다. 교회에서는 목사를 하나님으로부터 기름부음(목사 안수)을 받은 거룩한 존재로 여겼다. 그 옛날 이스라엘에서는 왕이나 예언자를 임명할 때 향유를 온몸에 발라 주었는데 하나님의 영이 그들에게 내리도록 기원하는 성스러운 의식이었다. 예수님도 하늘로부터 기름부음을 받았으므로 기름부음을 받은 목사는 이 지상에서 예수님의 일을 수행한다는 의미였다. 당연히 목사의 아내도 거룩한 영혼의 소유자로서 목사에 준한 사람이 되어야 한다. 목사가 개인의 모든 영달을 버리고 오직 하나님만 섬기는 존재라면 목사 아내 역시 세상 것을 다 버리고 목사의 수족이 되어 주어야 한다. 그때 나는 준호와 결혼을 꿈꾸기도 했었는데 아무리 생각해도 목사의 아내가 될 자신이 없었다. 나에게는 희생하면서 봉사할 자신도, 자질도 없었다. 그런데 준호를 포기하기도 싫었다. 그래서 철두철미하게 경건주의자로 소문난 준호를 흔들어 보리라 마음먹었다.

어느 날 준호에게 외국 선교사를 만나러 가자며 인천 송도로 갔다. 바다를 구경하며 시간을 끌다가 호텔로 갔다. 선교사가 묵고 있는 호텔이라고 거짓말을 했다. 미리 예약해 둔 방으로 갔다. 준호는 아무런 의심 없이 성큼성큼 따라와 주었다.

"선교사는?"

준호가 두리번거리며 선교사가 어디 있는지 물었다.

"그런 사람은 없어."

"뭐라구?"

"나 이제 솔직해지기로 했어. 적어도 내 감정을 숨기지 않기로. 오늘 밤에 다 이야기하기로."

"여긴 아니야. 우리 다른 곳으로 가자."

"준호 씨도 이젠 솔직해졌으면 좋겠어. 나에 대한 감정 말이야."

준호는 얼굴이 붉어진 채 당황스러움을 감추지 못했다. 나는 냉장고에서 맥주를 꺼내 탁자에 놓고 따라 줄 것을 요구했다. 준호는 한참을 머뭇거리더니 내 성화에 못 이겨 맥주를 따라 주었다. 나도 맥주를 따라 주었지만, 준호는 맥주를 마시지 않았다. 목사가 되겠다는 철저한 신념일 것이었다. 나는 준호 것까지 마셔 버렸다. 준호는 의아한 표정으로 나를 바라보았다.

"준호 씨, 우리 연애해요. 아니 결혼해요."

나는 단도직입적으로 나가기 시작했다. 준호 얼굴이 하얗게 변했다.

"뭐 연애? 결혼? 이함이 나와?"

"왜? 안 돼?"

준호는 마치 실어증에 걸린 사람처럼 어이없는 표정만 짓고 있었다.

"누구든 남녀는 결혼할 수 있고. 나는 여자이고 준호 씨는 남자야. 그리고 우린 미성년자가 아니라 자신의 문제에 대한 결정권이 있는 성인이야. 그런데 왜 안 되지?"

"그래 말하지. 나는 목회자가 되어야 하고. 넌 목회자의 아내가 될 수 없어."

내가 생각했던 대로 준호도 내가 목사의 아내가 될 수 없다고 했다.

"목사 아내? 못할 것도 없어. 하면 되지."

"목사 아내가 어떻게 사는지 몰라서 그래? 다 버려야 해. 판사도 뭣도 다."

"다 버리지. 판사 버리면 되잖아?"

"넌 못 버려. 첫째 너의 집안이 그걸 허락하지 않아. 난 너의 집을 잘 알아."

"그래, 그럼 내가 버릴 수 있다는 걸 보여 줄게. 자, 봐."

나는 상의를 벗었다. 브래지어만 남은 상체가 고스란히 드러났다. 내가 태어나 처음으로 남자 앞에서 옷을 벗은 것이었다. 준호가 의자에서 벌떡 일어섰다. 나는 재빨리 그의 앞을 가로막았다.

"정신 차려 이함. 너 고작 이 정도였어? 이건 너답지 않아."

"나다운 게 뭐지?"

"넌 세상에서 가장 고상한 사람이야. 이건 삼류들이나 하는 짓이라구."

"세상에서 가장 고상한 사람? 삼류들이나 하는 짓? 이것 봐요 김준호 씨, 세상 모든 인간은 이 짓을 통해 태어났고 태어난다구요. 제아무리 성스러운 위인도, 교황님도. 천하보다 귀한 고기하기 짝이 없는 생명 모두가."

"제발 나를 실망시키지 말아 줘."

나는 그의 말을 무시한 채 그의 목을 끌어안았다. 준호도 나를 끌어안았다. 나는 그의 목을 죽어도 놓지 않을 것처럼 완강하게 끌어안고 키스를 하려고 시도했다. 준호는 나를 저지할 양으로 완강하게 끌어안으면서 고개를 반대 방향으로 돌렸다. 나는 불이고 준호는 불을 끄는 소방호스 같았다.

나는 하나님과 준호, 그리고 나 스스로를 속이고 있었다. 나는 목사의 아내가 될 수 없다는 것을 준호보다도 내가 더 잘 알고 있었다. 다 버리고 그 길을 갈 용기가 없었다. 할아버지가 떠올랐다. "세상 모든 것이 함이 너에게 다 모여들 것이야"라고 하셨던 말씀이 내 머릿속을 섬광처럼 스쳤다. 나는 할아버지를 실망시키는 삶은 살기 싫었다. 그러면서도 준호를 놓고 싶지 않은 이상한 감정에 휘말렸다. 나는 자신까지 속여 가면서 그에게 정말 키스를 하려고 했다. 그때 준호가 나를 강력한 힘으로 흔들어 깨웠다.

"넌 김준호 애인이나 아내 따위가 아니라, 대한민국의 정의를 위해 뭔가를 해야 해. 그게 함이 네가 가야 할 길이야."

"대한민국의 정의?"

"판사는 성직이라는 것, 다른 판사는 몰라도 함이 너만은 명

심해주길 바란다. 나 항상 그렇게 기도하고 있어. 그리고 함이 넌 꼭 그런 판사가 된다는 확신이 들었어."

분위기가 숙연해지고 말았다. 그의 말은 독립운동가의 지고 한 말씀 같았다. 나는 대한민국의 정의를 위해 옳은 판사가 될 자신은 없었지만, 그의 당부를 내 정신 속에 잉태하고 싶었다. 아니 반드시 그래야 한다는 의무 같은 것이 느껴졌다. 나는 서둘러 상의를 입었다. 그리고 들어올 때처럼 앞장서서 방을 나오려고 했다. 방을 나오기 전, 이번에는 준호가 나를 조심스럽게 끌어안았다. 그리고 맹세하듯 말했다.

"죽는 날까지 널 품을게. 내 영혼 속에."

나는 정말 그의 영혼 속에 죽는 날까지 내가 존재하기를 바랐다.

소망한 대로 결국 목사 안수를 받았다. 비록 준호가 목사가 되는 게 못마땅했지만 그가 정식으로 목사 안수를 받았을 때는 이제야말로 그의 고통이 다 끝난 것이겠거니 했다. 교회를 맡게 되면 일단 생활이 보장되는 탓이었다. 하나님의 종이라는 목회자의 길을 생업으로 보는 건 교회의 사고에 맞지 않지만 준호 형편 상 그런 생각이 먼저 들었다. 그런데 그건 내 생각일 뿐이었다. 준호의 고통은 오히려 그때부터 시작이었다. 교회도 유학파니 뭐니 하면서 화려한 스펙과 전도유망한 젊음을 선호하는 현실에서, 중 고교 모두 검정고시 출신에 마흔 살이 다 되어서야 변두리 야간 신학대학을 졸업한 목사를 반기는 교회는 거의 없었다. 갈 데가 없는 김준호 목사, 갈 데가 없지만 목사의 길을 가고 싶은 김준호 목사는 인터넷을 통해 전국 교회를 뒤졌다. 무려 6개월이 지난 어느 날 윤태영이 준호보다 먼저 숨 가쁘게 전화를 걸어 소식을 알렸다.

"준호 드디어 교회 찾아냈어."

"정말이야? 어디?"

"전라도 어느 섬이래. 조금 먼 곳이긴 하지만, 더운 밥 찬 밥 가리게 생겼어."

"섬?"

"완도에서 배를 타고 세 시간쯤 가는 섬인데 하나님 은혜로 수십 대 일, 경쟁을 뚫었다는 거야."

나는 더 이상 놀라지 않았다. 배를 타고 세 시간을 가는 섬이든, 걸어서 세 시간을 가는 산골이든, 준호가 원하는 건 목회자의 길이었고 소원을 이룬 것이었다.

준호가 서울을 떠나기 전, 축하를 해 주기 위해 윤태영과 나 그리고 교회 남선교 팀이 모였다. 그때 우리는 40세가 넘었으므로 더 이상 청년부가 아니었다. 축하자리인데 분위기가 위로하는 자리처럼 점점 숙연해져 갔다. 처음에는 요즘 새로 배출되는 목회자들이 갈 곳이 없는데 잘됐다, 또는 섬에서 목회를 하면 영성이 깊고 맑아지게 되어 하나님의 은혜가 더욱 충만하게 된다는 등 덕담이 오갔지만 곧 속내를 드러내고 말았다.

"뱃길이 만만치 않다는데 과연 괜찮을까?"

"그래 말이야. 일주일에 잘 해야 두 번 배가 뜬다는데. 날씨가 좋지 않으면 열흘이고 보름이고 꼼짝 못하고."

"초등학교도 없어 아이들을 인근에 있는 완도로 유학을 보낸 다더군."

"그런데 교인 수는 얼마나 되지?"

걱정이 꼬리를 무는 가운데 누군가 교인 숫자를 거론했다.

"둘 이상만 모여도 주님께서 함께하신다고 했는데, 숫자가 중요한 건 아니지."

잠자코 듣고 있던 준호가 태연하게 말했지만 사람들은 걱정스러운 표정을 감추지 못했다.

준호는 그렇게 걱정 속에 섬으로 떠났고, 다행히 섬 생활을 신비로워하면서 날마다 이메일로 소식을 알려 주었다. 잠을 잘 때도 파도소리가 들리니 눈을 떠도 바다 눈을 감아도 바다라고 했다. 예수님께서 활동을 시작할 때 맨 처음 바닷가로 나간 이유를 이제야 실감한다면서 노상 주님과 함께 바닷가를 동행하는 것 같다고 했다. 그렇게 준호는 날로 영성이 깊어져 갔다. 섬마을은 50여 가구에 대부분 노년층이고 젊은 층은 섬을 지키겠다는 사명을 띤 10여 가구라고 했다. 들은 대로 아이들은 완도로 유학을 가 있더라고 했다. 바다를 대상으로 자급자족을 하면서 살아가는 섬사람들 생활은 언제나 바쁘다고 했다. 준호도 예배가 끝나면 바다로 나가 일손을 도와야 한다면서 당당한 일꾼이 되었노라고 자랑을 늘어놓았다. 더욱이 섬에서 한여름 미역 채취하는 일 년 농사 중 가장 큰 수입원인데 길에 돌아다니는 강아지도 불러들일 정도로 일손이 딸린다고 했다.

그리고 3년차 여름, 준호가 우리 교회 청년부를 섬으로 초대했다. 해마다 여름이면 교회에는 하계 수련회가 있고 보통 2박 3일에서 일주일 정도를 잡아 다른 지방으로 수련회를 떠났다.

우리 교회는 준호가 있는 섬으로 떠나기로 했고 모두 환호성을 질렀다. 윤태영과 나는 이미 중년이 되었으므로 청년부 소속이 아니지만 준호가 사는 섬을 가 보지 않을 수 없었다. 서울에서 승합차를 타고 5시간을 달려 완도로 간 다음 다시 배를 타고 섬으로 갔다. 완도에서 유학하는 아이들도 여름방학을 맞아 섬으로 돌아와 있었다. 아이들은 초등학생과 중학생을 합해 열한 명이었다. 아이들은 모처럼 고향 집에 돌아왔지만 쉴 틈이 없었다.

우리는 그곳 교회에서 여름 성경학교를 마치기가 무섭게 아이들과 함께 미역 베는 일을 돕기 위해 바다로 나갔다. 사실 수련회는 섬사람들 일손을 돕는 게 목적이었다. 바다에서 미역을 채취해야 하고, 채취한 미역을 널어 말려야 하고, 말린 미역을 거두어 정리해야 하는 등, 준호 말대로 이제 막 태어난 강아지라도 불러들일 정도로 바빴다. 미역은 물속 깊은 바위에 붙어 있고, 썰물 때가 되어 물이 내려가면 낫으로 풀을 베듯 미역을 베었다. 물이 바위 아래로 쑥 내려가면 그때를 이용해 섬사람들이 미역을 베어 둘둘 말아 위쪽을 향해 던져 주면 우리들은 그걸 주워 모아 망태에 담았다.

그렇게 3일째 일을 돕던 날 초등생 아이가 발을 헛디뎌 미끄러졌고, 준호가 넘어진 아이를 붙잡으려고 급히 몸을 움직였다. 아이는 준호 손에 붙잡혀 바다로 굴러 떨어지지 않았고 대신 준호가 바위 아래로 굴러 떨어지면서 바다에 빠지고 말았다. 우리는 어떻게 해야 할지 몰라 발을 구르는 사이에 준호는 파도에 실려 천우신조로 바위에 얹히게 되었다.

그 지경에서 사람이 무사할 리가 없었다. 준호는 바위에 부딪

치면서 갈비뼈와 다리뼈가 부러진 상태였다. 완도 적십자병원으로 이송했지만 보호자가 아무도 없었다. 준호 어머니는 이미 돌아가셨고 준희와 준수는 선교사로 멀리 해외에 있었다. 평화시장에서 나온 준희는 야간 여상을 졸업하고 교회 지원을 받아 신학대학을 졸업했다. 막내 준수도 마찬가지였다. 미싱사가 꿈이었던 준희는 전도사가 된 것이었다. 준희가 멀리 해외 선교사로 파견되던 날 나를 얼싸안고 울었다.

"언니가 아니었으면 나는 지금쯤 평화시장 미싱사가 되어 옷 만드는 데 푹 빠져 있겠죠."

준희를 멀고 험한 곳으로 보내면서 나도 눈물을 흘렸다. 준희와 준수는 기왕이면 가장 힘든 곳으로 가겠다면서 아프리카 라이베리아를 선택했다. 수도 몬로비아에서 얼마 떨어지지 않은 외곽 지역인데도 수년 동안 치열한 내전을 겪은 탓에 화장실도 없고 마실 물도 구하기 힘든 곳이라고 했다. 준희와 준수는 그렇게 멀리 있고, 돌봐 줄 사람이 없는 탓에 우리는 준호를 서울에 있는 병원으로 옮기고서야 마음을 놓을 수 있었다. 그런데 준호는 몸이 회복되자 다시 섬으로 돌아가겠다고 고집을 부렸다.

"섬은 더 이상 안 돼."

"섬사람들이 나를 학수고대 기다리고 있어. 내가 섬으로 가야 하는 건 하나님 뜻이야."

"하나님 뜻이라 해도 안 돼."

"하나님 뜻을 거역할 수 없어. 물에 빠진 나를 건져 올리신 이유가 뭐겠냐구. 주님께서 나에게 큰 바다에 빠뜨려 진짜 세례를 베푸신 이유를 생각해야지."

"하나님 뜻도 해석하기 나름이야. 우린 이제 너를 섬에 보내지
않기로 했어. 너보다 우리가 더 힘들기 때문에."

윤태영이 단호하게 가로막았다. 준호도 우리가 더 힘들다는
말에 할 말이 없는 모양이었다. 아무튼 우리는 준호를 더 이상
섬으로 가게 할 수는 없었다. 사실 준호를 섬에 보내 놓고 마음
을 놓은 적이 거의 없었다. 날마다 이메일 편지로 섬 생활이 마
치 천국인 것처럼 말했지만 우리는 늘 조마조마한 심정을 감출
수가 없었다.

우리의 만류로 섬으로 돌아가지 못한 준호는 하남시의 어느
변두리 상가 30여 평 남짓한 공간을 얻어 개척교회 간판을 걸었
다. 교인은 할머니 할아버지들뿐이었다. 헌금을 내는 게 아니라
오히려 돌봐 주어야 할 독거노인들이었다. 윤태영과 내가 도울
수 있는 일은 십일조를 준호 교회에 내주는 일이었다. 준호는
따로 일을 하면서 교회를 운영해 나갔다. 무슨 일을 하는지 우
리에게 말을 하지 않았고 우리는 캐묻지 않았다. 그런대로 잘 지
탱해 가는 것 같았다. 고맙다며 윤태영이 가끔 칭찬을 했다. 윤
태영이 고맙다고 칭찬을 했지만 그의 삶은 나이를 먹어 갈수록
자꾸 힘들어가기만 했다. 50대에 들어섰지만 교회는 성장하지
못했다. 성장은커녕 준호는 계속 독거노인들을 돌봐야 했다.

"그분들은 내 아버지 같기도 하고 어머니 같기도 해."

준호는 할머니 할아버지들을 부모를 섬기는 마음으로 대했다.

그리고 늦가을 어느 날 나는 한 남자를 발견하게 되었다. 벙
거지 모자를 깊숙이 눌러 쓴 중년 남자가 감귤을 실은 리어카를

끌고 경사진 길을 내려오고 있었다. 위태위태했다. 감귤의 무게에 남자가 끌리기 시작했다. 그러더니 줄줄 미끄러지듯이 리어카가 아래로 급박하게 내려오면서 감귤이 와르르 쏟아져 내렸다. 노란 감귤이 밀물처럼 경사진 길을 타고 내려와 찻길로 흩어졌다. 차들이 깔고 지나갔다. 차바퀴에 깔린 감귤이 납작하게 터지면서 길이 젖었다. 남자의 눈물이 흘러 길을 적신 것만 같았다. 사람들이 가던 걸음을 멈추고 구경하느라 바빴다. 어떤 사람들은 길 가장자리로 굴러간 감귤을 부지런히 주워 주머니에 넣기도 했다.

나는 마침 신호 대기 중이었고, 내 차 바퀴에도 감귤이 깔렸을 것이라는 생각을 하면서 안타까워했다. 문득 감귤장수 남자에게 미안하다는 생각이 들었다. 어려서부터 늘 미안한 미안증이 재발한 것이었다. 모든 게 나 때문인 것만 같았다. 감귤이 길거리로 굴러간 것도 힘들어 보이는 남자의 삶도 다 내 탓인 것만 같았다. 남자는 빈 리어카를 붙잡은 채, 벙거지 모자를 벗고 하늘을 향해 심호흡을 퍼내고 있었다. 나는 남자를 유심히 쳐다봤다. 그건 분명히 눈이 커다란 김준호 목사였다. 감귤 장수 중년 남자가 준호였다는 사실을 알았을 때 가슴속 실핏줄이 한꺼번에 연타로 터져 버린 듯했다. 가슴이 너무 쓰라렸다. 내가 처음으로 목격한 준호의 현실이었다. 나는 재빨리 눈길을 다른 데로 돌린 채 지나쳐버리고 말았다.

그날 이후 줄곧 마음이 공허하기 짝이 없는데 준호가 쓰러졌다는 연락을 받았다. 윤태영과 내가 급히 병원으로 달려갔다. 폐암 말기라고 했다. 태어나 담배 한 개비 피워 본 적이 없는데 믿을 수 없다면서 준호가 받아들이지 않았다.

"난 준호가 폐암에 걸린 이유를 알 것 같아."

윤태영이 나를 바라보며 말했다. 나는 문득 '종이 먼지가 오빠를 야금야금 잡아먹는 것만 같다'는 준희의 말을 떠올렸다. 그런데 윤태영은 세상이 하도 어이가 없어서 준호의 허파가 노상 허탈하게 열려 있었고 세상의 온갖 더러운 먼지가 준호의 폐로 모조리 빨려 들어간 것이라고 했다.

생각해 보니 그럴듯했다.

"우리가 의학상식은 모르지만 허파정맥과 허파피돌기 정도는 고등학교 때 배웠잖아. 그러니까 허파정맥과 허파피돌기가 도무지 소통이 이루어지지 않은 거야."

폐에서 산소를 받아들여 이산화탄소를 방출한 동맥피를 심장으로 보내는 좌우 두 개의 혈관을 허파정맥이 맡고 있다는 것, 그리고 심장의 피가 우심방에서 우심실로 가서 폐동맥을 따라 모세혈관으로 흘러 폐정맥을 통하여 좌심방으로 들어가는 피의 순환구조를 허파피돌기라 불렀다. 그런데 이런 순환구조에서 허파정맥과 폐동맥이 서로 소통이 안 된 거라는 말이었다.

"우와 좌의 불ㅈ소통 때문이란 말이지?"

윤태영의 말은 세상이 준호에게 있어 정상이 아니라는 것이었다. 정작 대접을 받아야 할 사람은 세상 밑바닥을 헤매야 하고, 그렇지 않아야 할 사람들이 승승장구하며 살아가는 세상을 개탄하는 말이었다.

준호는 좀처럼 병을 인정하지 않았다. 우리는 준호를 따라다니며 돌봐 줄 처지가 못 되고, 준희 준수는 해외에 나가 있으니 준호가 무슨 짓을 하는지 알 수가 없었다. 준호는 그런 상태로 또 돈을 벌기 위해 일을 한 모양이었다. 중간중간 쓰러져 119 구급차에 실려 다닌 끝에 여섯 번째는 병실에서 나오지 못했다. 그 때부터 진짜 환자노릇을 하기 시작했다. 통증이 심해지면서 준호의 얼굴색이 까맣게 변하기 시작했다. 윤태영과 내가 퇴근 후 교대로 병실을 지켜야 했다. 준호는 진통제를 맞지 않은 상태로는 견디지 못할 지경에 이르렀다. 윤태영이 병실을 나올 때마다 고개를 흔들었다.

"차라리 빨리 천국으로 가는 게 낫겠다는 생각이 들어. 이건 고문이야."

준호는 고문 같은 고통스러운 모습을 나에게는 보여 준 적이 없었다. 내가 가는 날엔 가장 강력한 모르핀을 투여하기 때문이었다. 그런데 한 번은 내가 어쩌다 예고 없이 가는 바람에 통증과 싸우는 모습을 발견하고 말았다. 한 손은 침대 시트를 틀어쥐고 한 손은 가슴을 붙잡고 이가 부러질 지경으로 이를 악물며 고통과 싸우고 있었다. 그것은 김준호가 지금까지 살아온 고통을 한꺼번에 모아 보여 주는 것만 같았다. 차라리 죽는 편이 낫겠다는 윤태영의 말이 떠올랐다. 나도 "준호야, 차라리 죽고 말아"라고 속으로 한탄을 하며 도망치듯 병실에서 빠져나오고 말았다.

계절은 생명의 봄이 시작되고, 준호는 하루하루 죽어 갔다. 암세포가 준호 몸을 장악한 상태에서 인간의 육신은 아무것도 아니라는 걸 실감했다. 준호는 뼈만 앙상해진 몸으로 모르핀을 4시간 간격으로 맞으면서 아무 생각 없이 잠만 잤다. 평온하게 잠만 자는 준호는 이미 죽어 있는 거나 마찬가지였다. 차라리 보기에 편했다. 담당 의사는 "사실 진통제를 투여한 것은 환자보다도 환자 가족을 위한 것"이라고 했다. 환자 보호자의 고통을 덜어 주기 위한 것이라는 말이었다. 한 번은 우리가 들고 나는지조차 모른 채 잠만 자던 준호가 문득 생각났다는 듯이 고향 집을 들먹였다.

"우리 집, 내가 다시 세울 거야. 꼭."

"고향 집 말이야?"

"그래 우리 집, 우리 할아버지와 아버지가 태어나 살았던 집."

지금까지 단 한 번도 입에 올리지 않았던 고향 집이었다. 늘 약에 취해 눈이 반은 감긴 상태인 준호 눈빛이 다른 날과 달랐다. 이제 막 시원한 물에 씻고 나온 눈처럼 커다란 눈이 초롱초롱 빛이 났다. 뿐만 아니라 어떤 의지가 불타오른 듯했다. 윤태영이 나를 바라보며 고개를 갸웃했지만 나는 기사회생을 할지도 모른다는 기대를 갖고 부디 준호가 일어나 주기를 빌었다. 그 때 한 언론매체로부터 뜻밖의 이메일을 받았다.

"2015년 올해로 70주년 광복절이 다가오고 있습니다. 주지하다시피 광복절은 우리 민족에게 피맺힌 일제의 식민세월을 마감하고, 우리의 주권을 찾은 감격의 날입니다. 그러나 우리는 민족의 등에 창을 꽂은 친일파 인사들을 청산하지 못한 채 광복 70년이 지나가고 있습니다. 과거는 과거로 끝이 나고 만 것일까요? 그렇지 않다는 것을 자연이 해마다 가르쳐 주고 있습니다. 봄, 여름, 가을, 겨울, 이렇게 일 년이란 시간이 해마다 되풀이되는 것은, 다름 아닌 역사는 다시 되풀이된다는 사실을 말해 준 것입니다. 혹자는 그렇게 말합니다. 과거에 얽매이지 말고 미래를 생각해야 한다고. 맞습니다. 미래가 중요합니다. 그러나 미래도 결국 과거가 됩니다. 우리가 살아온 인류의 시간은 모두 미래였으니까요. 미래를 생각해야 하기 때문에 과거의 매듭을 풀어 주어야 하는 것입니다. 수레바퀴가 도는데, 걸림돌이 있다면 수레바퀴는 결국 망가지거나 멈추게 되니까요. 그 걸림돌이 무엇일까요? 우리 국민이 걸핏하면 둘로 분열하는 원인이 바로 거기에 있습니다. 정치적으로 분열하고 갈등할 때마다 '그것이 중심'이 되고 있습니다. 이 망국의 과거사를, 암덩이 같은 이 나쁜 원인을 극복하지 못하고서는 국민통합은 어렵다고 봅니다. 그래서 저희는 과거 친일행적을 한 친일파의 후손들을 찾아 다음과 같은 질문을 하기로 했습니다.

귀하의 조부께서 '친일진상규명위원회'가 발표한 명단(1,006명)에 들어 있습니다. 그리고 후손으로서 이 문제에 대해 어떻게 생각하시는지, 조부께서 과연 올바른 선택을 했다고 보시는지, 반대로 친일파 후손으로 살아오면서 그로 인하여 불이익을 받지는 않았는지, 비록 불이익은 받지 않았더라도 심적으로 고통을 겪지는 않았는지 등등에 대하여 묻기로 했습니다. 사실 후손에게는 잘못이 없습니다. 후손이 조상을 선택하는 것이 아니기 때문입니다. 우리는 한때 연좌제라는 것에 얽매여 후손들이 억울한 생애를 산 적이 있었습니다. 악법이었습니다. 그래서 훗날 폐지되기에 이르렀고 국민들이 쌍수를 들어 환영해마지 않았습니다. 그렇습니다. 윗대 어른께서 친일을 했다는 사실로 인하여 그 후손이 불이익을 당하는 일이 있어서는 안 됩니다. 다만 윗대 어른이 사죄를 하지 못했다면 후손으로서 대신하여 사죄를 하는 것이 윗대 어른과 국민에 대한 도리라고 봅니다. 자손은 조상의 입지에 따라 후광을 입게 마련입니다. 작든 크든 영광이든 설움이든……. 귀하께서도 마찬가지입니다. 조부께서 어떤 이유로든 친일을 했다면 후손으로서도 생각해 볼 바가 있고, 장차 우리나라 미래를 위하여 지금 어떤 행동과 사고를 해야 하는지를 생각해야 할 때라고 봅니다. 선생님의 답을 기다리겠습니다. 그리고 어떤 생각이시든지 선생님의 생각을 정중하게 받아들이겠습니다."

이메일 편지는 동생들에게도 왔다. 남동생들이 펄쩍 뛰었다.

"좌파 빨갱이 새끼들이 나중엔 별짓 다하는군."

"솔직히 할아버지가 친일을 했다하더라도, 우린 모른 일인데 그걸 우리가 왜 사죄를 해야 하냐구."

남동생 이겸, 이윤이 분노했다.

"함이 누나, 혹시라도 나서지 마세요. 아셨죠? 복이 너도."

겸이였다. 겸이는 장차 퇴직하면 고향에 내려가 할아버지의 대를 이어 고향 집을 잘 간수해 대대로 물려줄 거라고 계획하고 있는 인물이다.

"또 빨갱이 타령이야? 조상 대신 후손이 국민 앞에 사죄하라고 권하는 게 뭐가 잘못인데. 조상의 그늘이 자손에게 고스란히 드리우는 법이잖아."

막내 여동생 복이가 나섰다. 우리 가족은 생각이 두 갈래로 갈렸다. 엄격히 말해 합리와 비합리라고 해야 한다. 나와 복이는 합리주의를 주창하는가 하면 엄마와 남동생들은 무조건 자신들과 생각이 다르면 좌파, 빨갱이라는 말을 서슴지 않기 때문이다. 우리 가족은 선거 때마다 그런 문제로 첨예하게 대립했다. 한쪽이 이기고 지기 마련인 선거가 끝나고 나면 한동안 전화도 하지 않을 정도로 불편해졌다. 북한이 가족끼리 서로 사상을 감시한다는 말이 믿어졌다. 엄마가 중재자가 되어 주어야 할 텐데 오히려 그 중심에 있었다. 엄마는 선거 때마다 마치 나라를 누구에게 빼앗기는 위기에 놓인 것처럼 흥분했다.

"이 나라가 어떤 나란데 넘겨줘. 무슨 일이 있어도 빨갱이들에게 넘겨줄 순 없어."

"일제 때 앞장서서 나라를 내줬듯이, 해방되고 나서도 친일파들이 나라를 지킨다? 그런 궤변이 어딨어."

그럴 때마다 복이가 발끈하고 나섰다.

"이제 우리 가족들도 생각해 볼 바가 있지 않을까? 친일파 인명사전에 우리 할아버지 이름이 버젓이 있잖아. 우리 할아버지뿐이야. 한남동 할아버지에 외할아버지까지 줄줄이. 엄마부터 마음을 돌려야 한다구요."

복이가 노골적으로 문제를 제기하고 나섰다.

"방정맞기는 에미 앞에서 그 따위로 말하다니."

"복이 너도 빨갱이 물든 거야?"

"지 남편에게 세뇌된 거지 뭐."

엄마와 남동생들도 어김없이 복이를 공격하고 나섰다. 교수 부부인 복이 남편은 친일파에 대해 몸서리를 치는 인물이라 남동생들과 만나면 부딪쳤다.

"제발 그만들 해. 말도 안 되는 그 빨갱이 소리 말이야."

나도 결국엔 남동생들을 향해 소리를 높이고 말았다. 내가 이런 식으로 엄마와 남동생들 앞에서 화를 내는 건 처음이었다. 마치 심심풀이 땅콩처럼 함부로 내뱉는 빨갱이란 말을 더 이상 용납할 수 없었다. 준호를 알고부터 천형 같은 빨갱이란 말은 참을 수 없는 분노로 내게 입력된 탓이었다. 내가 나서자 모두 깜짝 놀란 표정이었다.

"함이 누나와 복이는 아무리 생각해도 우리 집 돌연변이야. 한 형제가 맞는지 의심스럽다니까. 정말 엄마가 낳은 거 맞아요?"

겸이가 엄마를 쳐다보며 물었다.

"나도 내 딸들을 이해할 수가 없구나. 특히 복이 너."

엄마는 나에게 놀랐으면서도 평소 만만하게 여기는 복이를 향해 핏대를 세웠다.

"국회에서 법을 새로 만들거나 고치면 국민들은 각자 자기 입장에서 환영하거나 반대하지. 친일도 따지고 보면 그런 거 아니겠어. 각자 자기입장에서 이익을 취하는 거."

작심한 듯 복이가 공격을 멈추지 않았다.

"협력자 없이 지배란 없는 법이지."

내친 김에 나도 거들었다.

"사실 친일 아무나 해. 고위 관료나 유명인사가 아니면 어떻게 힘을 발휘할 수 있느냐구."

복이는 계속 친일문제를 꼬집었다.

"한남동 할아버지는 우리 할아버지와 비교할 수 없는 고위직이었지만 작은집 사람들, 미친 개소리라면서 눈썹 하나 까딱하지 않아."

겸이가 한남동 할아버지네를 들먹거렸다. 그쪽에서도 자식들이 메일을 받아 본 모양이었다. 남동생 말대로 한남동 할아버지는 우리 할아버지와 비교할 수 없는 고위직에 있었으니 당연한 일이었다. 그리고 남동생들과 이 문제에 대해 이야기를 주고받으면서 메일을 보낸 언론사를 비웃은 모양이었다.

이 외에도 우리 가족은 친일문제를 놓고 여러 가지로 논쟁을 벌였다. 엄마와 남동생들, 그리고 복이와 나 3 대 2였다. 수적으로 복이와 내가 열세였지만 복이가 꿋꿋하게 밀어붙인 탓에 밀리지 않았다. 엄마가 복이와 나를 지적한 대로 우리 둘은 사고는 같지만 행동은 달랐다. 복이는 적극적인 표현주의자라면 나는 소극적인 내성주의자였다. 복이는 강경한 엄마와 남동생들 앞에서도 할 말을 하는 성격이었다. 그런 복이가 부러웠다.

선택

가져보지 못한 사람들은 가진 자의 안락함을 모른다. 음지에서 살아온 사람들은 양지의 따뜻함을 모른다. 나를 버린다는 것은, 세상으로부터 부러움을 사면서 여유만만하게 살 수 있는 권력과 기득권을 버린다는 것이다. 그것은 목숨을 버리는 것 이상의 고통인 탓에 그분 앞에 섰다. 감히 하얼빈 역 광장에 울려 퍼진 그 장렬했던 총소리를 다시 듣고 싶었다. 태어나 서른 해의 목숨, 일생일대 경축이라도 만난 듯이 하얀 수의를 입고 당당하게 사형을 기다리는 그 장렬한 최후를 상상하며 그분 앞에 섰다. 그랬더니 칠흑 같은 밤에 멀리 보인 불빛처럼 길이 하나 보였다.

— 안중근 선생 동상 앞에서

이메일을 읽고 난 다음부터 무언가가 점점 나를 향해 다가오는 듯했다. 마음이 자유롭지 못했다. 범법자들에게 양형을 읽어 내릴 때마다 내 양심의 소리를 피하지 못했다. 판사 임명을 받았을 때 김 씨 아저씨가 나에게 '하늘 같은 사람'이라고 했던 말이 다시 떠올랐다. '나는 과연 하늘 같은 사람인가?' 하는 물음이 시도 때도 없이 쳐들어오면서 범법자들에게 형량을 부과할 때면 그들에게 너무한 것 같았다. 할아버지가 자꾸 떠오른 탓이었다. 그들이 앉아 있는 자리에 할아버지가 앉아 있었다. 할아버지의 친일행위에 비하면 그들이 지은 죄는 아무것도 아니었다. 살인 강도를 제외하고는, 아니 그런 것까지도 다 포함될 수밖에 없었다. 그렇더라도 그들이 지은 죄는 개인에 한정된 범위였다면 할아버지는 민족 전체였다. 태평양 전쟁터로 이제 막 쫑긋쫑긋 올라오는 오뉴월 소나무 새순 같은 청년들을 몰아낸 것, 농부들이 피땀 흘려 농사지어 놓은 알토란 같은 곡식을 공출했던 문제는 그 범위가 너무 넓고 깊었다. 더욱이 농민들은 8할이 소작농이었다. 그런데 엄마와 남동생들 생각처럼 우리 할아버지만 그랬던 게 아니라는 것, 당시 관료는 어쩔 수 없다는 것, 그래도 그래서는 안 된다는 양심의 소리가 싸우기 시작했다. 승자는 하루에도 수십 번 바뀌었고, 나는 이 문제를 재판하는 판사가 되어 가고 있었다.

그렇게 나를 상대로 싸우는 동안 광복 70주년이 다가오고 있었다. 그때 야당의 한 국회의원이 자기 할아버지가 조선총독부 중추원 자리에 있었고 친일을 했다면서 할아버지를 대신해 국민 앞에 무릎을 꿇고 사죄를 한 것이었다. 앞으로 몸을 낮추고 죄송하게 살아가겠으니 지켜봐 달라고 했다. 그의 사죄는 간절했으므로 진실성이 보인다는 여론이 돌았다. 그런 식의 사죄가 두세 명이 더 이어졌을 때 복이가 나에게 전화를 했다.

"언니, 우리도 무언가 해야 하지 않아?"

"무언가를?"

"내가 나설까? 그래도 될까?"

"아니, 넌 그냥 있어."

막상 복이가 나서려고 하자 두려웠다. 또 그런 무거운 짐을 맏이인 내가 막내인 복이에게 맡아 달라고 할 수는 없었다. 혼란한 가운데 시간만 흘러가는데 광복 70주년이 3일 앞으로 다가왔을 때 충격적인 뉴스가 나왔다. 일본대사관 앞에서 위안부 할머니들을 위한 수요 집회 도중 한 참가자가 "아베는 진심으로 사죄하라! 친일파들은 지금도 떵떵거리며 살고 독립유공자 후손들은 지금도 거리를 헤매고 있다."고 외치며 분신자살을 한 것이었다. 분신자살자는 독립유공자로 80세 고령의 최현열 선생이라고 아나운서가 전했다. 뉴스를 들으며 안타까워하고 있는데 그때 윤태영이 준호가 갑자기 상태가 나빠졌다며 급히 연락을 했다.

"마지막인 것 같아."

내가 병원에 들어서자마자 윤태영이 슬픈 얼굴로 말했다. 준호가 우리를 향해 눈을 떴다. TV에서는 한평생 피눈물 나도록 가난하게 살아온 최현열 선생의 생애와 선생이 남긴 유서를 공개하고 있었다. 가난은 준호네와 다를 게 없었고, 선생은 일본

이 진심으로 사죄하는 것을 보고 죽으려고 80 평생 이날까지 견
뎌 왔는데 더 이상 인내할 힘이 남아 있지 않다고 했다. 더 이상
살 이유가 없어 차라리 목숨을 끊어 버리기로 했으며 마지막으
로 일본에게 반드시 사죄하지 않으면 저승에 가서라도 용서하
지 않겠다고 했다. 그런데 갑자기 준호가 입을 열었다.

"나도 한마디 보탤게. 일본이 우리 앞에 사죄하기 전에 먼저
친일파들이 우리 국민 앞에 사죄해야 한다는 것 잊지 마. 꼭 그
래야 해."

준호는 마지막 힘을 다해 말을 마치고는 눈을 감았다. 뉴스에
서는 최현열 선생이 이제 막 숨을 거두었다고 전했다. 공교롭게
도 불행한 독립운동가 후손 두 사람이 거의 같은 시간에 세상을
떠난 것이었다. 나이로 따지면 최현열 선생은 준호 아버지뻘이
었다.

"준호 덜 외롭겠지? 낯선 길, 그분과 함께 가게 되었으니."

"아버지 같은 분이니 그럴지도."

윤태영과 나는 그런 식으로 서로를 위로할 수밖에 없었다.

"준호 삶이 결국 이거였어!"

식어 가는 준호 손을 잡고 마음껏 울 겨를도 없이 영안실로
실려 가는 준호를 바라보며 윤태영이 소리쳤다. 소년가장 준호,
청년가장 준호, 연애를 할 줄도 할 형편도 못 됐던 청년 준호, 아
무도 불러 주지 않는 스펙 없는 목사 준호의 모든 고통이 그렇
게 끝나 버리고 말았다.

준호는 상주도 없이 장례를 치러야 했다. 준희와 준수는 좀처
럼 연락이 닿지 않았다. 설사 연락이 닿는다 해도 귀국 여부는

알 수 없는 일이었다. 해외 선교사들은 부모상을 당해도 귀국하지 못하는 경우가 허다했다. 처음으로 준희에게 공부하는 길로 이끌었던 일이 후회가 되었다. 정말 맹세코 처음으로 후회가 되었다. 평화시장 미싱사가 됐더라면 전도사가 되지 않았을 것이고, 준희 말대로 돈을 벌면서 형제들과 함께 살았을 것이었다.

"그때 적극적으로 막는 건데 그랬어."

윤태영도 준희 준수가 해외 선교지로 나간다고 했을 때 막지 못한 것을 후회했다.

"장본인은 나야. 평화시장에서 미싱사가 되겠다는 걸 공부해야 된다고 이끌어 낸 사람이 나잖아."

"아, 아니야, 어차피 인생은 혼자 왔다 혼자 가는 거잖아. 부모 형제들이 한 집에 모여 제아무리 재미나게 어울려 살아도 갈 때는 준호처럼 혼자 가잖아. 그러니 우리 그만 자책하자."

결국 윤태영이 나를 달랬지만 우리는 서로 후회하면서 외롭고 쓸쓸한 준호를 화장해 용인에 있는 납골당에 안치해 주었다.

준호가 사라져 버린 세상은 고요했다. 연극이 끝나 버린 후의 무대 같았다. 윤태영과 나는 연극이 끝나 버린 극장에서 어떤 허무로 하여 일어서지 못한 채 앉아 있는 관객처럼 그렇게 시간이 흘러갔다. 그렇게 고요한 시간을 보내다가 우리는 준호가 고향집을 세우겠다는 다짐을 생각했다.

"이 판, 죽음을 앞두고 집을 세우겠다는 다짐이 뭘 의미할까? 요한복음 2장 19절 말씀이 생각나기도 하고."

"예수님께서 '너희가 이 성전을 헐라, 내가 사흘 동안에 다시 일으키리라'는 말씀?"

"그래, 유대인들이 세운 성전은 장장 46년 동안 지었는데 그걸 헐라고 하시면서 3일 동안에 다시 일으켜 세우겠다고 하신 말씀. 물론 예수님 말씀은 예수님이 십자가에 못 박혀 죽임을 당한 후 3일 만에 부활한다는 의미였지만."

윤태영 말대로 죽음을 앞둔 처지에서 오랫동안 버려지다시피한 고향 집을 다시 세우겠다는 것은 정신의 부활을 의미한다는 생각을 갖게 했다. 그것은 또 준호가 우리에게 부탁한 말 "일본이 한국에 사죄하기 전에 친일파들이 먼저 우리 국민들 앞에 사죄해야 한다."는 것과 일맥상통했다.

그런데 나는 준호의 유언에 공감하면서도 그 공감을 현실적으로 표현하지 못한 채 혼란 속으로 빠져들었다. 솔직히 말해 공감할수록 그 공감으로부터 멀어지고 싶었다. 머리로는 그래야 한다고 생각하면서도 마음은 다른 길을 가는 것이었다. 복이 말대로 무슨 일인가를 해야 한다는 생각이 들 때면 한편에서는 그럴 수 없다는 이기심이 마치 방패처럼 차단하고 나섰다. 나는 나와 싸우면서 어느덧 남산공원에 오르고 있었다. 내가 살고 있는 집은 남산을 등에 업고 있어 울적해지면 집을 나와 남산공원으로 갔다. 그때마다 공원에 세워져 있는 안중근 선생 동상과 만났다. 그리고 그때마다 사람들이 동상 앞에서 두 손을 모으고 고개를 숙이는 모습을 자주 목격했다. 나도 그들처럼 선생 동상 앞으로 나가 고개를 숙이고 싶었다. 그러면서도 감히 선생 앞에 고개를 숙일 자신이 없었다. 나중에는 그런 장면을 목격할 때면 눈길을 다른 곳으로 돌려 버리고 말았다.

"사람이 자기 눈으로 가장 보기 힘든 게 무엇인 줄 아느냐?"

언젠가 아버지가 나에게 그런 질문을 하시면서 '사람은 자신의 허물을 자신의 눈으로 보는 걸 가장 두려워하는 법'이라고 했다. 아버지의 말씀대로 나는 할아버지의 손녀로서 허물을 의식하고 있는 것이 분명했다. 그렇다면 선생과 어떤 대척점에 서 있는지도 모를 일이었다. 일제 이토 히로부미를 사살한 선생과 일제에게 협력한 우리 할아버지의 손녀인 나는 분명히 상반된 거리에 놓여 있었다. 그런 생각을 하면서도 나는 선생의 동상을 의식했고, 점점 가까이 다가갔다. 마치 자석에 이끌리듯 선생이 나를 끌어당기는 것 같기도 하고 내가 선생에게로 끌려가는 것 같기도 하다가 결국 선생에게 사로잡히고 말았다. 그리고 선생 앞에서 나를 송두리째 털어내는 독백이 시작되었다.

"이제 와서 청산이라니요. 이미 지나간 과거를 청산한다 하여 그게 무슨 의미가 있을까요?"

내 입에서 마치 물이 흐르듯 문제의 말이 흘러나왔다.

"그럼 나도 묻겠네. 법이 죄인에게 벌을 주는 이유는 뭔가? 죗값을 치른다 하여 이미 저질러 버린 일이 원상 복귀될 수 없는데."

선생은 반성하지 않는 역사는 다시 반복된다는 것을 말하고 있었다. 반성하지 않는 잘못이 다시 반복되는 것을 막는 것이, 법이 존재하는 목적 중 하나였다. 범법자에게 죄의 대가를 치르게 하는 것은 반복을 막기 위한 수단이 아니던가.

"세계 어느 나라든 식민지를 지배하는 수단은 무자비한 폭력이었네. 그리고 부역자들은 제 민족에게 그 무자비한 폭력을 대

행해 준 가해자였지."

"그런데 그때 친일 안 한 사람 있으면 나와 보라고 하는 사람들도 있더군요. 그것도 당당하게 마치 항의하듯이, 친일은 총칼 앞에 어쩔 수 없이 행해진 민족의 비극이었다고, 그래서 친일을 한 사람들도 피해자라고 하면서 말입니다."

나는 내가 하고 싶은 말을 남들 핑계를 대면서 늘어놓았다.

"잘못도 시간이 너무 오래 흐르다 보면 그것이 당연한 것처럼 착각하게 되는 법 아닌가."

"착각하게 된다구요?"

"착각에 빠져 버리면 가짜가 진실 노릇을 하게 되는 수가 있네. 큰소릴 탕탕 쳐 가면서."

"그렇더라도 이제 와서 과거사 청산이라니요. 처벌할 수도 없는 일인데. 명예가 훼손된다고는 하지만 이미 다 누려 버린 명예인데, 이제 와서 훼손이 된들 고인들이 답답할 게 없는데 무슨 의미가 있을까요."

"공소시효를 말하고 싶은 모양인데. 그렇다면 모든 역사를 부인해도 되는지 묻지 않을 수 없군. 역사에는 공소시효가 있을 수 없네. 나라의 역사를 두고 공소시효를 운운하는 것은 역사 자체를 부인하는 일이니까. 이를 테면 내가 이토를 사살한 것도 부인할 수 있다는 말이네."

"친일을 부인한다는 것은 나라를 부인한다는 말과 같은 건가요?"

"또한 친일 권력이 해방 이후 그대로 이어져 왔다는 사실을 인정하는가?"

"인정합니다."

"해방 이후 계속 유지해 온 친일파들의 권력 특성이 곧 일제에게 배운 폭력성이었다는 것도 인정하는가?"

"일제에게 배운 폭력성이라니요?"

"일제에게 부역했던 친일경찰들이 해방 이후 고스란히 그 전례를 행사했다는 것, 독재 권력 아래 자행된 고문정치도 거기서 따온 것이었다는 사실을 아느냐고 물었네."

"아, 독재시대의 폭력성이라면 저도 알고 있어요."

무소불위 독재 권력과 그 아래 자행된 고문정치는 아버지가 가장 증오했던 문제였다. 고문은 식민지에서나 자행됐던 가장 포악하고 비인간적인 폭력이라면서 아버지는 치를 떨었다.

"그런데 한편으로는 이런 논리가 있어요. 독재든 뭐든 국민을 배부르게만 해 주면 된다는 생각, 열 명 죽여 백 명을 잘 살게 해 주면 문제 될 게 없다는 식의 논리 말입니다."

"오호라, 벤담의 공리주의. 최대 다수의 최대 행복론을 악용하는 말이군. 그거야말로 식민지를 지배하는 강대국들이나 악질 독재자들이 써먹은 가장 악랄한 생각이었지. 그런데 아직도 '그런 생각을 하는 사람들'이 존재한단 말인가!"

선생은 가슴을 치며 한탄하는 것 같았다.

"최대의 사회적 효용을 가져오는 행복을 중심으로 하는 밀의 공리주의라고 볼 수도 있지 않을까요."

나는 '그런 생각을 하는 사람들'의 논리를 대변하듯 말했다.

"그것 역시 폭력을 정당화하는 논리 아닌가."

선생은 슬픈 표정을 지으며 허공을 향해 심호흡을 퍼냈다. 그리고 다시 작심한 듯 입을 열었다.

"인간의 고유한 자유와 주권을 박탈당하면서도 배만 부르게 해 주면 상관없다? 배부름을 그리워하며 모세를 원망한 출애굽기 이스라엘 민족처럼 배고픈 자유보다 배부른 노예가 났다는 건가?"

나는 묵묵부답이고, 선생은 잠시 숨을 고른 뒤 다시 말을 이었다.

"먹고사는 문제에 목숨 거는 건 동물세계이지 사람이 아니네. 인간에겐 그 누구도 침범할 수 없는 고유한 주권이 있고 그것은 먹는 것 위에 있기 때문이지. 그런데 그 고유한 주권을 먹는 것과 바꾸게 되면 인간은 노예가 되는 것 아닌가. 인간이 어찌 빵과 주권을 바꿀 수 있단 말인가. 그렇다면 나도 이토를 죽이지 않았을 거네."

선생은 모세의 출애굽기를 통해 인간의 주권문제를 거론했다. 이방의 나라 애굽 땅에서 장장 400년 동안이나 대대로 노예생활을 하는 이스라엘 민족을 모세가 조상의 땅 가나안으로 인도하는 출애굽기는 자유나 주권보다 굶는 것을 더 두려워한 현실을 보여준 이야기다. 그때 가나안으로 가는 도중 광야에서 먹을 것이 없어 굶주림에 시달리게 되자 애굽 땅에서 바로 왕의 채찍 아래 노예생활을 할 때는 적어도 배불리 먹고 살 수 있었다며 모세를 원망하는 사건이었다. 먹고사는 문제에 목숨 거는 건 동물이지 사람이 아니라는 것, 인간에겐 고유한 주권이 있고 그걸 잃으면 노예에 다름 아니라는 것은 법의 정의였으므로 법을 공부한 나야말로 어느 누구 못지않게 잘 알고 있었다. 그래서 선생 말씀에 적극 공감하면서도 과거사 청산문제에 대해서는 좀처럼 생각이 정리되지 않았다.

"그렇더라도 해방된 지 70년을 넘어 백 년을 향해 가고 있는데 이제 와서……."

나는 자꾸 '이제 와서'를 반복했다.

"70년이 70번을 넘어도, 백 년이 백 번을 넘어도 해결해야 할 일은 해결해야 하네. 잘못된 과거는 미래의 암초가 되는 법이니까. 암초는 순탄한 항해를 방해하게 마련이니까."

나는 대답도 질문도 하지 못했다. 지당하신 말씀이라 할 말이 없었다.

"일본이 우리를 보면서 속으로 웃고 있다는 걸 알아야 하네."

"그들이 우리를 보고 웃다니요?"

"현지인의 적극적인 도움 없이는 남의 나라를 지배할 수 없는 것 아닌가."

선생은 내 동생 복이와 똑같은 말을 했다. 복이도 늘 그런 말을 강조해 왔고, 그럴 때마다 엄마와 남동생들과 언쟁이 벌어졌다.

"우리가 우리에게 사죄하지 않으면서 일본에게만 사죄를 하라고 요구하는 건 어불성설이라는 말이네."

이번에는 준호가 남긴 말과 똑같은 말을 했다.

"아, 그 말은 제가 사랑했던 사람, 늘 연민했던 사람 김준호 목사가 최후에 남기고 간 말이에요. 일본이 우리에게 사죄하기를 바라기 전에 우리가 우리에게 먼저 사죄하는 것이 더 급하다는 말을 남기고 하늘나라로 떠난 사람이 있어요."

"그럼 그가 한 말에 공감하는가?"

나는 또다시 말이 막히고 말았다. 공감한다고 하면 행위가 따라야 할 것이었다. 그렇다고 공감하지 못한다고 할 수도 없었다.

"주위를 조금만 둘러봐도, 고치지 못한 나쁜 버릇처럼, 지금도 버젓이 친일에서 얻은 권력이 제 후손에게 이모저모로 세습되고 있다는 걸 알 수 있을 것이네."

"그럼 어떻게 해야 할까요?"

"나누어야지. 권력을 독점하여 지속하려고 할 게 아니라 나누어야 한다는 말이네. 권력도 지구처럼 돌면서 사계절을 만들어야 따뜻한 나라, 좋은 나라가 되는 법이니까."

서양 속담에 구르는 돌에는 이끼가 끼지 않는다는 말이 떠올랐다. 권력도 구르는 돌처럼 굴러가야 이끼가 끼지 않는다는 말이었다.

"남의 땅도 오래 소작을 하다 보면 자기 땅으로 착각하듯이, 권력도 세습되거나 어떤 특정 집단이 계속 독점하다 보면 죽어도 내놓기 싫어지게 마련이지. 꼭 빼앗긴 것만 같아서."

꼭 빼앗긴 것 같다는 말에 공감했다. 어떤 모양으로든 윗대로부터 권력이 세습된 사람들이나 오래도록 권력을 잡은 집단은 선거 때만 되면 '정권을 빼앗길 수 없다'는 말을 입버릇처럼 하는 걸 수없이 들어 왔기 때문이었다.

선생의 동상 앞에서 나의 독백은 그쯤에서 끝났다. 그리고 준호가 남긴 유언 "일본이 우리에게 사죄하기 전에 우리가 우리에게 먼저 사죄해야 한다"는 당부를 실천에 옮기기로 마음먹었다. 먼저 옷을 벗기로 했다. 내가 판사가 되어 세상 문제를 판결하는 것은 거기까지라는 판단 때문이었다. 늦었지만, 늦어도 너무 늦었지만, 이제부터라도 나의 할아버지를 판결해야 하는 판사가 되기로 했다. 사표를 법원에 제출하면서 준호가 죽음을 앞두고 고향 집을 새로 세우겠다는 다짐과 자기 할아버지와 아버지의 정신을 이 땅에 다시 세우겠다는 말을 생각했다. 그리고 준호와 반대로 나는 우리 고향 집을 해체하기로 마음먹었다. 준호가 고향 집을 새로 세우려고 한 것은 자기 할아버지의 자랑스러운 정신을 세우려는 것이었다면, 나는 우리 고향 집을 해체하여 우리 할아버지의 부끄러운 과거를 지워야 할 것이었다.

불꽃 속으로

법을 배우던 시절 우리는 우리의 뼈를 정의로 갈아 끼워야 했다. 나중에 버리더라도 그때는 그래야 했다. 우리는 앉으나 서나 "정의란 사회나 공동체를 위한 옳고 바른 도리이다. 정의란 바른 의의다."라고 외웠다. 머리로 외우는 것이 아니라 가슴으로 외워야 한다고 배웠다. 가르치는 사람들이 가슴으로 외워야 한다고 누누이 강조했지만 어디로 외우든 그것은 각자 자유였다. 그리고 버리는 것도 각자 자유였다. 가르치는 사람들도 가르치고는 대부분 버렸다. 버려진 정의가 길바닥에서 발밑에 밟혔다. 밟히다가 대부분 죽었다. 준호도 길바닥에 구르다 발밑에 밟혀 죽고 말았다.

— 준호 납골당에서

우리 집은 백 년 나이를 먹었는데도 새집 같았다. 아저씨가 관리를 잘한 탓이기도 하지만 할아버지가 생전에 분신처럼 아낀 탓이었다. 안채부터 사랑채까지 둥근 기둥이 옛날 그대로 있다는 것도 새삼스러웠다. 할아버지는 집을 수리할 때 기존 네모기둥을 둥근 기둥으로 바꾸었다. 내가 초등학교 3학년 때쯤 어느 날 거대한 소나무가 집 안으로 실려 들어왔고, 뒤뜰에서 인부들에 의해 연일 뚝딱거리는 소리와 대패질 소리가 어우러졌다. 엄마는 그게 우리나라에서 제일 유명한 충청남도 안면도의 붉은 조선 솔, 안면송인데 경복궁을 지을 때 사용한 소나무라고 했다. 엄연히 불법임에도 할아버지는 능히 그것을 가져올 수 있다고 자랑스럽게 말했다. 그때 나는 열 살이었고 지금 57세이니 안면송은 50여 년에 다다른 것이었다. 그럼에도 아직 붉은 기운을 띠고 있었다. 둥근기둥은 사각기둥보다 더 튼튼해 보이기도 하지만 대궐이나 사찰 등에 세운 기둥이라 웅장해 보이는 것이 특징이다.

엄마도 할아버지처럼 집을 몸처럼 아끼면서 조상들이 살아온 집터가 좋아 윗대부터 관직에 앉아 사람구실을 하는 거라고 쉼 없이 읊었다.

"용머리가 둘이나 겹친 자리라고 하시더라. 용이 하나도 어려운데 쌍용인 거야."

할아버지 사랑채 대청마루에서 바라보면 경기 이천에서 가장 높은 원적산이 똑바로 보이고 최고봉 천덕봉이 용처럼 보였다. 산은 보는 방향에 따라 다소 차이가 있게 마련인데 할아버지 사랑채에서 보면 산은 동편에서 뻗어 남쪽으로 둥글게 이어지면서 용머리가 겹쳐 보였다. 할아버지는 우리 집터와 산봉우리가 딱 맞아떨어지는 명당이라면서 자손이 대대로 관직을 이어 갈 것으로 믿었다. 할아버지는 풍수지리에 예민했다. 마을사람들도 집을 지을 때나 이사를 할 때, 사람이 죽어 산소를 정할 때 할아버지를 찾아와 자문을 구할 정도였다. 나도 몇 가지 얻어 들은 게 있었다.

천지의 생기가 땅을 통해 인간에게 미치고, 묏자리와 집터의 지맥은 인간의 혈맥과 똑같은 것이었다. 집터를 양택陽宅풍수라 하고, 묏자리를 음택陰宅풍수라고 했다. 집터나 묏자리를 잘 택하면 자손이 잘되고, 이 둘을 잘못 택하면 자손이 잘 되지 못한다고 했다. 집터나 묏자리를 볼 때 중요한 것이 간용법看龍法이었다. 용은 산의 형상과 시작과 끝, 높낮이 등, 산의 형세를 말해 준 것인데 산 모양이 용이 꿈틀거린 것처럼 보인다 하여 붙여진 말이다. 용의 흐름이 부드럽고 균형이 잘 잡히고 웅장하면서 전체적인 조화가 잘 이루어져 있어야 명당이다. 간용법에는 열두 가지 격이 있고 좋은 용은 생룡生龍, 강룡強龍, 순룡順龍, 진룡進龍, 복룡福龍 등 다섯 가지라면, 나머지 사룡死龍, 약룡弱龍, 퇴룡退龍, 역룡逆龍, 병룡病龍, 겁룡劫龍, 살룡殺龍 등 일곱 개 용은 흉용이다. 할아버지는 이것들을 먹물로 그려 놓았는데, 길한 용은 산이 모두 높은 것과 결이 곱게 한길로 가지런하게 흐르는 공통점이 있었다. 흉용은 결이 불규칙하게 흩어져 있을 뿐만 아니라 거칠고 날카로웠다. 그중에 가장 나쁜 용은 겁룡과 살룡이었다.

모르긴 해도 원적산은 이 모든 것을 충족하고 있는 듯했다.

할아버지는 가끔 서울에서 아파트를 살 때도 산을 보고 골라야 한다고 일렀다. 서울 사람들은 강변에 위치한 집을 웃돈 주고 사는데, 그게 아니라고 했다. 물이 흘러 들어올 때는 좋은 것을 가져오고 흘러 나갈 때는 나쁜 것을 씻어 내려가긴 하지만 물이란 좋은 것과 나쁜 것을 함께 가져오기도 하고 함께 씻어 내릴 수도 있어 반드시 좋은 것만이 아니라는 것이다. 그런데 산은 안으로 깊이 품는 법이라고 했다. 산이 무너지지 않는 한 그럴 것이었다. 할아버지 말씀 탓인지 나는 무의식적으로 집을 살 때 강이 아닌 산을 중심으로 사게 되었다. 산 중에서도 서울 중심에 자리 잡고 있는 남산을 위주로 샀다.

"너희 할아버지가 집을 분신으로 여겼던 것은 너희들 장래 때문이었다. 그러니 너희들도 할아버지의 뜻을 잘 받들어 집을 소중히 해야 한다."

엄마는 집을 할아버지의 정신으로 우러르면서 할아버지의 유지를 받드는 것처럼 늘 그렇게 말했다.

마당을 지나 꽃밭이 있는 뒤뜰로 갔다. 아저씨의 보살핌으로 뒤뜰 꽃밭도 옛날 그대로였다. 접시꽃, 백합, 장미, 다알리아, 해바라기 등등 수십 가지 꽃이 제각각 때를 따라 피었다.

"지금은 세상이 변해서인지 뜬금없이 꽃이 핀다네."

아저씨가 활짝 핀 접시꽃을 가리키며 어이없다는 듯이 말했다. 생각해 보니 맞는 말이었다. 접시꽃은 한여름에 피는 꽃이었다. 어릴 때 꽃밭에서 한 살 아래인 사촌 여동생 순과 함께 놀았다. 순과 함께 여름이면 접시꽃잎을 따 콧등에 붙이고 나비 흉내를 냈다. 접시꽃은 빨간 것, 하얀 것, 분홍, 세 가지로 피었다. 나는 언제나 빨간 것이나 분홍 꽃잎을 붙이고 순은 언제나 하얀 꽃잎을 붙였다. 순은 할아버지 작은댁이 낳은 아들의 딸이었다. 순은 이름처럼 순하고 착했지만 엄마는 순을 미워했다. 작은할머니가 백여우이기 때문에 작은할머니 자식들도 백여우라는 것이었다. 그래서 접시꽃잎을 코에 붙일 때도 털이 하얀 백여우처럼 하얀 것을 붙인다고 했다. 순이 하얀 접시꽃을 붙인 것은 내가 빨간 것과 분홍을 선점한 탓이었다. 순은 빨간 것이나 분홍을 붙이고 싶어도 감히 손을 댈 수가 없었다. 나는 순을 미워하지는 않았지만 언제나 내 권한을 침범하지 못하도록 선을 그었다. 순에게 누명을 씌운 적도 있었다.

어느 날 할아버지가 무척 아끼는 벼루를 떨어뜨려 깬 적이 있었다. 할아버지는 나와 순에게 종종 먹 갈기를 시켰다. 먹을 가는 시간은 생각하는 시간이라고 하시면서 어려서부터 생각하는 습관을 길러야 한다는 것이었다. 할아버지 말씀대로 먹을 갈 때는 손놀림을 빨리 할 수가 없었다. 둥글게 원을 그리며 갈아야 하는 탓에 자연히 어떤 생각에 빠지기 마련이었다. 진한 농묵으로 갈 때는 시간이 두세 배나 더 걸려 생각하는 시간도 그만큼 더 길어졌다. 먹을 갈고 난 다음 보관할 때마다 나무 상자에 넣어 문갑에 넣어야 했다. 내가 먹을 갈 차례가 되었을 때, 문갑에 넣다 그만 벼루 상자를 떨어뜨려 깨고 말았다. 그때 잠시 할아버지는 밖에서 바람을 쏘이고 들어오셨는데 나는 순이 깼다고 거짓말을 했다. 증조할아버지 때 중국 사람으로부터 선물 받은 것이라며 할아버지가 무척 아끼던 것이었다. 할아버지는 화를 내지 않았다. 엄마는 할아버지가 화를 내지 않는 것은 순이 할아버지의 사랑을 빼앗은 탓이라고 흥분했다. 나는 그렇게 생각하지 않았다. 할아버지는 나를 순보다 더 아낀다는 믿음이 있었다. 할아버지는 언제나 내 편이며 나만을 위한다고 생각한 것은 결코 착각이 아니었다.

할아버지는 내가 초등학교에 입학하는 날부터 나를 학교에 데려다 주고 오후에 데리러 오셨다. 하얀 두루마기를 바람에 펄럭이면서 머리엔 밤색 중절모를 쓰고 내 손을 잡고 학교 정문까지 데려다 주시고, 학교가 끝날 시간이 되면 다시 학교 정문에서 기다렸다. 초등학교 2학년까지 그렇게 했다. 학교 선생님들도 할아버지께 허리를 굽혀 인사를 했다. 나는 의기양양하게 할아버지 손을 잡고 학교를 오갔다. 유명한 안데르센 동화책을 다른 아이들보다 먼저 읽을 수 있는 것도 할아버지의 덕택이었다. 할아버지는 새로 나온 동화책을 모조리 사들여 나에게 읽게 했고, 우리나라 전래동화를 밤마다 이야기해 주셨다. 할아버지가 이야기해 주신 전래동화는 주로 충효에 대한 것이거나 어렵게 공부한 선비들의 형설지공 같은 이야기임에도 나는 무척 흥미를 느꼈다.

책을 많이 읽고 할아버지로부터 이야기를 많이 들은 탓인지, 나는 초등학교 2학년부터 일기를 쓰기 시작했다. 선생님은 내가 쓴 것이라고 믿지 않았다. 그럴 때마다 할아버지가 나를 칭찬했다. 순도 글을 잘 썼지만 할아버지는 언제나 나를 칭찬할 뿐, 내놓고 순을 칭찬하지 않았다. 그럼에도 엄마는 순을 나의 경쟁자로 몰며 경계했다.

"백여우들이 할아버지의 사랑을 빼앗아가지 못하게 무엇이든

순이보다 잘해야 한다."

순은 아무리 봐도 백여우는 아니었다. 얼굴은 동그랗고 윤곽
이 뚜렷하게 잘생겼었다. 눈은 쌍꺼풀이 지고 도톰한 입술은 앵
두처럼 붉었다. 나는 얼굴이 갸름하고 쌍꺼풀도 없고 몸은 말랐
다. 나는 걸핏하면 감기에 잘 걸리고 순은 언제나 건강했다. 우
리는 같은 초등학교에 다녔다. 나는 노래를 잘한다는 말을 들었
다. 순도 노래를 잘했다. 나는 학교에서 전속으로 뽑혀 방송실
에서 노래를 불렀다. 운동장으로 내 노래가 울려 퍼졌다. 그런
일로 나는 학교에서 우상이 되었다. 순의 노래도 나오기 시작했
다. 선생님과 아이들이 순에게도 칭찬을 했다. 그때부터 나도 순
이 경계가 되었다. 엄마처럼 순이 미워지기 시작했다.

지금 순을 만난다면 사과하고 싶다. 아니 찾아가서라도 사과
하고 싶다. 그때 우리가 갑이라면 그들은 을도 못 된 병이었고,
우리가 힘이 센 오른팔이라면 그들은 힘이 약한 왼팔이었기 때
문이다. 내가 느끼기에 아버지는 그들을 미워하지 않았다. 내가
초등학교 때 작은아버지가 아팠다. 서울에 있는 대학병원에 다
녀올 때마다 우리 집에 들렀다. 그때 가족들이 모두 모였는데,
작은아버지가 당뇨라고 했다. 당뇨병이 어떤 병인지 알지 못했
지만 아버지가 '미국 어느 병원으로 인슐린을 주문'한다는 것으
로 봐 중병이라는 걸 짐작할 수 있었다. 자꾸 말라 가는 작은아
버지는 결국 죽고 말았는데 아버지는 작은아버지가 죽고 난 후
작은아버지 이름을 부르며 "현이 너도 가엾기 짝이 없구나."라며
혼잣말을 하는 것이었다. 서자라는 이름으로 설움 받은 걸 한탄
한 것이었다. 내가 생각해도 서자나 적자나 인간이 태어난 것은

똑같은 이치일 뿐이었다. 신분이란 사람이 만들어 놓은 제도에 불과했다. 아버지도 지금의 내 마음 같았다는 걸 이제 이해할 수 있을 것 같다.

할아버지는 작은댁 소생인 아들을 많이 사랑했던 것이 사실이다. 작은댁 아들로 태어난 것이 가여우니 재산이라도 많이 주어야 한다는 것이었다. 반포 일대가 논이었을 때, 수천 평 논을 떼어 주고도 모자라 제주도 마장을 물려주었다. 작은아버지의 자식들은 우리보다 두 사람이 더 많은 6형제인데 그들은 할아버지가 물려준 부동산으로 주로 사업을 하면서 풍족하게 사는 것으로 알고 있다. 그나마 엄마의 위안이 되는 것은, 우리 형제들과 달리 작은댁 소생들 가운데 단 한 사람도 고위층 관료나 판사나, 의사, 교수 등 엘리트 급이 없다는 것이다.

우리 집 꽃밭에도 나비가 날았다. 그런데 문득 우리 집 나비와 준호네 집 나비가 다르다는 생각이 들었다. 우리 집이나 준호네 집이나 비어 있기는 마찬가지인데 우리 집 나비들은 그냥 예쁜 곤충일 뿐이었다. 우리 집 나비들도 내 옷자락이며 손등을 스쳤지만 별다른 느낌이 느껴지지 않았다. 대신 사촌 여동생 순을 떠올렸다. 내 앞에서 늘 기가 죽어 있던 순은 나비처럼 말이 없었다. 순뿐만 아니었다. 나에게 작은아버지인 순의 아버지도 말이 없기는 마찬가지였다. 할아버지 말씀대로 그들은 가엾은 사람들이었다. 우리 집의 나비는 그 정도밖에 은유할 것이 없었다. 그런 생각에 젖어 있는데 이번에도 불쑥 남자가 나타났다.

"여긴 또 웬일이야?"

나보다 아저씨가 깜짝 놀랐다. 달갑지 않다는 표정이었다.

"집 크다! 처음 들어와 봤어요."

"처음은 무슨 처음이야. 어서 나가."

남자는 우리 집에 처음 들어온 것처럼 놀라고, 아저씨는 처음이 아니라는 식으로 말했다. 처음이든 아니든 남자는 우리 집에 무척 오랜만에 와 본 모양이었다. 남자는 우리 집을 보고 놀라면서도 정작 집에는 관심이 없었다.

"여기도 나비가 많긴 한데, 이 나비들은 그 나비들과 다르지."

아저씨는 당황한 표정으로 남자를 몰아내려고 애썼지만 남자는 아랑곳하지 않았다.

"어허, 어서 나가래두."

아저씨는 급기야 나가라고 명령했지만 남자는 여전히 들은 척 마는 척하면서 나비들을 향해 묘한 표정을 지었다. 얼굴 양미간을 찡그리며 슬픔에 젖는가 하면 무엇인가를 비웃는 것처럼 조소를 흘리기도 했다. 남자는 자꾸 나비를 향해 팔을 뻗치고 나는 남자의 팔목에 끼워져 있는 나비 팔찌를 보았다. 매듭으로 된 밤색 끈에 매듭으로 만든 하얀 나비였다. 나, 윤태영, 준호가 낀 것과 똑같은 것이었다. 순간, 남자와 무슨 말인가 해 보고 싶은 충동이 솟구쳐 올랐다.

"준호네 집 나비와 우리 집 나비가 어떻게 다른가요?"

"뭐해, 어서 나가라니까."

아저씨가 내 말을 무시하면서까지 남자를 독촉했다. 아저씨가 내 말을 무시하는 건 지금까지 단 한 번도 없었던 일이었다. 남자의 입을 막으려고 하는 아저씨의 행동이 이상하다는 생각이 들었다.

"자네, 오늘 서울로 올라갈 건가?"

아저씨는 재빨리 다른 말을 했다.

"아니요. 며칠 쉴까 해요."

"그러면 방에 불이라도 넣어야겠어."

"날씨가 따뜻한데 뭘요."

"낮엔 따뜻해도 밤엔 추워지거든."

"그럼 사랑채에 넣어 주세요."

나는 대답을 하면서도 남자를 주시했다.

"우리 할아버지가 돌아가시기 전에 다 말해 주었거든. 슬픈 나비 이야기."

남자는 이번에도 알 수 없는 말을 되풀이하면서 야릇한 미소를 지어 보이고는 집 밖으로 사라졌다.

"사랑채에서 자려고?"

아저씨는 안방에서 자지 않고 사랑채에서 자겠다는 말에 뜻밖이라는 표정을 지었다. 아저씨에게 남자가 한 말이 무슨 뜻인지 묻고 싶었지만 아저씨는 기회를 주지 않으려는 눈치였다. 그만 포기하고 말았다.

"오랜만에 할아버지 방에서 자고 싶어서요."

"하긴 어르신께서 자네를 유별나게도 아끼셨지. 천하에 당신만 손녀딸 가진 줄 아셨으니까. 자네 초등학교 다닐 때 학교에 데려다 주느라 손녀딸 손을 꼭 잡고 걸어가는 모습이라든지, 식사를 하실 때마다 옆에 앉혀 놓고 생선뼈를 발라 먹여 주시던 모습이 꼭 엊그제처럼 선하구만. 그뿐인 줄 아는가. 손녀딸을 위해 꽃을 심으라고 나에게 당부하신 것도 모자라 손수 어디선가 꽃을 구해 오기도 하셨지."

"그런 말 처음 들어요."

나를 위해 꽃을 심으라고 했다는 것과 할아버지께서 손수 꽃을 구해 오셨다는 건 처음 듣는 말이었다.

"자네가 태어나기 전에는 뒤뜰이 채소밭이었고, 꽃이 있어 봐야 가장자리에나 있을 뿐이었지. 그런데 자네 첫돌 잔치를 하고 나자 느닷없이 꽃밭을 만들라고 하시지 뭔가. 집 안에 꽃밭을 만들면 자손들이 세상 사람들로부터 꽃처럼 찬사를 받는다는 말이 있기는 하지만."

아저씨 말대로 할아버지는 나에게 지극정성이었다. 엄마는 내 위로 손자를 두 명이나 잃은 탓이라고 했지만, 남자가 가문을 잇는 호주제를 가문의 철칙으로 삼는 할아버지가 여자로 태어난 나를 그토록 아낀 것은 성차별을 하지 않았다고 할 수 있었다. 집 안에 꽃을 심으면 꽃처럼 찬사를 받는다는 말이 있다는 아저씨 말대로 할아버지의 후광은 늘 따뜻하고 평화로웠다. 우리 군내에서 어딜 가든지 할아버지 이름만 대면 금세 사람들의 말씨와 태도가 바뀌었다. 두 손을 모으고 머리를 조아리며 깍듯이 인사를 할 때마다 마치 우리 집 뒤뜰 꽃밭에서 꽃을 바라볼 때처럼 행복했다. 한마디로 권력의 향기는 참 좋았다. 내가 누린 모든 것은 할아버지가 누린 권력에서 우러나오는 것이었다. 나는 겨울을 제외하고는 꽃밭에서 놀기를 좋아하고, 언젠가 할아버지가 꽃밭으로 오셔서 "이런 것들이 그리도 좋은 게냐?"라고 물으셨다. 나는 그때 할아버지의 행복한 표정을 보았다.

그때 행복해하시던 할아버지를 생각하면서 사랑채에서 하룻
밤을 잤다. 그리고 다음 날 사랑채 마루에 앉아 대문을 유심히
바라보면서 일제에게 대문을 빼앗긴 준호네 집을 떠올렸다. 문
득 준호네 집 대문을 새로운 나무로 세워 주는 것이 아니라, 우
리 집 대문이 준호네 집으로 옮겨 가야 옳다는 생각이 들었다.
일제가 떼어 낸 것을 우리 집 걸로 달아 주면 뭔가 털끝만큼이
라도 보상이 될지도 모를 일이었다. 그런 생각을 하면서 아저씨
를 향해 입을 열었다.
　　"우리 대문 떼어다 준호네 집에 달아 줘야겠어요."
　　"그게 무슨 소린가?"
　　아저씨가 어리둥절했다.
　　"그렇게 좀 해 주세요."
　　"멀쩡한 대문을 떼어다 남의 집에 달아 주라니? 지금 제정신
으로 하는 소리야?"
　　아저씨는 놀란 나머지 나에게 옛날처럼 해라체 반말을 했다.
　　"그럼요. 지금까지 살아오면서 지금처럼 정신이 맑았던 적 없
었어요. 재판을 하면서도 없었을 정도로."
　　나는 유신시대에 아버지가 한남동 할아버지 앞에서 했던 말
을 그대로 했다. 그때 아버지는 학교에 사표를 냈고, 한남동 할
아버지는 정신이 있는 거냐고 호통을 쳤다.
　　"무슨 뜻인지 모르지만 자당께서 아시면 기절초풍하실 일이
네."
　　아저씨와 밀고 당기기를 하느라 하루를 보내고 말았다. 다음
날까지도 아저씨는 내 말을 이해하지 못했다.

"우리 집 대문은 우리나라에서 제일 좋은 목재를 골라 달 생각이에요. 이제 이해가 되시죠?"

"그렇더라도 일을 이렇게 급작스럽게 하는 법이 어디 있나. 그도 그렇지만 오래된 고택 대문은 함부로 떼고 붙이는 게 아니네. 설사 교체한다고 하더라도 자당 어른께 허락을 받는 게 순서 아닌가. 뒷감당을 어찌 하려고."

아저씨의 말은 구구절절 옳은 말이었다.

"저 이 집 맏이고, 저도 이제 그만한 일 판단하고 결정할 나이가 되었다고 생각해요."

아저씨는 한참 동안 하늘을 응시하더니 고개를 끄떡였다.

"알았네. 우리나라에서 제일 좋은 것으로 바꾼다는 데야……. 어르신께서 당신 몸처럼 아끼셨던 집이니 아마도 기뻐하시겠지."

나는 우리 대문을 세상에서 가장 좋은 나무로 교체한다는 말로 아저씨를 겨우 설득시켰다. 내 말은 거짓이 아니었다. 우리집을 해체하려고 한 것은, 비유할 바는 아니지만 예수님의 부활을 의미하는 말씀 "너희가 이 성전을 헐라, 내가 사흘 동안에 다시 일으키리라"는 신약성경 요한복음 2장 19절 말씀처럼 우리 가문을 새로 태어나게 하려는 시도에 다름 아니기 때문이다.

아저씨는 요즘엔 사람 구하기가 하늘의 별 따기라면서 사흘이나 지난 다음에야 일꾼들을 구해 왔다. 대문을 분리하기 위해 세 명의 일꾼들이 대문 앞에 섰다.

"멀쩡한 대문을 왜 뜯어내지? 이런 적송은 돈 주고도 못 구하는 것인데."

"열고 닫기가 좀 무거워야지. 요즘에는 가벼운 게 제일이잖
아."

"맞아, 가벼운 걸로 달려고 그러겠지 뭐."

일꾼들이 한마디씩을 하면서 대문을 움직이기 시작했다. 그
들 말대로 우리 집 대문은 1985년 할아버지가 새로 교체한 것이
었다. 할아버지는 대문을 교체하고 두 달 만에 돌아가시고 말았
다. 그때 엄마와 김 씨 아저씨가 대문을 새로 교체하고 제대로
사용해 보지도 못하고 돌아가셨다고 안타까워했던 일이 떠올라
가슴이 몹시 쓰라렸다. 일꾼들의 손놀림이 빨라지면서 우지끈하
는 소리가 마당을 울렸다. 할아버지의 척추가 분리되는 듯했다.
가끔 장죽을 물고 먼 산을 바라보시던 할아버지 얼굴이 허공 가
득 어른거렸다. 나는 이를 악물고 할아버지를 향해 중얼거렸다.

"할아버지, 훌륭한 대문으로 교체해 드릴게요. 더 좋은 걸로
갈아 끼우기 위해 우린 아파야 해요."

대문은 마치 오래된 성이 무너지듯 우지끈 소리를 수십 번 낸
다음에야 자리에서 떨어져 나왔다. 일꾼들이 서둘러 대문을 트
럭에 싣고 준호네 집으로 가 버렸다.

나는 대문이 사라져 버린 공간에서 눈을 떼지 못했다. 새로운
하늘과 바람이 빈 공간을 통해 자유롭게 펼쳐졌다. 그리고 남
자가 소리 없이 들어섰다. 나는 기다렸다는 듯이 남자를 반갑게
바라보았다. 엊그제 그가 했던 말, 자기 할아버지가 해 주었다는
말이 무엇인지 물어보고 싶었다.

"아저씨의 할아버지께서 해 주셨다는 말씀, 그게 무슨 뜻이
죠?"

남자가 주춤하더니 주변을 두리번거렸다. 김 씨 아저씨를 찾는 눈치였다.

"아저씨, 하리에 가셨어요."

아저씨가 안 계신다고 말을 했는데도 남자는 쉽사리 안심하지 못했다. 주변을 자꾸 두리번거리면서 고개를 살래살래 흔들었다.

"왜 그러시죠?"

"우리 할아버지가 무덤에 갈 때까지 절대로 입을 벌리면 안 된다고 했거든. 낮말은 새가 듣고 밤말은 쥐가 듣는다고 하셨거든."

"그럼 하나만 물어볼 게요. 불 지를 집이 따로 있다고 했는데 그 집, 어느 집이죠?"

"그건……, 나비가 다른 집이지. 슬픈 나비가 사는 집 말고, 기쁜 나비가 사는 집."

"기쁜 나비가 사는 집이라구요? 사실 세상 모든 나비는 다 기쁜 나비잖아요."

"아니, 아니, 이건 슬픈 나비지."

남자는 왼팔을 하늘로 번쩍 치켜들며 나비 팔찌를 보여 주었다. 나는 유심히 남자의 나비 팔찌를 바라보았다. 하얀 매듭으로 만든 나비가 허공을 향해 날갯짓을 하는 것처럼 보였다.

"할아버지가 무덤에 갈 때까지 입을 열지 말라고 했거든. 함부로 입을 열면 죽는 수가 있다고 했거든."

남자는 말을 할 때마다 어미를 '거든'과 '이지'를 붙여 짧게 말했다. 단순한 것 같은데 결코 단순한 사람이 아니었다. 무덤을 운운하는 걸로 봐 쉽게 입을 열 것 같지 않았다. 손끝에서 잡힐 듯, 잡힐 듯, 살랑거리는 잠자리처럼 입을 열 듯, 열 듯하면서 좀처럼 입을 열지 않는 남자는 이번에도 잔뜩 애만 태우고는 온다 간다 말도 없이 사라져 버리고 말았다.

나는 다시 남자를 만나보고 싶었다. 김 씨 아저씨가 없는 사이에 그를 만나볼 생각으로 남자의 집을 찾아 하리로 갔다. 그렇지 않아도 남자의 집에 세워 두었다는 나무 소녀상을 보고 싶었다. 마을사람들이 가르쳐 준 남자네 집은 준호네 집과 반대방향이었다. 아저씨를 따돌리기에 좋은 위치였다. 남자네 집은 낮은 담장에 대문도 있으나마나였다. 내 어깨 높이 만큼인 철 대문이 열려 있었다. 남자는 보이지 않고 정말 마당에 세워 놓았다는 장승 같은 게 보였다. 말이 소녀상이지 장승과 똑같았다. 집 안으로 성큼 들어섰다. 나무 가까이 다가갔다. 내 키의 절반쯤 되는 나무를 머리 아래 목 부분만 들어가게 깎아 놓았고 몸통은 나무 그대로였다. 가슴에 해당하는 중간부분에 '김경순'이라는 글자가 새겨져 있고 목에는 예쁜 수가 놓아진 손수건이 둘려져 있었다. 나는 나직이 소리 내어 이름을 읽었다. 그때 등 뒤에서 남자 목소리가 들려왔다.

"준호 고모 이름이지."

남자는 의기양양하게 말했다.

"그분 이름이 김경순이었군요?"

"저기 가면 묘가 있는데, 그래도 김경순은 죽지 않았지."

"묘가 있는데 죽지 않았다구요?"

"여기에 살아 있지. 여기와 여기에."

남자는 소녀상과 자기 가슴을 탁탁 치면서 진지한 표정을 지었다.

"아, 그렇군요. 그런데 마당에다 왜 이걸 세웠죠?"

"그건……, 그건 비밀이지."

남자는 비밀이라고 하면서 주위를 둘러봤다. 김 씨 아저씨를 의식한 것 같았다.

"괜찮아요. 아저씨 안 와요."

"우리 할아버지 유언이었지. 죽을 때 남긴 말."

아무래도 남자의 할아버지와 준호 고모와 무슨 관련이 있어 보였다.

"그런데 불을 질러야 할 집이 따로 있다고 했잖아요. 그 집이 어떤 집인지 말해 줄 수 있나요?"

나는 이쯤이면 남자가 입을 열 것이라는 기대를 하면서 바짝 조이기 시작했다.

"불을 질러야 할 집이 아니라, 불이 나게 되어 있는 집이지."

법정에서 흔히 죄인들이 처음에 진술했던 말을 바꾸듯 남자도 처음에 했던 말을 바꾸는 것이었다. 지능이 모자란 사람으로 봤던 게 잘못이었다. 어쩌면 나보다 한 수 위인 것 같다는 생각이 들었다. 이럴 때는 바로 치고 들어가는 수밖에 없었다. 나는 단도직입적으로 질문을 퍼부었다.

"저를 안다고 하셨죠? 그래요 저는 판사예요. 판사 앞에서 거짓말을 하면 안 된다는 거 아시죠?"

"거짓말 아니지. 내 눈에 다 보이거든."

"그렇다면 말해 봐요. 아저씨의 할아버지께서 해 주셨다는 그

말, 그 말을 해 보시라구요.”

“음, 그러니까. 우리 할아버지에게 군수님이, 아니 우리 할아버지가 군수님에게…….”

남자는 또 지연작전을 펼치고, 마치 쳐들어오듯 느닷없이 김씨 아저씨가 나타나 방해를 하고 말았다.

“여긴 자네가 있을 곳 아니네.”

아저씨는 마치 위험한 곳에 있는 어린아이를 돌려세우듯 서둘러 나를 남자의 집에서 나오게 했다.

“자네가 하리로 가더라고 해 혹시나 하고 봉수네 집엘 가 본 거라네.”

아저씨는 준호네 집에 대문을 달아 주는 작업을 지켜보다가 우리 집으로 돌아갔더니 내가 없어서 이상해 남자네 집으로 와 본 거라고 했다. 그러면서 무척 당황했다. 나는 법률가의 직감으로 때를 놓치지 않았다.

“아저씨는 다 아시잖아요.”

“예?”

아저씨는 얼떨결에 손윗사람에게 하듯이 ‘예’라고 소리쳤다.

“무슨 말이라도 받아들일 수 있어요. 걱정 마시고 다 말씀해 주세요.”

아저씨는 말이 없었다. 우리 집에 도착할 때까지 묵묵히 걷기만 했다. 아저씨와 함께 집으로 돌아와 사랑채 마루에 나란히 앉았다. 아저씨는 혼자 중얼거렸다.

“아무래도 때가 된 것 같아.”

“때가 되다니요?”

"충격 받지 마시게. 그게 말이네. 그러니까……."

아저씨도 남자처럼 망설이기는 마찬가지였다. 나는 잠자코 기다리기로 했다.

"정이 그렇다면 나를 따라오게."

아저씨는 산이라도 짊어진 것처럼 힘겹게 자리에서 일어나 광 쪽으로 걸음을 옮겼다. 그리고 며칠 전처럼 광에 채워 둔 자물통을 열었다.

"광은 왜요?"

내가 의아한 표정을 지으며 물었지만 아저씨는 말없이 나를 데리고 광 깊숙이 들어가 며칠 전에 내가 열어 보고 싶었던 커다란 독 앞에서 걸음을 멈추었다. 그리고는 잠시 심호흡을 퍼낸 다음 육중한 독 뚜껑을 열고 비닐로 단단히 싼 노트 크기의 물건을 꺼내어 나에게 넘겨주었다.

"이게 뭐죠?"

"직접 풀어 보시게."

아저씨는 나에게 그것을 넘겨주고는 뒤뜰로 가 버렸다. 나는 그것을 가지고 사랑채로 돌아왔지만 선뜻 비닐을 풀지 못했다. 아저씨가 그토록 깊은 곳에 감춰 둔 거라면 예사로운 것이 아닐 것이었다. 한참을 망설인 끝에 마치 시한폭탄을 만지듯 비닐을 풀었다.

대여섯 겹 정도 비닐을 벗겨 내자 옛날 초등학생들이 사용하던 낡아빠진 노트 한 권이 나왔다. 노트 겉표지에는 아무것도 적혀 있지 않았다. 아버지를 떠올렸지만 노트 모양으로 봐 교수를 했던 아버지의 것일 리가 없었다. 잠시 숨 고르기를 한 다음 노트 내지를 펼쳤다. 한글이 또박또박 적혀 있었다. 뜻밖에도 할아버지의 필체였다. 할아버지는 일제강점기 내내 일본글과 한문을 사용한 탓에 한글은 능숙하지 못했다. 해방되고 나서야 한글을 쓰기 시작했고, 나에게 편지를 하거나 무슨 글을 쓸 때는 한글을 쓰려고 애썼다. 그렇다면 나에게 쓴 글이 틀림없을 것이었다. 순간 노트 표지를 닫고 말았다. 보지 말아야 할 것 같은 예감이 스친 탓이었다. 기억 하나가 떠올랐다. 할아버지가 돌아가시고 난 다음, 김 씨 아저씨가 비닐에 싼 것을 나에게 내밀었다가 무슨 일인지 후다닥 감춘 적이 있었다.

할아버지는 1985년 92세를 일기로 돌아가셨다. 나는 할아버지 임종을 지켜드리지 못했다. 엄마도 내 동생들도 마찬가지였다. 그러니까 우리 가족은 단 한 사람도 할아버지 임종을 지키지 못한 것이다. 할아버지의 최후를 지켜 본 사람은 할아버지 곁에서 수족처럼 돌봐 드린 김 씨 아저씨 한 사람뿐이었다. 할아버지는 자신이 세운 둥근 기둥에 스스로 목을 매고 말았고 이 일은 아저씨와 엄마만 아는 우리 가문의 비밀로 존재하고 있었다. 엄마가 아저씨에게 세상 어느 누구에게도 발설하지 말 것을 부탁한 탓이었다. 엄마는 할아버지 죽음에 대해 자식들에게까지 함구했고, 우리는 모두 할아버지가 암을 방치했다가 돌아가신 걸로 알고 있었다.

누구에게도 자신의 병을 알리고 싶지 않은 할아버지의 자존심 탓인 줄만 알았다. 할아버지가 목을 매 자살을 했다는 사실을 알 게 된 것은 돌아가시고 서너 달 후였다. 아저씨로부터 은밀히 듣게 되었다. 아저씨는 나에게까지 차마 감출 수 없었다면

서 이야기를 꺼냈는데, 아저씨의 말은 충격적이었다. 할아버지
는 정확히 알 수 없지만 암에 걸린 것 같았는데 처음엔 아저씨에
게까지 병을 감추었다고 했다.

"나도 돌아가실 지경이 되어서야 알았지."

"그 지경에 이를 때까지 고통이 심하셨을 텐데 어떻게 견디셨
을까요."

"나에게 어느 날부터 아편을 구해 오라고 하시질 않겠나. 그
때만 해도 마을에서 몰래 심은 아편을 구할 수가 있었거든."

"고통을 아편으로 견디셨다는 거군요."

"아무리 생각해도 어른이 자신을 탓하는 것 같았어. 그렇게
아편을 맞고 나면 잠이 들었는데, 잠이 들려고 할 때면 비몽사
몽 말씀을 하셨네."

"뭐라고 하셨죠?"

"미안하다는 말을 하고 또 하시면서 '우리 함이가 알면 안 돼'
라고 헛소리를 하셨지."

아저씨는 그때 그런 말을 하면서 지금과 똑같은 비닐에 싼 것
을 나에게 내밀 듯했고 나는 "뭐예요?"라고 물었다. 그런데 아저
씨는 무슨 일인지 "아니야. 아무것도 아니야."라고 하면서 급히
일어나 그것을 들고 자기 집으로 돌아가 버리고 말았는데,

그때 그 노트일 거라는 짐작이 갔다. 할아버지가 했다는 말,
미안하다고 하면서 내가 알면 안 된다고 했다는 말을 생각했다.
할아버지가 누구에게 왜 미안해했는지, 내가 알면 왜 안 되는지,
그 이유가 노트에 적혀 있을 것 같았다. 용기를 내어 노트를 펼
쳤다.

그래야만 했을까. 그 시절 꼭 그래야만 했을까. 아니다, 시국이 그럴진대 나 하나 그렇게 하지 않는다고 해서 일제가 물러갈 것도 아니지 않는가. 어디 나뿐이던가. 나야 피라미 새끼에 불과하지 않았던가. 조선의 벼슬아치 중 일제의 주구가 되지 않은 자가 누구던가. 일제에 빌붙지 않고 자리를 보전할 수가 없는데, 조선총독부 초대 총독 데라우치 마사타케가 부임하면서 첫마디가 "조선인은 일본에 복종하든지 죽든지 하나만 선택하라"고 하지 않았던가. 그래, 모든 것을 잃는 판인데 어쩌란 말인가. 내 가문 내 자식들을 어쩌란 말인가. 왕년에 나라를 한 손에 거머쥔 왕족들부터 높은 지위에 있는 사람들은 후작, 자작, 남작이라는 귀족 작위에다 은사금에 무진장한 전답까지 받지 않았던가. 그렇다면 독립운동을 한다는 명분으로 만주니 노령이니 미국이니 남의 나라로 떠나버린 사람들은 과연 나라를 지킨 자들이란 말인가. 그들도 나라를 버리기는 우리나 피차일반 아닌가. 그들이 과연 나라를 찾았던가.

그도 그렇거니와 조선 팔도를 휩쓰는 그 유명한 이광수 소설가 선생의 글을 읽고 강연을 들어 보면 친일은 지극한 애국이었다. 일본 천황은 혈통적으로 우리 조선의 어버이이시고, 일본 내지인은 우리 조선인과 같은 형제가 아니던가. 황실은 우리나라의 종가이며 천황폐하는 우리나라의 아버님이시니, 그래서 성씨를 중국을 숭배한 옛 선인들의 유물을 버리고 이제는 진정한 우리 조상을 찾아 일본식 이름으로 바꾸어야 한다고 필설로 목숨 바쳐 우리를 가르치지 않았던가. 이광수 선생 다음으로 존경받았던 조선의 문사 김문집 선생은 또 뭐라고 했던가. 개벽 이래 조선이 일본과 하나가 된 오늘날만큼 행복했던 시대가 없었다고 했다. 그중에 한 가지를 든다면 우리는 상고上古 때 우리 선조의 나라였던 일본으로, 조선이 원래의 조선으로 돌아왔기 때문이라고 했다. 그동안 우리를 낳아 준 어버이를 떠나 의붓아버지인 중국에게 행랑방살이를 해 왔는데 이를 불쌍히 여기시고 누더기를 걸친 채 굶주리고 병든 우리 조선을 구해 주시고 사랑을 베푸시는 천황폐하 아버님께 그저 멀리 엎드려 감읍낙루할 따름이라고 했다. 감히 입에 담는 일조차 황송하기 짝이 없는 한 분, 위대하신 신에게 우리는 몇 대에 걸쳐 그 일만 분의 일이나 갚겠느냐고 은혜에 대한 감사의 한탄을 금치 못했다.

이 외에도 헤아릴 수 없이 수많은 인사들이 이와 비슷한 글을 쓰고 연설을 했지만 일제가 좋아서 친일하는 자가 어디 있더란 말인가. 살자니 도리 없이 무릎을 꿇을 수밖에, 그럴 수밖에, 저마다 후손들을 위해 가문을 살리자고 하는 짓인데, 시국이 그럴진대 누가 누굴 탓한단 말인가. 그렇다면 한번 생각해 보자. 일제의 탄압을 피한다는 이유로 남의 나라로 건너가 제 나라를 찾겠다고? 그것이 과연 잘한 일인가. 그들은 타고나기를 반항심이 강해서 그렇다고들 하지 않던가. 그들은 애국자가 아니라 창자가 꼬여서, 남 앞에 고개를 숙일 줄 모르고 허리를 굽힐 줄 모르는 교만이 충만한 자들이라 그렇다고 일본사람들이 말하지 않았던가. 그들은 가문을 망하게 하고 식솔들을 모두 거지로 내몰지 않았던가. 그게 어디 장한 일인가.

일단 내 식솔을 살리고, 식솔을 호의호식하게 하는 것이 가장의 도리 아닌가. 이 세상에 그보다 더 큰 도리가 어디 있단 말인가. 논어의 양화陽貨편을 보라. 공자가 아들 백어伯魚에게 가르친 수신제가修身齊家와 치국평천하治國平天下가 무엇이더란 말인가. 천하보다 먼저인 것이 제 가정, 가족이라는 말 아니던가. 제 가족을 거리로 내몰고 세상의 천덕꾸러기로 만들어 놓고 어디 가서 도리를 운운할 수 있더란 말인가. 안중근이니 윤봉길이니 하는 자들, 죽기로 일제에게 항거한 그들 자손들의 험한 행로를 모르는가. 그들 자손들이 얻어먹는 신세를 어느 대에 그칠 수 있겠는가. 세월이 아무리 가도 없을 터. 백년하청일 수밖에. 세월이 가면 옛것은 공기처럼 사라지게 마련, 다 잊게 마련이다. 오늘 하루 살기에도 바쁜 민초들이 지나간 것들 기억할 여유가 어디 있단 말인가. 세월이 다 해결해 줄 것이다. 내자손들을 내가 지키지 않으면 누가 지켜 주더란 말인가. 내 자손들은 내가 살아온 나의 후광을 누릴 것이다. 자 봐라, 내 자손들이 잘 되어 가지 않느냐. 내 손녀 함이가 판사가 되었으니 내가 바라는 대로 되지 않았는가. 우리 함이가 장차 승승장구하여 가문을 빛낼 것이다.

그런데 밤이면 왜 이다지도 두려워지는가. 왜 무서워지는가. 가슴속에 쌩쌩 찬바람이 불어닥치는가 하면 창자를 몽땅 들어내 버린 것처럼 허하단 말인가. 잠을 잘 때마다 울부짖는 그들이 떠올라 잠을 설치기 일쑤다. 귀신 들린 것처럼 후회가 밀물처럼 나를 덮친 것이다. 일제가 내 목에 총칼을 들이대는 것도 아니었는데, 생명이 위협받는 것도 아니었는데, 자발적으로 나서서 내 나라 백성들의 눈에서 피눈물을 빼는 데 일익을 담당했다는 자책이 자제하지 못할 지경으로 밀려든 것이다. 과연 이것이 양심이라는 것인가. 나는 봄가을 곡물을 공출하는 데 앞장섰고, 대동아전쟁이 시작될 무렵, 최하 13세에서 최고 20세 전까지 처자들을 뽑아 올리는 데 열성을 바쳤다는 사실을 하늘이 알고 있지 않은가. 한 가지라도 남보다 먼저 조선 사람을 황국신민으로 만드는 일에 솔선수범하여 일제의 눈 안에 들고 싶었다.

봄가을마다 보리와 벼를 공출할 때면 백성들이 뚝뚝 눈물을 흘리며 허탈해하던 눈빛이 선하게 떠오른다. 그들도 지금의 내 가슴속처럼 허했던 모양이다. 그들 대부분은 남의 땅을 부쳐 먹고 살아가는 소작농이었다. 잊혀지지 않는 일이 있다. 한 번은 가을 추수 때 공출을 거두어 가는 가마니가 미어져 벼가 흘러내렸다는 보고를 받았다. 그때 농민들이 길에 흘러내린 벼, 돌이 절반도 넘은 벼를 두어 되쯤 쓸어 담자 순사들이 달려와 가죽 채찍으로 등짝을 후려치고는 길 옆 시궁창을 퍼 올려 그들이 쓸어 담은 벼에 덮어씌웠다는 말을 들었다. 그때 상부에서 땅에 떨어진 보리 한 톨, 벼 한 톨도 다 일본제국 천황 폐하의 것이니 그런 행위를 한 농민은 천황 폐하의 것을 도둑질 놈이니 색출하라는 지시가 떨어졌다. 나는 그 지시에 충실히 따랐고 벼를 쓸어 담은 농민들이 붙잡혀 벌을 받았다. 그들은 쓸어 담은 벼의 열 배를 물어야 했다. 지금도 밥을 먹을 때면 그 일이 떠올라 소화불량은 물론이고 급체하는 일이 늘어 간다. 목에 혹이 붙은 것처럼 음식을 삼킬 때마다 걸린다.

그보다 더 고통스럽게 떠오른 것이 있다. 처녀들을 모으는 일이었다. 그것이야말로 나를 가장 괴롭히는 일이다. 대동아 전쟁을 코앞에 두고 총독부에서 전국 지방 군수들에게 처녀들을 군 단위마다 20명 이상씩 뽑아 올리라는 명령이 떨어졌다. 모두 한 명이라도 더 뽑아 올리려고 갖은 묘안을 썼다. 그때 우리 지역에서 찾아낸 처녀는 모두 19명이었다. 한 명을 더하면 더했지 모자란다는 것은 있을 수 없는 일이었다. 내가 고민하자 아랫사람이 자기가 알아서 할 테니 염려 말라고 하더니 한 명을 더 구해 20명을 채웠다고 했다. 나는 그렇게 해서 임무를 무사히 완수하게 되었다. 다른 지역에서는 10명도 채우지 못한 곳이 많았다. 임무를 완수하지 못한 관리들은 그에 상응한 징계를 받아야 했다. 나는 표창을 받았다. 그때 내 아랫사람이 자랑삼아 말하는 것이었다. 마지막 처녀는 약혼한 처지였는데 자기가 꾀를 써서 파혼을 시켰다고 했다. 약혼한 처녀는 보낼 수 없었다. 약혼한 처녀를 파혼시켰다는 말에 마음이 편치 않았지만 도리가 없는 일이었다. 아랫사람을 칭찬해 주었다. 나로서는 고맙기 짝이 없는 일이었다. 뒤에 알고 보니 이 모든 일은 당시 경찰서장으로 있는 동생 이훈이 내 아랫사람에게 시켜서 한 일이었다. 동생은 나하고는 비교할 수 없는 전략가로 평이 높은 사람이다. 동생은 내가 유약해서 그런 일을 못하니 자기가 했노라고 실토를 한 것이었다. 일을 뒤집을 수도 돌이킬 수도 없었다.

그런데 내가 정작 놀란 것은 그 처녀가 하리 김상운의 여식이라는 사실이었다. 경악을 금치 못했다. 동생은 그 처녀가 김상운 여식이라는 사실을 알고도 그렇게 했다는 것이다. 내 일생에 이보다 더 괴로운 일이 있을까. 조카딸 연이가 제 목숨을 끊어 버린 심정을 알 것 같다. 일제가 김상운을 잡아갈 때도 나는 모른 척하고 말았다. 그는 어릴 적 나와 내 동생과 함께 냇가에서 멱을 감고 놀았던 고추친구가 아니었던가. 독립운동자금을 댔다는 소문을 듣고 경관이 들이닥쳤을 때 내가 나서 주었더라면 잡혀가지 않았을지도 모른다. 나보다도 내 동생이 나서 주었더라면 확실히 잡혀갈 리가 없었다.

옆구리가 결리기 시작하면서 김상운이 자주 꿈에 보인다. 김상운이 보일 때면 칼끝으로 저미는 것처럼 옆구리가 더 아프다. 김상운의 여식은 해방되고 돌아왔지만 죽었다는 말을 들었다. 이제 내 몸도 점점 죽어가고 있다. 나는 병원에 가지 않기로 마음먹었다. 옆구리가 농익은 감처럼 점점 붉어지면서 속으로 곪아가는 것 같다. 꿈자리도 점점 더 사나워져 간다. 꿈속에서 자꾸 뼈만 앙상한 해골들이 눈앞을 가린다. 내가 보낸 처녀들뿐만 아니라 전쟁터로 보낸 청년들이 어른거린다. 아무래도 천벌을 받기 시작한 것 같다. 저승 가서 그들을 만나게 될까 두렵다. 그중에 김상운을 만날 일이 가장 두렵다. 천벌은 살아 있을 때 모조리 받고 가면 좋으련만. 그랬으면 참 좋으련만……"

숨이 멈출 것 같아 읽기를 그쯤에서 멈췄다. 1968년 3월, 내가 열 살 때 우리 고향과 가까운 여주에서 미라가 발견되어 떠들썩한 적이 있었다. 미라는 400년 전 거라고 했다. 그해 5월에는 경부고속도로 공사를 하다가 화성에서 또 여자 미라를 발견했다. 그것도 400년 전 거라고 했다. 나는 그때 어린 탓에 미라가 무엇인지 그게 왜 그리 놀라운 일인지 알지 못했지만 "수백 년 땅속 깊이 묻혀 있어도 때가 되면 다 나오게 되는 모양이야. 사람 형상이 세상으로 나온 것은 한이 맺혀서라는데, 400년 아니라 4천 년, 4만 년이 지나도 뼈를 조사해 보면 왜 죽었는지 다 안다는구만."이라는 어른들의 말을 들었다.

공자가 아들을 가르친 수신제가 치국평천하를 역설로 풀이하면서까지 본인의 행위를 정당화시키다니, 아니 그보다도, 도무지 말이 아닌 것은, 준호 고모? 준호 고모라니⋯⋯. 마치 수백 년이 된 미라의 뱃속을 보듯이 할아버지가 걸어온 발자국을 속속들이 들여다본 충격은 지금까지 내가 고뇌했던 것과 또 다른 것이었다. 그래서였을까? 내가 고향에 내려갈 때마다 할아버지는 목각인형을 깎고 있었다. 엄마가 고개를 갸웃거리면서 "평생 손에 연장이라고는 잡아 본 일이 없으신 어른이 목각인형이라니?"라고 의아해했다. 그때는 80대였는데 80대 노인이 목각인형을 깎는다는 건 예사롭지 않은 일이었다. 외로워서일 거라고 생각했다. 나는 판사 생활을 하면서 힘들 때면 할아버지를 뵈러 고향에 내려왔다. 뵈러 올 때마다 할아버지는 늙어갔다. 나를 바라보는 눈에도 장죽을 빠는 입에도 힘이 없었다. 내뿜는 연기도 입가에서 흐지부지 사라지고 말았다.

"할아버지, 서울에서 우리랑 함께 살아요."

서울에 가서 우리와 함께 살자고 권할 때마다 할아버지는 고개를 가로저었다. 할아버지의 말년은 너무 쓸쓸해지고 말았다.

15년 전 할머니가 먼저 떠나 버렸고, 작은댁 할머니는 생존해 있었지만 할아버지는 젊은 때와 달리 작은댁 할머니에게 가지 않으려고 했다. 그러자 엄마는 "백여우가 우리 재산 다 빼내고 할아버지를 내친"거라며 작은댁 할머니를 향해 욕을 퍼부었다. 엄마는 주로 서울에서 우리와 함께 살고 있었다. 내가 대학에 들어가면서 남동생들도 모두 서울에서 학교를 다니게 되자 엄마가 우리와 함께 살게 된 것이었다. 엄마가 고향에서 할아버지를 모시고, 서울 집엔 사람을 두려했지만 할아버지가 막았다. 자식 곁에는 엄마가 꼭 붙어 있어야 아이들 마음이 안정이 되어 공부에 전념할 수 있다는 것이었다. 할아버지는 김 씨 아저씨 부부가 맡았다. 그래서 아저씨는 할아버지의 유일한 벗이고 보호자였다.

내가 올 때마다 할아버지는 목각인형을 소중하게 품에 안고 사포질을 했다. 나무분진이 뽀얗게 날았다. 아저씨가 옆에서 부지런히 먼지를 닦아냈다.

"할아버지, 이거 나 주려고?"

매끈하게 사포질이 된 인형을 바라보며 나는 그렇게 짐작했다. 그런데 할아버지는 대답이 없었다. 아저씨가 옆에서 손을 저었다. 나에게 주려고 깎는 게 아니라는 눈치였다. 목각인형은 소녀 같기도 하고 소년 같기도 했다. 엄마는 아마도 죽은 손자들이 그리워서일 거라고 했다. 나도 그러려니 했다. 목각인형은 한두 개가 아니었다. 20개쯤 되었다. 할아버지는 목각인형을 깎아 마치 비밀을 감추듯이 사랑채 벽장에 넣었다. 그렇게 목각인형을 벽장에 감추는 할아버지의 얼굴빛이 무척 창백했다. 목각인형은 위안부로 보낸 소녀들일 것이고, 할아버지는 위안부 소녀들을 깎다 돌아가신 것이었다. 짐작건대 20여 개나 되는 목각인형을 깎는 것은 할아버지 자신의 뼈를 깎는 행위였을 것이었다.

준호 고모가 다른 사람도 아닌 우리 할아버지 때문에 희생되었다는 사실은 그야말로 청천벽력이었다. 다른 건 몰라도 그러니까 일제에게 충성을 바치기 위해 경쟁적으로 곡물을 공출한 것이라든지, 전쟁 물자를 대기 위해 쇠붙이란 쇠붙이는 물론 아궁이 틀이며 불을 때는 부지깽이며 벽에 박힌 못이며 사람 몸에 박혀 있는 금니까지 뽑아간 것까지는 백 번, 천 번이라도 어쩔 수 없는 일이었다고 이해할 수 있었다. 그런데 처녀들을 위안부로 보내는 일에 충성을 바쳤다는 것, 더욱이 약혼까지 해 놓은 준호 고모를 희생시킨 것은 도저히 용납할 수 없었다.

집을 나올 때 가지고 온 연이 고모 일기장을 꺼냈다. "나는 해방 이전부터 지금까지 특권을 누려 온 나의 아버지 덕택에 외국 유학까지 다녀오며 어렵지 않게 공부할 수 있었고, 그 덕에 어딜 가나 하늘처럼 떠받들며 우러러보는 대접을 받았으며, 나를 하늘처럼 우러러보는 사람들은 공부를 하지 못한 사람들이라는 것, 그들은 일제치하에서 종처럼 가난했기 때문이며, 그래서 그들이 나를 하늘처럼 떠받들며 우러러 볼 때마다 내 뼛속에서 톱질소리가 났고, 톱질소리는 착취, 착취, 라는 소리를 냈다."는 내용을 지금 내가 쓴 것만 같았다. 정말 뼛속에서 톱질소리가 난 것 같았다.

그런데 또 하나, 나는 사실 지금까지 연이 고모 일기 가운데 너무 놀라서 떠올리기조차 싫은 부분이 있었다. "나는 역사에 빛나는 가문보다는 역사 앞에 부끄럽지 않은 가문이기를 원한다.

나는 세상이 우러러보는 가문보다는 내가 자랑하고 싶은 가문을 갖고 싶다. 나는 세상이 존경하는 아버지가 아니라 내가 존경하는 아버지를 갖고 싶다. 우리 아버지와 우리 큰아버지가 그런 일을 했다는 것은 하늘의 해가 갑자기 사라져 버리는 것만 같은 충격이었다. 더 이상 말해서 무엇 하랴. 내 앞날은 암흑이다."라는 내용이었다. 가문은 두 집 다 똑같은 가문이고, '우리 큰아버지'라는 말은 우리 할아버지를 가리킨 말이었다. 고모는 구체적인 내용은 밝혀 놓지 않았기 때문에 지금까지 무슨 의미인지는 짐작할 수 없었지만 우리 할아버지와 한남동 할아버지가 무언가 부끄러운 일을 했을 거라는 짐작은 충분히 가능했다. 그리고 지금에야 의문이 풀린 것이었다. 그러니까 연이 고모의 자살, 두 분이 모의까지 해 가면서 약혼한 준호 고모를 위안부로 보냈다는 사실을 알고 연이 고모가 자살했을 것이었다. 당시 외국에서 철학을 공부한 엘리트로서 인간의 고유한 인권이 무엇인지를 아는 고모의 고통을 알 만했다. 법학을 공부하고도 법률가로 살기를 포기하고 철학을 공부한 고모를 이해할 수 있을 것 같았다. 아버지가 늘 미안하게 생각하며 살아야 한다고 당부한 것도 어쩌면 준호 고모 때문이었을 거라는 생각이 들었다.

나도 연이 고모처럼 해가 갑자기 사라져 버린 것만 같은 충격을 안고 사랑채에서 나왔다. 밖은 5월의 햇빛이 찬란하게 빛나고 있었다. 해가 찬란하게 빛날수록 눈을 뜰 수가 없었으며 눈을 들어 하늘을 보기가 민망하고 죄송했다는 연이 고모의 독백처럼 나도 눈을 들어 하늘을 볼 수가 없었다. 꽉 막힌 속에서 목구멍까지 거듭 차오른 숨을 펴낼 뿐이었다. 그때 아저씨가 뒤뜰에서 나와 나에게 다가와 걱정스러운 표정으로 물었다.

"괜찮은 건가?"

나는 대답하지 못한 채 침만 삼켰다.

"그걸 어르신이 돌아가시기 전에 나에게 맡기시면서 때가 되면 자네에게 주든지, 아니면 알아서 소각하라고 하셨는데……."

아저씨는 소각하지 않고 나에게 보여 주신 것을 후회하는 듯했다.

"왜 소각하지 않으셨어요?"

"그래서는 안 될 것만 같았네. 어르신이 이걸 쓴 심정을 나는 훤히 알고 있었으니까."

"우리 할아버지, 이걸 어떤 심정으로 쓰셨을까요?"

"그야말로 당신 목숨을 잉크 삼아 쓴 거지. 하루하루 죽어가면서 쓰셨으니까. 사람이 죽는 마당에 남긴 글만큼 곡진한 것이 있겠는가."

"두려운 탓이었겠지요. 지하에서 만날 영혼들이 두려워서요."

아저씨는 민망한 표정으로 허공을 응시했다. 평생 극진히 모셨던 어른이었으니 그럴 것이었다.

"연이 고모가 준호 고모 문제를 알았을까요?"

"그래서 문제가 되었지."

"준호 고모 일을 알고 목숨을 끊었다는 말인가요?"

"아무튼 그렇게 됐네."

"그런데 어떻게 연이 고모가 그 사실을 알게 되었을까요?"

"봉수 할아버지가 괴로워하면서 질질 흘리고 다닌 탓에 결국 연이가 알게 되었지 뭔가."

"그 남자 할아버지가?"

"봉수 할아버지가 그때 준호 고모를 일본으로 보내는 데 역할을 한 사람이었네. 물론 봉수 할아버지도 일본 순사 놈들 지시에 따른 것이었지만. 결국 봉수 할아버지도 괴로움을 이기지 못해 술만 마시다가 술병으로 죽었지."

아저씨는 그 일을 시킨 사람이 차마 우리 할아버지나 한남동 작은할아버지라는 말을 못하고 일본 순사들이라고 했다.

"결혼하거나 약혼한 처녀는 데려가지 않았다는데 어떻게?"

"결혼한 여자는 어쩔 수 없었고, 약혼한 처녀는 약혼자만 없어지면 되는 일 아닌가."

"그게 무슨 말씀이세요?"

"약혼한 총각을 죄인으로 만든 다음 전쟁터로 보내 버렸다고 하더군. 악랄한 각본이었지."

"각본이라구요?"

"약혼 전에 준호 고모를 좋아한 청년이 있었는데 약혼자가 질투심에 그 청년을 죽였다는 식으로 살인죄를 뒤집어씌웠다고 하더군. 물론 일본 순사 놈들이 멀쩡한 어떤 청년 하나를 죽여 놓고 꾸민 일이었지. 그래서 약혼자 청년은 감옥에 갔다가 총알받이용으로 전쟁터로 보내졌고 결국 죽어서 돌아왔으니 기가 막힌 각본 아닌가."

"이런 걸 정말 한남동 할아버지와 우리 할아버지가 함께 꾸몄다는 건가요?"

아저씨는 대답 대신 헛기침을 했다. 나는 넓은 마당 한가운데 우뚝 섰다. 하늘이 내 머리 위로 내려와 정수리를 힘껏 눌렀다.

우리 집 둥근 기둥에 손을 짚었다. 그리고 할아버지가 세우고, 거기에 스스로 목을 매단 둥근 기둥을 더듬어 보았다. 할아버지는 영원히 천년만년 우리에게 튼튼한 기둥이 되어 주고 싶었을 것이었다. 그래서 기둥을 우리나라에서 제일가는 안면송 둥근 기둥으로 바꾸었을 것이었다. 기둥을 두 팔로 안아 봤다. 할아버지를 안아 드리듯 한참을 안았다. 생각해 보면 노트에 고해성사 같은 고백을 남기고 기둥에 목을 맨 할아버지는 민족과 나라 앞에 사죄했다고 볼 수 있다. 그런데 사죄는 공개적이어야 한다는 게 문제였다. 범법자가 자살했다는 이유로 그가 저지른 범죄가 상쇄되지 못한 것과 같은 맥락이기 때문이다.

나는 이제 미련 없이 내가 태어나 자란 집, 할아버지가 분신처럼 아낀 우리 집을 해체하기로 한다. 그동안 두 번이나 계획했지만 차마 실행에 옮길 수 없었던 것은 그때까지만 해도 준호 고모를 몰랐던 탓이라고 할 수 있다. 그때 온갖 변명이 내 행위를 제지하고 나섰다. 도대체 이 시대에 친일 청산이라니, 그게 이 시대에 무슨 의미가 있단 말인가. 다가올 미래를 준비하기에도 바쁜데 누가 할 일 없이 과거사에 매달린단 말인가. 지금까지 아무렇지도 않게 잘 살아왔는데 이제 와서 죄책감을 갖는다는 자체가 어리석은 것 같았다.

이제 다시는 볼 수 없는 우리 집을 한 번 더 둘러보았다. 집이 마치 살아 있는 생물처럼 아파하는 것 같았다. 아파하는 집을 바라보며 나는 일본대사관 소녀상 앞에서 불꽃으로 자신의 몸을 태워 버린 최현열 선생을 떠올렸다. 형장의 이슬로 사라진 안중근 선생의 최후도 떠올렸다. 그런 생각을 하면서 우리 집에 불을 놓을 준비를 했다. 할아버지, 할머니, 아버지 사진을 떼러 다녔다. 안방 벽에서는 할머니 사진을, 사랑채 벽에서는 할아버지 사진을, 아버지가 사용하던 서재에서는 아버지 사진을 떼어냈다. 사랑채 벽장을 열고 목각인형을 꺼내어 차에 실었다.

거사, 그렇다. 나에게는 어마어마한 일이니 거사라고 할 수 있다. 거사는 마을사람들이 잠든 새벽에 하기로 하고, 사랑채로 돌아와 어려서 할아버지 곁에서 이야기를 듣다 잠이 들었던 일을 추억하며 사랑채에 누웠다. 뛰는 가슴을 진정하려고 애썼지만 진정되지 않았다. 금세 문을 벌컥 열고 엄마가 나타날 것만 같고, 아저씨가 눈치채고 달려올 것만 같았다. 밤바람에 스르륵, 사르륵, 뒤뜰 나무들이 움직이는 소리가 날 때마다 가슴이 덜컹거렸다. 일경에게 쫓긴 애국지사들의 심정이 이랬을 것이라는 생각이 들었다. 불안한 마음을 잠재우기 위해 할아버지와 함께 읽었던 동화 안데르센의 「백조왕자」를 떠올렸다.

세상이 다 아는 이야기, 마녀 계모의 마술에 걸려 백조로 변한 11명의 왕자와 엘리사 공주의 이야기의 대강은 이렇다. 계모에게 쫓겨난 엘리사 공주는 꿈속에 요정으로부터 오빠들의 마술을 풀어 주는 방법을 듣게 된다. 요정은 교회 무덤가에 나가 가시 돋친 쐐기풀을 뜯어 오빠들 옷을 짜 입히면 다시 사람으로 돌아온다고 일러 준 것이다. 대신 남에게 들키지 않아야 하고 어떤 일이 있어도 옷을 다 완성하기까지는 어떤 말도 해서는 안 된다는 주의를 준다. 그렇게 하여 엘리사가 옷 한 벌을 완성했을 때 이웃나라 왕자가 나타나 아름다운 엘리사에게 반해 그녀를 왕비로 삼게 된다. 결혼을 했지만 엘리사는 일체 말을 하지 않은 채 밤이면 몰래 교회 무덤가에 나가 쐐기풀을 뜯어다가 오빠들의 옷을 짠다. 그런데 이를 수상히 여긴 대주교가 왕에게 엘리사가 마녀라는 누명을 씌워 결국 사형을 받게 된다. 목숨이 경각에 달렸는데도 엘리사는 사정을 말하지 못한 채 오로지 오빠들을 구하기 위해 옷을 짜는데, 그녀를 태운 마차가 형장에 도착할 때 그녀는 마지막 옷을 완성한다. 그리고 사형이 집행될 무렵 열한 마리 백조들이 날아와 사형을 방해하게 되고 그때 엘리사가 던져 준 옷을 받아 입은 백조들이 마법에서 벗어나 사람으로 돌아온다.

할아버지는 엘리사가 오빠들을 살린 건 가문을 살린 거라고 강조했다. 그러면서 내가 만약 엘리사라면 어떻게 하겠느냐고 물으셨다. 나는 거침없이 오빠와 가문을 위해 엘리사처럼 죽음을 무릅쓰고 무슨 일이든지 할 거라고 대답했다. 또 그래야 한다고 생각했다. 오늘도 그때와 똑같은 대답을 하기로 한다. 나는 오늘 밤 날이 밝기 전에 열한 벌의 옷을 짜서 일제의 마법으로부터 우리 가문을 구하기 위해 우리 집에 던질 거라는 대답을 하되, 그때와 정반대 되는 대답을 하기로 한다. 연이 고모가 한탄한 대로 세상이 우러러보는 가문이 아니라 내가 자랑하고 싶은 가문을 갖고 싶어서라고, 세상이 존경하는 우리 할아버지가 아니라 내가 존경하는 할아버지를 갖고 싶어서라고…….

그런 생각을 하면서 새벽 3시가 되도록 기다렸다. 드디어 어디선가 닭 우는 소리가 들렸다. 아직도 시골에서는 닭이 새벽을 알리고 있었다. 마치 신호탄처럼 한 마리가 울자 여기저기서 닭들이 따라 울었다. 닭들이 온 힘을 끌어모아 최대한 발성을 하며 울었다. 고음으로 길게 빼는 닭 울음소리가 슬픈 통곡소리처럼 들렸다.

"니 할아버지께서는 언제나 새벽 첫닭이 울 때 일어나 책을 읽으셨다."

엄마가 해 주었던 말을 떠올리며 닭을 생각했다. 지금 깜깜한 어둠을 헤치며 울고 있는 닭은 수탉일 것이었다. 내가 어렸을 때 할아버지는 수탉 이야기도 해 주셨다. 모든 동물 가운데 수탉이 가장 먼저 새벽을 알린다고 했다. 그래서 수탉은 어둠을 몰아내고 새로운 빛을 알리는 슬기로운 동물이라고 했다.

나도 수탉처럼 세상에 새로운 빛을 알리기 위해 할아버지가 일어나 책을 읽으셨다는 그 시간에 거사를 시작했다. 안채를 시작으로 사랑채까지 기름을 붓고 기름 위에 불을 놓고 돌아섰다. 기름을 만난 불꽃이 단숨에 허공으로 치솟아 올랐다. 개들이 짖기 시작했다. 우리 마을에서 가장 높은 상리, 상리에서도 가장 높은 곳에 있는 우리 집이 봉화처럼 타올랐다. 불꽃은 정말 어떤 절박한 정의를 향해 타오른 봉화 같았다. 훨훨 불꽃이 타오르자 마을이 훤했다. 불기운을 느낀 개들이 온 사방에서 짖어대고 마을 사람들이 모여들기 시작했다.

"이함!"

며칠 전 서울에서 집을 나설 때처럼 세상에 단 하나밖에 없는 내 이름이 입 밖으로 흘러나왔다. 흘러나온 게 아니라 그때처럼 내가 스스로 내 이름을 불렀다. 할아버지가 "세상의 모든 것이 다 너를 향해 모여들도록 봉화 같은 횃불을 피우거라. 봉화는 높은 곳에서 타는 불꽃이란다."라고 했던 당부가 떠오른 탓이었다. 할아버지의 소망이 우리 집에서 이루어진 것이었다.

"군수 댁에 불이 나다니?"

"도대체 무슨 일이야?"

"누가 불을 질렀지?"

"봉수 아닐까?"

"봉수는 하리 준호네 집에 불을 지른다고 야단이었지."

"참, 그랬지, 그럼 도대체 어떻게 된 일이야."

"김 씨가 가끔 군불을 땐다고 하던데. 그러다가 혹시?"

"그럼 그게?"

"참 군수 댁 큰손녀가 며칠 전에 내려왔다던데?"

"판사 손녀 말인가?"

"오라, 그래서 군불을 땠나 보구만. 그런데 군불 땐다고 이렇게 큰불이 날 리가 있나."

"내 생각엔 아무래도 봉수 짓 같아."

"내 생각도 그래."

마을 사람들이 봉수와 김 씨 아저씨를 의심했다. 언제 왔는지 봉수라는 남자가 불타는 우리 집을 바라보고 있었다. 평소 어눌한 행동을 하는 얼굴과 달랐다. 마치 자기가 하고 싶은 일을 누가 대신해 준 데 대한 고마움을 나타내는 얼굴처럼 흡족한 표정인가 하면, 한편으로는 거사를 이룬 독립운동가처럼 얼굴에 비장함이 흘렀다.

나는 남자의 눈에 띄지 않는 곳으로 자리를 옮겨, 불타는 우리 집을 바라보았다. 드디어 우리 집은 스스로 제 몸을 허물기 시작했다. 둥근 기둥에 붙은 불꽃이 하늘을 향해 승천했다. 숭례문이 불타오르던 처참한 광경이 떠올랐다. 그날 숭례문이 사라지듯 우리 집도 뜨거워라, 뜨거워라, 발 구르며 내려앉기 시작한 것이었다. 그때 무자년戊子年 정월 초나흘 밤, 회오리치는 불꽃과 함께 수억 마리 부나비 떼가 서울 하늘을 날면서 천년의 혈관이 툭! 툭! 터진 소리가 들렸었다. 우지직! 천년의 척추뼈가 무너지는 소리, 와르르! 와르르! 뼈란 뼈가 모두 내려앉는 소리가 심장을 흔들었다. 토닥토닥, 토! 토! 토! 다-다-다-다- 닥……, 살점이 타는 소리가 들리더니 불꽃 사이사이로 울긋불긋한 단청을 내보이며 숭례문이 사라지고 있었다.

그때 뉴스에서 방화범의 소행이라고 했다. 대한민국 국민들과 함께 나도 방화범에게 저주를 퍼부었다. 하늘 아래 산다는 것만으로도 감당치 못할 기쁨인데, 살아서 귀한 땅을 탕, 탕, 밟으며 숨 쉬는 것만으로도 분에 넘친 은혜인데, 그는 어쩌다가 쥐불놀이보다 더 쉽게 국보를 불태워 버렸단 말인가, 하고 그를 저주했다. 아무래도 그는 저주의 눈물로 잉태된 생명이거나 사탄이 버린 병든 씨앗이었을 거라고, 태어나지 말았어야 했는데 태어난 거라고, 태어났더라도 연자 맷돌을 목에 걸고 심해에 빠져 죽어 버리고 말았어야 했다고 저주했다. 이제 곧 우리 마을 사람들도 나를 그렇게 저주할 것이었다. 우리 마을 사람들뿐이겠는가, 대한민국 국민 모두가 나를 패륜아라고 비난할 것이었다.

아저씨가 헐레벌떡 달려와 허둥댔다. 나 때문에 오해를 받게 한 봉수라는 남자와 아저씨에게 미안했다. 나는 아저씨를 피해 뒤뜰로 갔다. 나무들과 꽃에도 불이 붙었다. 나무와 꽃들에게 미안했다. 정말 예쁜 꽃들에게 너무 미안했다. 뒤뜰 담장처럼 둘러쳐진 왕대 숲에도 불이 붙었다. 전봇대 높이만큼이나 높은 왕대가 불기둥으로 변했다. 화르르 타오르는 불이 불꽃 춤을 추었다. 펑, 펑, 펑, 왕대 매듭 터지는 소리가 연타로 대포를 쏘는 것처럼 이어졌다. 미안했다. 미안한 마음으로 112로 전화를 걸었다. 방화범 '이함'을 체포하라고 신고를 했다. 체포를 하러 올 때 우리 마을로 오지 말고 3시간 쯤 지난 다음에 준호의 납골당이 있는 용인으로 오라며 지번을 가르쳐 주었다.

마을을 떠나기 위해 차를 몰았다. 마을 사거리에서 잠시 차를 정지시켜 놓고 마지막으로 우리 집 쪽을 바라보았다. 아직도 불꽃이 하늘 높이 충천하고 있었다. 다시 차를 출발시키려고 하는데, 누군가 차창을 똑똑 두드렸다. 봉수라는 남자였다.

"우리 할아버지가 언젠가는 이리 될 거라고 했거든요. 아니 이리 돼야 한다고 했어요. '이학, 이훈, 참 나쁜 사람들이야'라고 하면서."

반쯤 내린 창문으로 조금 전에 봤던 남자의 얼굴이 보였다. 지금까지 어눌했던 것과 달리 남자의 말은 또렷하고 정확했다. 그리고 어미에 '요'를 붙이기도 하면서 나를 향해 엄지손가락을 추켜올린 것이었다. 나는 범인이 경찰을 피하듯 재빨리 창문을 올리고는 속력을 냈다. 용인으로 가면서 "할아버지, 할아버지도 이제 시원하시죠. 그렇지만 저를 절대로 용서하지 마세요."라고 속으로 중얼거렸다. 할아버지는 어린 나를 앉혀 놓고 충효와 선비의 도리에 대한 이야기를 많이 해 주셨다. 충신 집안에 역적이 나기도 하고 효자 가문에 패륜이 나기도 하니 인간은 어려서부터 예도를 잘 배워 흔들림이 없어야 한다고 가르쳤다.

삿갓 시인 김병연 이야기도 맨 처음 할아버지가 들려준 이야기였다. 그와 내가 흡사했다. 그와 나는 둘 다 할아버지께 천하에 없는 패륜을 저지른 것이었다. 조선 후기 순조 때 홍경래 난이 일어나고 선천 부사였던 김익순은 불가항력으로 반란군에 붙잡혀 항복하게 되었다. 반란군은 당연히 역적이고, 역적에게 항복한 것도 역적이었다. 반란군에 항복한 김익순은 역적이 되었다. 그때 김익순의 손자 김병연은 겨우 다섯 살이었다. 폐족을 당한 가문은 목숨만 부지한 채 숨어 살아야 했다. 숨어 산 세월 15년이 지나간 다음 김병연은 나이 20세 청년이 되었다. 김병연은 그때 강원도 영월에서 열린 백일장에 응시하게 되었다. 시제는 홍경래 난 때 반란군에 저항하다 목숨 바친 정 아무개라는 사람의 충절과 반란군에 항복한 역적 김익순의 죄를 비교하여 논하라는 것이었다. 김병연은 김익순의 죄를 촌철살인 적으로 썼고, 장원을 차지했다. 물론 김병연이 김익순이 자기 할아버지인 줄 모르고 썼다고 전한다.

그런데 소설가 이문열은 「시인」이라는 소설에서 김익순이 자기 할아버지인 줄 알면서도 신분상승에 대한 꿈을 이루기 위해 썼다고 묘사했다. 몰랐든 알았든 결과는 마찬가지였다. 나는 김병연이 알고도 썼다는 것과 같은 처지였다. 김병연은 25세에 집을 나와 77세에 죽을 때까지 정처 없이 떠돌면서 추우나 더우나 비가 오나 눈이 오나 홑옷을 입고 삿갓을 쓰고 대지팡이를 짚고 다녔다고 한다. 나는 57세에 가문을 떠난 셈이니 김병연만큼 산다면 앞으로 20여 년쯤을 더 살아야 한다. 김병연은 삿갓으로 하늘을 가리고 시를 지으며 속죄를 했다는데 나는 하늘을 가릴 삿갓조차 없을 뿐만 아니라 시를 쓸 재능도 없는 탓에 무엇을 하며 그때까지 나의 죄를 대신할지 알 수 없는 일이다. 김병연이 부러웠다. 그런 생각을 하는 동안 준호 납골당에 도착했다.

"뉴스를 듣고 여기로 달려왔네."

내가 도착하자마자 언제 왔는지 아저씨가 성큼 내 앞에 섰다.

"놀라게 해 드려 죄송해요."

"어려서부터 남다르다 했더니. 아무튼 자네는 그 누구에게도 빚진 게 없으니 그리 아시게. 다 시국 잘못 만난 탓이지."

"다들 그렇게 말하죠. 시국 탓이었다고."

아저씨는 안타까운 마음으로 나를 위로하려고 애썼지만 시국 탓으로 돌리는 건 틀린 말이었다.

"생각해 보니 자네 집안에 두 개의 강이 흐르고 있었어."

"우리 할아버지와 한남동 할아버지가 이루는 강과 우리 아버지와 연이 고모, 그리고 내가 이루는 강 말씀이군요."

"그래도 자네 부친이나 연이는 차마 어르신들을 거스르지 못했는데……."

"아버지와 연이 고모가 차마 어쩌지 못했던 이 잔인한 의무를 하늘이 나에게 짊어지게 한 것 같아요."

아저씨 말대로 아버지는 있는 힘을 다해 몸부림쳤지만 할아버지를 거스르지 못했다. 그리고 연이 고모는 한남동 할아버지를 거스르지 못해 스스로 목숨을 끊고 말았을 것이었다.

"그렇다고 이제 와서 자네가 짊어질 게 뭔가. 자네같이 선한 사람이 어딨다고."

아저씨는 더 이상 나를 위로할 말을 찾지 못해 한숨만 퍼내는
데 윤태영이 사색이 되어 달려왔다.

"이 판, 도대체 무슨 짓을 한 거야? 꼭 이런 방법이어야 했어?"

윤태영은 뉴스를 듣고 달려온 것이었다. 인터넷에 기사가 산
불처럼 번지고 있다면서 숨을 제대로 쉬지 못했다.

"나도 백 번 생각했어."

"다른 사람들처럼 '나는 친일파 후손입니다'라고 고백하는 방
법도 있었잖아. 이런다고 세상이 달라질 줄 알아. 왜 무모한 희
생을 자초한 거냐구."

"그래, 윤 판 말이 맞아. 좀처럼 세상이 달라지지 않으니까, 눈
썹 하나 까딱하지 않으니까, 누군가는 이 부끄러운 과거사에 불
을 놓아야 한다고 생각했어. 누군가는 반드시."

"그래도 이건 아니야. 준호를 화장하지 않았더라면 무덤에서
벌떡 일어났을 거야."

윤태영은 하늘이 무너진 것처럼 허탈을 감추지 못했다. 나는
연이 고모 일기장을 꺼내 윤태영에게 건네주었다. 그리고 잠시
망설인 끝에 할아버지가 남긴 글도 함께 건네주었다.

"이게 뭐지?"

"이거 모두 내가 쓴 거나 마찬가지야. 아니 내가 쓴 거야. 윤
판이 알아서 처리해 줘. 신문사에 갖다 주든지. 아니면 출판사에
갖다 주든지."

나는 윤태영에게 할아버지의 글과 고모 일기를 세상에 공개
해 줄 것을 부탁했다. 그런 다음 준호를 향해 "나 잘했지?"라고
물었다. 준호도 윤태영처럼 왜 그랬느냐고 화를 내는 것 같았

다. 나는 묵인하고 살아가는 것은 견디기 힘든 일이기 때문이라고 했다. 그리고 덧붙여 준호 당신이 나에게 쏘아붙인 말 "군수댁 음식은 개나 주어야 한다."는 말을 너무 늦게 알게 되어 미안하다고 했다. 그것을 아는 네 평생이 걸려서 미안하냐고 했지만 준호는 말이 없었다. 대신 설교시간에 그가 즐겨 인용했던 구절 "내가 해 아래서 행하는 모든 일을 본즉 다 헛되어 바람을 잡으려는 것이로다"라는 말씀이 귓가에 맴돌았다. 김준호 목사가 읽어 준 것 같았다.

참 오랜만에 김준호 목사가 읽어 준 것 같은 말씀에 젖어 있는데, 경찰차 사이렌 소리가 요란하게 울렸다. 방화범을 체포하기 위해 경찰이 가까이 오고 있었다. 윤태영이 급히 나에게 다가와 입을 열었다.

"이함, 죽는 날까지 너를 존경한다. 넌 정의를 가슴으로 외웠으니까. 정말로 너의 뼈를 정의로 갈아 끼운 진짜 판사니까."

새삼스러웠다. 법학을 공부하는 대학시절 우리는 우리의 뼈를 정의로 갈아 끼워야 했다. 나중에 버리더라도 그때는 그래야 했다. 우리는 앉으나 서나 '정의란 사회나 공동체를 위한 옳고 바른 도리이다, 정의란 바른 의의다, 플라톤이 강조한 대로 정의란 지혜와 용기와 절제와 완전한 조화를 이루는 것'이라고 외웠다. 머리로 외우는 것이 아니라 가슴으로 외워야 한다고 배웠다. 가르치는 사람들이 가슴으로 외워야 한다고 누누이 강조했지만 어디로 외우든 그것은 각자 자유였다. 그리고 버리는 것도 각자 자유였다. 가르치는 사람들도 가르치고는 대부분 버렸다. 그래서 많은 정의가 버려졌다. 버려진 정의가 함부로 짓밟혔다. 윤태영이 나를 존경한다지만 나도 그중 한 사람이었다.

"당신을 방화범으로 체포합니다. 당신은 변호인을······."

"미란다원칙은 생략해 주시기 바랍니다."

나는 경찰이 피의자를 체포하거나 구속할 때 헌법 제12조 5항에 따라 반드시 고지해야 하는 '변호인을 선임할 수 있고 불리한 진술은 거부할 수 있다'는 속칭 미란다원칙을 재빨리 막았다. 내 행위는 행위 그 자체로 봐서는 안 되며, 단 한 마디의 변론도 가해서는 안 되기 때문이다.

경찰이 내 손목에 수갑을 채웠다. 찰칵, 하고 수갑 채워지는 소리가 내 심장과 뼛속을 관통했다. 영화에서 봤던 독립투사들이 일경에게 체포되는 장면이 떠올랐다. 나도 그들처럼 독립투사가 된 기분이 들었다. 그런데 내 속에서 나를 조소하는 소리가 들렸다. 거사? 이게 무슨 거사라도 되는 줄 아느냐는 질책이었다. 부끄러움이 몰려왔다. 나는 곧 착각에서 깨어났다. 경찰이 말한 대로, 나는 그냥 우리 집에 불을 지른 일개 방화범에 불과했다. 경찰들이 방화범을 태우고 준호가 잠들어 있는 납골당을 떠났다. 차가 경찰서를 향해 달리는 동안 나는 마치 아름다운 시를 낭송하듯이 '나도 준호처럼 역사 앞에 부끄럽지 않은 가문을 갖고 싶다. 나도 준호처럼 세상이 우러러보는 가문보다 내가 자랑하고 싶은 가문을 갖고 싶다.'고 외웠다.

해설

선택의 선택

'남긴' 것과 '받은' 것, 그리고 '버린' 것에 대하여

박윤영(문학평론가)

1

작가 박정선에겐 다른 무엇보다도 국가라는 거대한 구조 속에서 매 순간 치열하게 고민하고 무엇인가를 선택해야만 하는 개인의 존재가 중요한 질문인 듯 보인다. 이미 한국의 노블레스 오블리주를 실현한 독립운동가 우당(友堂) 이회영(李會榮) 선생의 생애를 다룬『백 년 동안의 침묵』(2012년 문광부우수교양도서)에서 진정한 조국애란 무엇인가라는 진지한 물음을 던진 그녀는 거대 담론을 향해 직행하는 보폭이 큰 작가이다.

박정선 소설의 인물들은 대체로 국권 침탈이나 전쟁에 준하는 도발과 침략 등 극한의 위기상황에 놓여 있는데, 이들은 마침내 어떤 '선택'을 감행함으로써 자신만의 역사를 써 내려간다. 일찍이 평론가 황국명은 장편『수남이』(2006)의 해설에서, 박정선을 "일상의 쇄말사를 조각보처럼 기워내기보다는 단숨에 인간의 본원적인 문제에 직면하는 소설가"라고 평한 바 있다. 해양문학상 대상을 두 번 이상이나 수상한 작가는 연평해전과 독

도영유권분쟁 등 굵직한 사건들을 정면으로 돌파해 나가면서 파란만장한 한국의 근·현대사를 날렵하게 주유한다.

해마다 쏟아져 나오는 식민지시기를 배경으로 하는 무수한 영화와 드라마가 의미하듯이, 친일 문제는 여전히 현재적이며, 우리 사회의 중요한 어젠다라 할 수 있다. 최근 몇 년간 대중적으로 큰 성공을 거둔《암살》(2015)이나 《밀정》(2016), 《군함도》(2017), 《아이 캔 스피크》(2017) 등의 작품들이 일제강점기를 친일과 반일의 구도로 놓고, 우리 민족의 수난사나 윤리적 선택의 문제, 단죄 등에 집중하는 모습을 보였다면, 박정선의 『유산』은 여기에서 더 나아가 개인적인 것과 역사적인 것의 경계가 복잡하게 얽혀 있는 친일 청산이라는 문제에 대해 매우 섬세하고도 치열한 통찰을 보여준다. 특히, 이는 식민지시대에 연원을 두고 있으면서도 아직까지 그 해결이 요원한 이 문제의 본질을 들여다보는 데 있어 하나의 실마리를 제공해 준다는 점에서 주목받아 마땅하다.

친일과 반일의 프레임 속에서 자신의 위치를 자각하고 이와 동시에 '민족'의 의무와 책임을 깨닫게 되는 과정은 한국 근·현대문학이 거듭 다루어 온 중요한 테마이다. '유산'이라는 이 소설의 제목이 암시하는 바와 같이, 이 작품에서 문제 삼고 있는 것은 일제강점기라는 어떤 시대의 '이후'이다.

박정선의 장편 『유산』은 친일파의 후손인 주인공이 자기 내부의 모순을 극복하고 가문의 친일과 그 잔재를 청산하려는 의지를 드러낸 수작이다. 이는 친일과 반일의 프레임으로 나눌 수 없는 실존적 차원의 문제라는 점에서 더욱 의미 깊게 다가온다.

작가는 '독립운동을 하면 삼대가 망하고 친일을 하면 삼대가 흥한다'는 흔한 자조 대신 이들이 남긴 유산이 어떠한 방식으로 계승되고 정리되는가에 집중한다. 그렇다면, 한 마을에서 서로 다른 선택을 한 이함과 김준호의 조부는 후대에 어떠한 유산을 남기고 떠난 것인가.

이 소설의 주인공인 이함의 조부는 일제 말기에 군수를 지낸 인물로,『친일인명사전』에 따르면, 군수를 비롯하여 판·검사, 군대나 경찰 조직의 간부 등의 조선인 고위 관료는 이러한 지위를 지니고 있었다는 것만으로도 범죄행위로 간주된다. 이는 이들이 다수의 조선인을 억압하고 착취하는 가해자의 위치에서 일제의 파시즘 체제를 공고화하는 데 기여했다는 판단에 따른 것이다. 그러나 주지하다시피, 해방 직후 친일파를 청산하려는 노력은 사실상 실패로 돌아갔고, 청산되지 못한 친일 세력은 소설 속 '한남동 할아버지'(주인공의 작은할아버지)라는 인물이 상징하듯, 독재 정권과 결탁하여 공고한 카르텔을 형성한다.

소설 속에서 이함은 친할아버지와 작은할아버지, 즉 조부들의 친일 덕분에 유복한 환경에서 성장하며, 별다른 어려움 없이 순조롭게 판사직에 오른다. 반면, 이함과 비슷한 연배의 김준호는 독립운동을 한 조부 때문에 극빈자로 살다가 열악한 환경 탓에 폐암에 걸려 세상을 떠난다. 소설은 김준호와 한 마을에서 나고 자랐으나 정반대의 삶을 살아온 이함의 죄책감과 부끄러움, 그리고 스스로 조부의 유산을 파괴하기까지의 심리적 요동을 박진감 있게 서술한다.

2

준호 할아버지는 독립운동을 하느라 만주에서 떠돌다 돌아가셨고, 준호 아버지는 반민특위 때 반공 이데올로기에 희생되셨고, 준호는 엄밀히 말해 독립운동을 한 할아버지 때문에 극빈자로 살다 2년 전 폐암으로 세상을 떠나고 말았다. 그리고 준호의 동생들, 준희와 준수 남매는 선교사가 되어 아프리카 오지에서 선교사 활동을 하고 있는데 앞으로 한국에서 살아간다는 보장이 없다. 더욱이 고향3.5 집에서 살아간다는 보장은 거의 없다. (56쪽)

준호네 가족사가 너무 기구했다. 할아버지는 일제에, 준호 아버지는 해방기에, 준호는 5공 시대에 3대가 고난을 받은 것이었다. (156쪽)

김준호의 조부가 가족에게 남긴 것은 지독한 가난과 연좌제라는 멍에이다. 다소 과장되어 보이기도 하는 이 설정은 오히려 독립운동가의 후손이 처한 현실과 크게 다르지 않다는 점에서 충격적이다. 가령, 〈뉴스타파〉 취재팀이 작성한 「반민특위 김상덕 위원장의 가족사」*라는 르포는 『유산』에서 김준호 가족이 겪은 수난이 그저 허구적 이야기가 아님을 여실히 보여 준다. 김상덕 선생은 3·1운동의 촉매가 되었던 2·8독립선언을 주도한 인

* 김용진 외, 『친일과 망각』, 다람, 2018, 186~193쪽 참조.

276

물로, 만주로 망명해 임시정부의 국무위원으로 활동했다. 해방 후, 선생은 국회의원 신분으로 반민특위의 위원장직에 오르지만, 이승만 대통령 등의 방해로 뜻을 이루지 못한 채 사임하고, 한국전쟁이 발발하자 납북된다. 김상덕 선생의 장남인 김정륙은 어린 시절을 중국에서 보냈는데, 가난으로 인해 어머니와 두 동생을 잃었고, 잠깐이지만 고아원에 맡겨지기도 했다. 아버지가 국회의원으로 있었던 몇 년을 제외하고는 안정된 생활을 누려 본 적이 없었다. 주변의 도움으로 간신히 대학에 입학하기는 했으나 학비가 없어 학업을 마치지 못했다. 심지어 이들 가족은 김상덕 선생이 납북되었다는 이유만으로 빨갱이 집안으로 몰리게 되는데, 이 연좌제의 낙인 때문에 김정륙은 막노동과 신문배달로 생계를 이어 나갈 수밖에 없었다.

『유산』에서 독립운동가 김상운의 손자인 김준호의 삶은 실존인물인 김정륙의 인생역정과 거의 대부분 일치한다. 조부의 독립운동으로 집안이 기울고, 고모가 위안부로 끌려가는 고통을 겪은 것도 모자라, 아버지가 반민특위를 무력화하려는 국회 프락치사건에 휘말리면서 사상범으로 몰려 처형되는 등 가족사의 비극은 끊이지 않는다. 심지어 그는 장발을 했다는 이유만으로 삼청교육대에 붙잡혀 가기도 하는데, 그에게 유독 가혹한 처벌이 가해진 것은 연좌제 때문이었다. 목사가 된 준호가 제한적인 목회 활동만을 이어 갈 수밖에 없었던 이유도 이와 관련된다.

독립운동가 및 그 후손들의 모임인 광복회 회원을 대상으로 시행한 설문조사에 따르면, 이들 중 월 소득이 200만 원이 넘는 경우는 4분의 1도 되지 않았으며 설문자의 70% 이상이 스스로를 하층민으로 인식하는 것으로 나타났다. 당대 최고의 엘리트였던 조상들과는 달리, 이들 가운데 학력이 중졸 이하인 사람은 40% 이상이나 되었다.* 이러한 현실에 비추어 볼 때, 김준호는 친일과 독재로 점철된 한국 현대사의 부조리를 온몸으로 구현하고 있는 인물로, 정의가 실종된 한국 사회의 어두운 일면을 보여 준다. 그가 살아온 이야기를 따라가다 보면, 어쩔 수 없는 분노와 슬픔, 착잡함을 느끼지 않을 수 없다.

준호는 단 한 마디도 자기 자신을 위한 말은 언급하지 않았다. 약자를 위한 기도를 하면서 억울함을 참을 수 없어 큰 소리로 울부짖고 있었다. 그때는 유신정권 시대였고 1972년 개헌된 유신헌법 제53조를 이용해 대통령은 헌법상 국민의 자유와 권리를 잠정적으로 정지시키는 긴급조치를 발령 중이었다. (139쪽)

우리의 만류로 섬으로 돌아가지 못한 준호는 하남시의 어느 변두리 상가 30여 평 남짓한 공간을 얻어 개척교회 간판을 걸었다. 교인은 할머니 할아버지들뿐이었다. 헌금을 내는 게 아니라 오히려 돌봐주어야 할 독거노인들이었다. 윤태영과 내가 도울 수 있는 일은 십일조를 준호 교회에 내주는 일이었다. 준호는 따로 일을 하면서 교회를 운영해 나갔다. (중략) 그런대로 잘 지탱해 가는 것 같았다. 고맙다며 윤태영이 가끔 칭찬을 했다. 윤태영이 고맙다고 칭찬을 했지

---

* 김용진 외, 같은 책, 194~196쪽.

만 그의 삶은 나이를 먹어갈수록 자꾸 힘들어가기만 했다. 50대에 들어섰지만 교회는 성장하지 못했다. 성장은커녕 준호는 계속 독거 노인들을 돌봐야 했다. (202쪽)

『유산』에 나타난 김준호의 삶은 그 자체로 거룩하다. 어린 시절부터 "군수 댁 제사음식 따위는 개나 줘야 한다고."(78쪽) 할 정도로 옳고 그름에 대한 민감한 자의식을 지니고 있었던 그는 공장을 전전하며 힘들고 초라한 삶을 이어가면서도 유신정권에 대한 비판의식을 숨기지 않는다. 그는 고학으로 간신히 신학대학을 졸업한 후에도 세속적 이익을 추구하는 삶을 선택하지 않고 모두가 꺼려하는 낮은 곳을 자처한다. "나무껍질처럼 거칠고 코끼리 거죽처럼 매듭 굵은 그의 손"(113쪽)이 상징하듯, 그의 신산한 삶은 선조로부터 물려받은 것인 동시에 온전히 그가 선택한 것이라는 점에서 많은 감동과 울림을 준다. 그러니까 그가 조부에게 물려받은 것은 가난뿐만이 아니라 결코 외면할 수 없는 어떤 사명인 것이다. 소설 속에서 그것은 윤리의식이나 정의감, 인간애 등으로 구체화되어 나타난다.

조국애나 민족애 등이 낡은 가치로 치부되는 오늘날 소설 『유산』에 나타난 김준호의 삶은 다소 과잉된 작가의식의 투영으로 비춰질 우려를 안고 있다. 김준호 일가의 삶을 통해 다시금 비장하게 상기되는 '지사적 소명'에 대한 작가적 확신과 결의는 혼란스러운 감정으로 이어지기도 한다. 즉, 아직까지 이토록 엄숙한 고전적인 문학관을 고수하고 있는 작가의 존재는 안심과 위안을 주는 동시에 과연 이와 같은 지사적 문학관에 이 시대의 사람들이 얼마나 많이 공감할 수 있을까라는 회의적인 생각을 불러일으키기도 하기 때문이다. 그러나 이 질문을 더욱 밀고 나가면, 박정선의 민족적이고 교훈적인 문학관을 스스로 실천할 의지와 용기를 지니고 있는 작가가 우리 문단에서 매우 드물고 그래서 더욱 소중하다는 결론에 이르게 된다.

박정선은 『유산』에서 김준호의 삶을 통해 우리가 진정 계승해야 할 유산은 무엇인가라는 근본적인 질문을 던진다. "머리 위의 해를 보지 못한 채 욕망의 노예가 되는 어리석은 인간"(11쪽)들이 압도하는 참담한 한국 사회의 현실을 떠올려 보면, 작가의 이 물음 앞에 어쩔 수 없이 약간은 비관적인 생각이 드는 것도 사실이다. 공자의 말처럼, 가난한 생활을 하면서도 그것을 편안히 여겨 도 삼아 즐기는 '안빈낙도(安貧樂道)'는 평범한 사람이 쉽사리 도달하기 어려운 경지다. 더욱이 기득권층의 노골적인 핍박과 이념 공세를 극복하면서 자신의 소명을 지켜나가는 일은 국가와 민족에 대한 강한 확신 없이는 거의 불가능하다. 그러나 박정선은 이러한 현실의 모순을 그리는 동시에 우리가 계승해야 할 민족적 유산이 무엇인가를 심도 깊게 탐사해 냄으로써 점차 사라져 가는 민족정신의 의미를 되새긴다. 독립운동가가 다시 세운 이 나라에 살면서 정작 그들이 남긴 정신은 망각해 버린 이 야만의 시대에 이 작품이 지닌 의의는 더없이 간절하게 다가온다.

3

준호는 죽기 직전 "일본이 우리 앞에 사죄하기 전에 먼저 친일파들이 우리 국민 앞에 사죄해야 한다는 것"(215쪽)을 마지막 유언으로 남긴다. 그러나 〈뉴스타파〉의 『친일과 망각』 취재진이 연락을 취한 350명의 친일파 후손 가운데 선대의 친일행적을 카메라 앞에서 공개적으로 사과한 후손은 한국문인협회 이사장인 문효치를 비롯하여 김경근 목사, 홍영표 의원까지 겨우 3명에 불과했다. 이들을 제외한 347명의 후손들은 이 문제에 대해 묵묵부답으로 일관하거나 변명을 늘어놓기 바빴고, 심지어 분노를 표출하기도 했다. 이러한 현실에 비추어 볼 때, 일본의 사죄를 받는 것보다 친일파와 그 후손들의 사과를 받는 것은 더 요원한 일처럼 느껴진다. 소설 속에서 이함의 어머니를 비롯한 가족들이 보여 주는 작태 또한 이와 크게 다르지 않다.

박정선의 『유산』이 친일 청산이라는 민감한 소재를 다루고 있다는 사실 자체가 이 소설의 평가에 결정적인 영향을 미치는 것은 아니다. 이 작품은 그동안 일면적으로만 형상화되었던 친일파 후손의 양가적이고 모순적인 내면을 심층적으로 묘사하고 있다는 점에서 이 문제가 지닌 복잡성을 드러낸다. 즉, 1인칭 화자인 '나'(이함)에 의해 전개되는 이 소설은 친일파의 후손인 '나'를 주인공이자 관찰자로 설정함으로써 경계인의 자리에 위치시키는데, 이는 친일파 후손에게서 흔히 연상되는 비양심과 비도덕, 자기합리화, 역사의식의 부재 등을 작품의 배면에 두고, 다른 차원의 문제에 좀 더 집중하겠다는 의도로 읽힌다.

태어나서부터 줄곧 특권적 환경에서 자라온 이함은 초등학교 시절 '어떤 사건'을 겪으면서 처음으로 정체성에 혼란을 느끼게 된다. 이함의 집은 조부의 이력 때문에 마을에서 일명 '군수 댁'으로 불리는데 사건은 마을 사람들에게 제사 음식을 나누어 주는 일종의 시혜적 행위에서 비롯된다. 전통적으로 제사문화는 가문의 위상을 과시하고 보존하는 기능을 갖는다.

그런데 황송한 태도로 제사 음식을 받아드는 마을 사람들과 달리, 겨우 중학생 정도인 준호는 감히 군수 댁에서 건넨 제사 음식을 개에게 던져 버린다. 이함은 이 일로 심한 충격과 함께 자신의 가계에 얽힌 내력에 의문을 품게 되고, 또 준호네의 사정에도 관심을 기울이게 된다. 이함은 준호라는 존재를 통과하면서 자신을 둘러싸고 있는 완벽한 환경에 완전히 동화되지 못한다.

준호가 울부짖는 기도는 아버지를 떠올리게 했다. 장준하 선생이 의문의 죽음을 했을 때 한남동 할아버지를 찾아와 항의하던 일이 떠올랐다. 아버지가 학교를 그만둔다고 했을 때 우리 할아버지와 언쟁했던 일도 떠올랐다. 준호가 억울해하는 것과 아버지와 억울해하는 것이 오버랩되면서 나는 그만 숙연해지고 말았다. 그리고 그날 이후 마치 바람이 몰다 준 것처럼, 누가 하나하나 자세하게 읽어 준 것처럼 그의 기도 소리가 내 귀에서 맴돌았다. 그럴 때마다 가슴이 서늘해졌다. 가슴이 서늘해진 것은, 어릴 때 그가 나에게 쏘아붙였던 말이 다시 떠오른 탓이었다. 준호가 그들이라고 지칭하는 무리 속에 우리 할아버지가 포함된 것만 같은 생각 때문이었다. (140~141쪽)

이러한 이함의 내적 균열은 친일파의 후손이라는 사실을 못내 괴로워했던 아버지의 영향 때문이기도 하다. 소설 속에서 이함의 아버지는 조부의 뜻과는 달리 권력과는 거리가 먼 교수라는 직업을 선택했으나 그 마저도 유신시절에 그만두고 만다. 이후 정의가 실종된 세상을 비관해 여기저기로 떠돌며 그림으로 소일하던 끝에 술로 건강을 해치게 되고 이른 나이에 세상을 떠난다. 선대의 부적절한 선택으로 원치 않는 유산을 물려받을 수밖에 없는 입장에 놓였던 아버지는 스스로를 파괴하는 방식으로 그것으로부터 겨우 벗어난 것이다. 조상이 저지른 친일에 대한 부채를 안고 방황한 주인공 이함 아버지의 불행한 삶은 친일파 가계 내부의 분열과 갈등을 암시한다는 점에서 의미심장하다. 작가는 그동안 일면적으로만 형상화되었던 친일 가계의 내부의 혼란을 서늘하게 응시함으로써, 이 문제의 해결 가능성을 새롭게 모색해 낸다.

이함은 이야기 내내 할아버지로 상징되는 가문과, 준호와 아버지로 상징되는 새로운 질서 사이에서 갈등한다. 이함의 망설임은 그저 탐욕적인 악한으로만 규정할 수 없는 조부의 인물됨과 관련하여 더 심화되는 양상을 보인다. 마을 사람들에게 존경과 경외의 대상이었던 조부는 학식과 교양을 겸비한 인물로, 손녀인 이함에게도 훌륭한 어른으로 기억되어 있다. 유년기에 감지된 집안의 추악한 과거는 거의 50년이 지나서야 청산되는데, 작가는 친일 고위 관료였던 조부를 입체적으로 형상화함으로써 이함의 고민이 왜 오래 지속될 수밖에 없었는가를 설득력 있게 제시한다.

이 소설의 가장 충격적인 반전은 조부의 죽음에 얽힌 비밀이 드러나는 후반부에 제시되어 있다. 조부는 손녀에게 남긴 일기에서 자신의 친일 행위가 "가장의 도리"(248쪽)에서 기인한 것이었다고 할지라도, 결국은 패악(悖惡)에 불과한 것이었음을 인정한다. "그런데 밤이면 왜 이다지도 두려워지는가. 왜 무서워지는가."(248쪽)라는 조부의 공포에 찬 독백은 우리가 진정으로 추구해야 하는 가치가 무엇인가를 명확하게 보여 준다. 양심과 실리 사이에서 망설임 없이 실리를 선택한 그가 지상에서 이룩한 모든 것을 뒤로 한 채, 교수형과 다름없는 목맴사로 스스로를 단죄했다는 사실은 일견 마땅하게 느껴지기도 하지만, 다른 한편으로는 친일 문제가 담지하고 있는 끈질긴 내적 모순성에 대해 생각해 보게 한다.

> 우리 집 둥근 기둥에 손을 짚었다. 그리고 할아버지가 세우고, 거기에 스스로 목을 매달은 둥근 기둥을 더듬어 보았다. 할아버지는 영원히 천년만년 우리에게 튼튼한 기둥이 되어 주고 싶었을 것이었다. 그래서 기둥을 우리나라에서 제일가는 안면송 둥근 기둥으로 바꾸었을 것이었다. 기둥을 두 팔로 안아 봤다. 할아버지를 안아드리듯 한참을 안았다. 생각해 보면 노트에 고해성사 같은 고백을 남기고 기둥에 목을 맨 할아버지는 민족과 나라 앞에 사죄했다고 볼 수 있다. 그런데 사죄는 공개적이어야 한다는 게 문제였다. 범법자가 자살했다는 이유로 그가 저지른 범죄가 상쇄되지 못한 것과 같은 맥락이기 때문이다.

나는 이제 미련 없이 내가 태어나 자란 집, 할아버지가 분신처럼 아낀 우리 집을 해체하기로 한다. (258쪽)

이 소설의 공간적 배경인 '상리의 본가'는 다양한 상징성을 지니는데, 이는 일차적으로는 '조부'와 '집안' '가계' 등을 의미하며, 언젠가 이함이 물려받게 될 '유산'이라는 점에서 이 글의 제목을 연상하게 한다. 이 집의 "둥근 기둥"은 가문의 영속적이고 무한한 번영과 힘을 의미한다는 점에서 "이함"이라는 인물의 이름과 일맥상통한다. 조부는 손녀의 이름에 '함(咸)'이라는 글자를 넣음으로써 가문의 권세가 모든 것에 두루 미치기를 바랐다.

그러나 유산은 이미 주어진 것, 혹은 물려받은 것이라는 점에서 고정된 것처럼 보이지만, 철저하게 남은 자의 몫이라는 점에서 변화 가능성을 지닌다. 이함이 스스로를 "세상을 향하여 무언가를 단 하나도 빼지 않고 고해야 하는 의무를 짊어지고 있는"(39쪽) 사람으로 인식하며, 자신의 이름에 "단 하나도 빼지 않고 모두 고한다."(39쪽)라는 '함고(咸告)'의 뜻을 새롭게 부여한 것이 바로 그것이다. 소설의 말미에서 이함은 자기 가문의 모순을 내적으로 완전하게 극복하며 거의 반평생에 걸쳐 고민해 온 일을 드디어 감행하는데, 그것은 바로 집을 불태우는 상징적인 행위를 통해 나타난다. 이때, 불은 파괴와 정화라는 두 가지 이미지를 지니며, 나아가 생성이라는 가치로 확장된다. 박정선은 이 장면에서 친일 청산 문제의 본질이 친일이라는 유산을 물려받은 우리 세대의 선택에 달려 있다는 사회적 메시지를 강렬하게 전달한다.

4

"나는 역사에 빛나는 가문보다 역사 앞에 부끄럽지 않은 가문이기를 원한다. 나는 세상이 우러러보는 가문보다는 내가 자랑하고 싶은 가문을 갖고 싶다. 나는 세상이 존경하는 아버지가 아니라 내가 존경하는 아버지를 갖고 싶다. 우리 아버지와 우리 큰아버지가 그런 일을 했다는 것은 하늘의 해가 갑자기 사라져 버리는 것만 같은 충격이었다. 더 이상 말해서 무엇하랴. 내 앞날은 암흑이다." (254~255쪽)

한남동 할아버지의 딸인 연이 고모는 가문의 악행을 알게 된 충격으로 자살한 인물이다. 해방 이후에도 군 요직과 경찰 조직을 거치며 권력의 심장부에서 단 한 번도 벗어나지 않았던 한남동 할아버지는 딸의 죽음을 가문에 대한 배신으로 규정한다. 그러나 "불물 가리지 않고 그곳에 오르기 위하여 갖은 방법을 모색해야"(104쪽) 하는 불합리함에 대해 "눈을 들어 하늘을 보기가 죄송한 탓"(103쪽)으로 목숨을 끊은 연이 고모의 일기는 다음 세대인 함이에게 부끄러움에 대한 감각을 상기시킴으로써 아버지 세대의 실패를 극복하게 하는 또 다른 계기를 마련해 준다.

아직까지도 일본군 위안부나 강제징용 등의 문제에는 주목하면서도 정작 우리 내부의 친일에 대해서는 묵과하거나 금기

시하는 경향이 팽배하다. 그러나 박정선의『유산』은 이 불편한
진실과 마주함으로써 친일 청산이라는 문제의 현재성에 주목
한다. 이 소설의 문학적 미덕은 새롭게 주어진 역사적 맥락 속
에서 이 문제를 본격적으로 성찰해 냈다는 데 있다. 일제강점기
라는 참담한 시대가 남긴 유산은 이제 우리 앞에 또 다른 선택
지를 펼쳐 보이고 있다. 한국 사회에서 친일 문제는 내재적 모
순의 상태에 놓여 있는 일종의 아포리아이다. 박정선의『유산』
을 읽으며 우리는 다시금 이 문제에 대해 근본적으로 고민하게
될 것이다. 과연 우리는 다음 세대에 어떠한 유산을 남길 수 있
을까. 유산은 곧 미래이다.

역사는 현재와 과거 사이의 끊임없는 대화이다
-에드워드. H. 카

소설은 이걸 반드시 써야 한다는 강렬한 신념이 있을 때 쓰는 것이라고 작가들은 믿고 있다. 그걸 작가적 소명이라고 한다. 이 글을 누가 얼마나 읽어줄까? 하는 계산 따위는 작가답지 않다. 이번에는 '날개'가 작가적 소명을 몹시도 채근했다.

평소 날개에 대하여 생각할 때가 많았다. 새가 두 날개로 바람을 가르며 높은 하늘을 나는 것을 볼 때마다 대칭을 이룬 날개를 생각한 것이다. 나비가 사뿐거리며 나는 것을 볼 때도, 가을날 한가롭게 한들거리는 고추잠자리를 볼 때도, 하다못해 풀벌레를 볼 때도 좌우 양 날개가 이루어내는 중심에 대하여 생각하는 것이다.

답답하게도 우리나라는 사회를 분열시키는 이데올로기, 비합리적이고 정치 감정적인 좌, 우, 대립이 아직도 존재하는 까닭이다. 이 지독한 악습의 근거는 엄밀히 말해 일제강점기에서 출발한다. 당시 제국주의를 표방하는 일제는 항일운동을 하는 독립투사들을 공산주의자로 몰아붙였다. 또한 일제는 '천박하고 무지한 상것들이 독립운동을 한다'고 비난했는데 맞는 말이다. 을사늑약부터 대대적으로 일어난 항일운동이나 병합 이후 독립운동은 주로 힘없는 계층이 주류를 이루었기 때문이다.

일찍이 강대국이 남의 나라를 늑탈함에 있어 '협력 없는 지배 없다'는 말은 뼈아픈 사실이다. 당시 우리나라 관료들이 일제에 적극적으로 협력하지 않았다면 그렇게 쉽게 나라를 빼앗기지는 않았을 것이기 때문이다. 그들을 일러 역사는 친일파라고 부른다. 친일파도 악질과 양질이 있으되, 그들은 가장 악질에 속한다. 따라서 일제강점기 동안 악질 친일인사들이 발표한 글을 보면 분노를 뛰어넘어 할 말을 잃게 된다. 그들은 진심으로 일제 천황을 조선의 아버지로 부르며 추앙했기 때문이다. 그들은 유사 이래 조선이 이렇게 행복한(병합된 것) 적이 없었다고 감격했다. 창씨개명은 일본과 우리가 고대로부터 한 핏줄이니 중국식 이름을 버리고 일본식 이름을 따르는 것이야말로 제 혈통을 찾아가는 순리라고 했다. 국어(일본어)를 사용하게 허락해준 것이나 징병으로 조선 청년을 뽑아준 것도 천황이 조선을 자기 자식으로 인정해준 것이니 황송하기 짝이 없는 황은이라고 했다. 나라가(일제) 자식을 우리에게 잠시 맡긴 것뿐이니 나라(일제)가 필요로 할 때 기쁘게 자식을 내어줌이 황국신민으로서 어버이 천황에 대한 도리라고 했다. 그래서 조선인은 살아도 천황을 위해 살아야 하고 죽어도 천황을 위해 죽어야 한다고 했다. 이런 글은 특히 소설가 이광수를 비롯한 문인들이 화려한 필력을 날렸다.

일제에게 나라를 늑탈당한 것은 을사늑약부터였고 박은식 (1859~1925)의『한국통사』를 보면 강제된 을사늑약은 먼저 의친왕 이강, 영선군 이준용 등 일부 황족들과 민간단체로 위장한 일진회의 간부 송병준, 이용구 등의 기여가 컸다는 것을 알 수 있다. 박은식은 위의 책에서 우리나라는 사대부들 가운데 국가와 민족을 위해 피 흘리는 자는 별로 없지만 정권쟁탈이 극심하여 정권쟁탈을 위해 죽이거나 죽은 자는 많으니 참으로 비통한 일이라며 통탄했다. 1910년 8월 29일 한일병합 당시만 해도 일제는 대한제국을 병합하고 나서 그 공로를 다름 아닌 당시 대한제국 집권당의 영수들에게 돌렸다. 일제는 조선총독부의 기관지 〈매일신문〉을 통해 한일병합조약 제5조의 "일본 황제폐하는 훈공勳功이 있는 조선인으로서 특히 표창에 적당하다고 인정된 자에게 영작榮爵을 수여하고 또 은급恩級을 부여한다."는 내용에 따라 조선귀족령을 선포하고 일등 공신 황족들과 대신 이완용과 한창수 등을 중심으로 76명에게 합방공로 작위를 내렸다. 황족들에게는 후작 또는 백작을 내렸다. 이완용, 한창수 같은 공신에게도 후작을 내렸고 그 아래로는 자작과 남작을 수여했다.

나라를 망하게 하는 데 공을 세운 공로로 귀족자리를 꿰어 찬 그들은 한평생 당당하게 권세와 영화를 누리면서 일제처럼 독립운동을 천박한 짓, 비애국적인 망령된 짓이라고 비판했다. 그들이 독립운동을 천박하게 여긴 것은 간단하게 풀이된다. 조선의 사대부는 국가의 주체노릇을 하면서 민초들이 바친 녹을 먹고 민초들이 지켜주는 나라에서 신분을 유지하는 특권을 누렸기 때문이다. 그들에게는 특권만 있고 나라를 지키는 병역의무 따위는 없었다. 유성룡이 지은『징비록』을 보면 나라가 백척간두百尺竿頭(임란)에 걸려 있는 다급한 상황이라 유성룡이 성균관 젊은 유생들을 모아놓고 싸움터에 나가달라고 설득하자 온갖 핑계를 대며 모두 피해버리는 것을 발견할 수 있다.

박은식이 나라를 잃었을 때 사대부들의 항일투쟁을 찾아보기 힘들었던 것을 질타한 것처럼 친일파들은 일제가 한반도를 병합하는 데 전력을 바쳐 협력했고, 일제강점기 내내 부귀영화를 누리다가 해방이 되자 다시 해방정국의 요직에 앉았다. 사실 해방이 되자 '그들은 어디론가 도망을 치고 말았다가' 정권이 친일파들에게 돌아오자 다시 나타났던 것이다. 그러므로 그들에게는 국가에 대한 정체성이 있을 리 없었다. 국가에 대한 정체성이 없는 그들은 정권을 유지하는 데 방패막이가 필요했다. 이름하여 공산주의였다. 말할 것도 없이 자유민주주의 국가에서 경계해야 했던 것은 공산주의였다. 좌파라고도 부르는 이 공산주의가 그들의 권력을 사수하는 데 방패막이가 되어준 것은 당연히 북한 때문이었다. 따라서 우리나라에서 좌파라는 말은 북한 이미지와 직결되는 매우 위험한 단어였다.

우리와 대척점에 놓여 있는 북한, 주지하다시피 르네상스와 함께 인류는 자신이라는 개인을 인식하기 시작했다. 비로소 자기 자신을 정신적 존재로서 인정하게 된 것이다. 그 이전의 개인(나)은 신의 것이거나, 민족의 일부이거나 단체나 당의 일부에 불과했기 때문이다. 그렇게 시작된 개인은 자본주의와 프로테스탄티즘으로 이어졌고 산업혁명의 토대를 이루면서 자유방임의 이론을 받쳐주게 되었다. 그리고 프랑스혁명이 선언한 인간과 시민의 권리는 마침내 '개인의 권리'로 부상하게 되었다. 이렇게 형성된 개인주의는 19세기의 핵심 철학인 최대 다수의 최대 행복을 추구하는 공리주의功利主義와 자유민주주의의 이론으로 존재하게 되었다.

그러나 북한은 아직도 개인(나)이 없는 사회에 머물러 있다. 그러니까 중세 르네상스 이전의 전체주의의 민족, 또는 당의 일원으로만 존재하는 것이다.

인류학자들은 문명인에 비하여 미개인이 훨씬 더 쉽게 어떤 사회적 존재로 '완전하게' 만들어진다고 강조한다. 즉 문명화된 사회에 비하여 단순한 사회, 문화적으로 미개한 사회가 쉽게 획일화된다는 주장이다. 인간을 지배하는 첫째 조건은 '먹고사는 문제'로부터 출발하며 이것은 비문화적이고 미개할수록 잘 먹힌다는 것과 상통하는 말이다. 이 말은 김일성이 해방과 함께 친일지주들로부터 몰수한 토지를 북한주민들에게 무상분배하여 주민들로부터 눈물겨운 지지를 받으면서 북한사회를 획일화시키는 데 성공한 것과 잘 맞아떨어진다.

먼저 일제는 한일병합 초기 일찌감치 토지조사사업에 착수했다. 동양척식주식회사를 설립하여 액면 상 합법적인 방법을 통해 토지 착취를 시작했는데 자경농민까지 소작농으로 전락시켜 버리고 말았다. 이렇게 일제가 토지를 중심으로 완벽하게 일을 도모할 수 있었던 것은 친일지주인 토착 지주세력과 결탁이 이루어진 덕택이었다. 친일지주들은 일제를 등에 업고 소작 농민들로부터 가혹한 소작료를 징수하면서 농민들의 목을 조였다.

이런 이유로 해방과 함께 토지개혁은 반드시 해결해야 할 불가피한 과제로 떠오르게 되었고 남북한 모두 이 점을 중차대하게 인식하고 있었다. 당시 한반도는 국가 기반이 농업인 탓이었다. 국민의 90퍼센트가 농민이었고 그 가운데 소작농이 80퍼센트였다. 이 80퍼센트는 땅 한 뼘 없는 전면 소작농과 약간의 자기 땅을 겸해서 소작을 하는 자경 농민을 합한 통계인데 약간의 땅을 가진 농민들마저 전면 소작농민으로 전락해버린 상태였다.

토지개혁은 한반도에서만 실시된 것이 아니라 제2차 세계대전 이후 여러 나라에서 실시되었다. 미 군정하의 일본에서도 실시되었다. 방법 면에서 개인의 재산권을 존중하는 자유민주주의 국가에서는 유상몰수와 유상분배 방식을 취한 것이 일반적이었다. 그러나 공산주의를 지향하는 북한에서는 과격한 무상몰수와 무상분배 방식을 채택했다. 해방과 함께 북한은 북조선임시인민위원회에 따라 1946년 3월 5일 토지개혁법령을 발표하고 나섰다. 북한이 발표한 토지개혁법령의 기본내용은 놀랍게도 기존의 토지소유관계를 전면 부정한 것이었다. 공산당 지도 아래 마을별로 빈농과 고농을 중심으로 북한 전역에서 11,500개소의 농촌위원회가 조직되었다. 한 개소마다 5, 6명으로 구성된 농촌위원회는 마을마다 토지대장을 작성하여 법령에 따라 5정보(일만 오천 평) 이상의 소유자의 토지와 모든 소작지를 몰수하고, 분배할 토지를 선정하면서 일사분란하게 일을 처리해나갔다.

북한은 이런 방법으로 불과 한 달 만에 친일지주들을 척결하여 그들로부터 환수한 토지를 주민들에게 무상분배했고 모처럼 땅을 실감하게 된 북한주민들은 김일성을 향해 감격에 찬 지지를 보내기 시작했다.(그렇다고 주민들이 토지 소유권까지 분배받은 것은 아니었다. 7년 동안 형식상으로만 토지소유권 증서를 받은 것이었다.) 김일성은 이런 시대적 배경에 힘입어 70년대까지 순조롭게 북한 경제를 이끌었다. 이것은 김일성이 위대해서가 아니라 시대가 만들어낸 결과였음에도 북한 주민들은 김일성 영웅주의에 빠져들었고 아직도 구국의 아버지라는 향수에 젖어 하늘이 무너져도 결코 잊어서는 안 되는 절대자로 추앙하고 있다.

따라서 독재는 잘못이지만 경제발전을 위해서는 용인할 수 있다는 생각, 독재를 해서라도 경제발전을 해야 한다는 생각은 북한의 김일성 독재에 대한 합리론이라고 해도 틀린 말이 아니다. 러시아인 박노자(본명 블라디미르 티호노프, 2001년 한국 귀화, 조선학과 졸업 후 모스크바 대학에서 고대 가야사연구로 박사 취득, 노르웨이 오슬로 대학의 한국학과 동아시아학과 교수)는 『주식회사 대한민국』이라는 책을 통해 '역사를 올바르게 분석하려면 과학적이어야 한다'고 강조한다. 정치적 명분이나 목적을 뛰어넘어 독재는 잘못이지만 경제발전은 성공했다는 식의 양비론적 평가는 과학적이지 못하다는 것이다. 박노자의 이와 같은 생각은 '역사는 과학'이라고 한 에드워드 H. 카(Edward Hallett Carr, 1892~1982)의 생각과 일치한다. 이들은 역사를 과학적으로 평가하는 방법은 '그 나라뿐만 아니라 당대 국제적인 맥락을 고려하여 종합적으로 파악하는 것'이 정작 옳은 방법이라고 강조한 것이다.

사실 독재는 잘못이지만 경제발전은 성공했다는 양비론적 평가는 우리나라의 60년대, 70년대에 대한 평가라고 해야 더 적절

할 것이다. 북한주민들의 김일성에 대한 향수 못지않게 우리나라 기성세대들도 60년대, 70년대의 경제발전에 대한 향수를 '종교적 신념'처럼 품고 있기 때문이다. 이에 대하여 박노자는 "당시는 동아시아에 있어서 자본주의의 본격적인 성장기였다. 세계 자본주의 황금기는 50년대에서 70년대에 걸쳐 진행되었다. 당시는 동아시아 전체가 세계시장과 연동되어 미증유의 성장을 경험했기 때문이다. 1960년대와 1989년 사이 한국과 대만의 평균 연간 1인당 국민소득 성장률이 차이가 나지 않는다. 한국의 고속성장은 당시 자본주의적 동아시아 국가로서 전형적인 모습이었다. 이런 성장은 비단 동아시아뿐만 아니었다."고 강조한다.(박노자, 『주식회사 대한민국』, 한겨레출판, 2016. 146~148면)

아무튼 먹고사는 문제는, 문명화된 사회에 비하여 미개한 사회가 쉽게 획일적이 된다는 인류학자들의 말대로 남과 북에서 당대 지도자에 대한 절대적인 신뢰를 가져오게 되었다. 따라서 북에서는 김일성 개인의 자유와 권리를 억압하고 오로지 지도자의 권위를 절대화하는 전체주의를 뛰어넘어 파시즘 독재로 굳어지게 되었다.

한편 우리나라에서는 좌와 우의 대립이 정권유지의 수단으로 활용되었는데 사실 유럽에서 시작된 좌와 우의 본질은 우리가 생각하는 이데올로기와 전혀 다른 성격을 갖고 있다. 중세 유럽 봉건시대에 자신들의 이익을 지키려는 상인들과 '봉건영주'에게 맞서 농노들의 권익을 지키려고 한 사람들을 좌파라고 불렀다. 또한 프랑스혁명 당시에는 '절대군주의 권력'에 맞서 프랑스 전체 시민의 권리를 지키려고 한 사람들을 좌파라고 불렀다. 좌와 우가 정치적 의미로 사용되기 시작한 것도 프랑스 혁명기였다. 1789년 혁명 직후 소집된 국민의회에서 의장석을 기준으로 오른쪽에 왕당파가 앉고 왼쪽에 공화파가 앉은 것이 그 기원이 되었다. 프랑스 혁명 이후 공화파가 장악한 국민공회(1792년)에서도 좌측에 농민과 노동자, 빈민 등을 대변하는 급진개혁적인 사회주의 자코뱅당 의원들이 앉고 오른쪽에는 자본주의, 상공업자, 부자 등을 대변하는 보수적인 온건개혁파 지롱드당 의원들이 앉았다.(가운데는 중간파 마레당이 앉음)

따라서 프랑스에서 보수적이거나 혁명의 진행에 소극적이고 온건한 세력은 우익으로, 상대적으로 급진적인 세력은 좌익으로 나누는 것이 혁명기를 관통한 하나의 관행이었다. 이후 좌파 우파의 정치세력 구분은 유럽 정치에서 하나의 모델이 되었다. 당시 좌와 우의 특성을 비교해보면, 좌파는 기득권에 집중되어 있는 구조를 좀 더 수평적으로 변화시키기를 원했다. 우파는 배타적, 민족주의적, 보수를 지향하면서 과거를 중시하며 약육강식, 적자생존을 추구했다. 좌파는 윤리중심사회와 미래와 평등주의와 이상주의를 추구하면서 현 체제의 단점을 개혁해나가는 진보주의를 선호했다. 우파는 도덕중심사회를 추구하면서 불편해도 지금 이대로가 좋다는 보존주의를 선호했다.

이런 식으로 좌와 우는 오른손과 왼손처럼 힘의 균형이 맞지 않았다. 왼손처럼 왼쪽이 약하고 오른손처럼 오른쪽이 강했다. 우파는 주로 사회적 우위에 있는 집단으로 정치적으로 우월한 위치를 선점했다. 우파는 급진적 사회변화를 거부하면서 스스로의 집단 이익을 위해 극단 자본주의와 시장경제에서 신자유주의를 선호했다. 이와 달리 좌파는 사회적으로 열세한 위치에 있었으므로 우파에 집중되어 있는 자본과 권한을 분배하는 사회를 지향하면서 사회적 열세에 있는 집단 이익을 대변했다.

이와 같은 전례를 바탕으로 오늘날 민주주의의 정체성은 좌파에 있고, 모든 민주주의 국가는 좌파와 우파로 나누어 대립하는 현상을 보인다. 우리나라는 해방 이후 정권을 선점한 집단이 자칭 우파, 보수라고 자처했다. 정권과 함께 자본주의 사회에서 우의를 점하고 있는 '우파'와 '보수'라는 이념까지 미리 선점해 버린 것이다. 반면 정권을 잡지 못한 쪽은 그들의 이념이나 정체성과 상관없이 좌파로 몰렸다. 뿐만 아니라 우리나라에서의 기득권 세력은 '남북이 갈라지지 않았더라면 어쩔 뻔했을까?' 싶을 정도로 좌를 가지고 국민을 대립시켰다. 안보를 어떤 집단의 정치권력을 위한 특허품처럼 이용한 탓이었다. 국민들 역시 자신의 정체성과 상관없이 지지하는 정당에 따라 좌가 되고 우가 되었다. 이로 인하여 국민 정서가 무자비하게 훼손되었을 뿐만 아니라 막대한 사회비용을 치러야 했다.

그 여파로 우리 사회에는 아직도 정치적으로 종북좌파라는 말을 입에 올리는 사람들이 있다. 심지어 친구, 친지, 가족 간에도 갈등을 만들어주는 이 저주스러운 말은 정치적 반대파에게 국가에 반하는 부정적 이미지를 씌우자는 데 목적을 두고 있다. 이 모든 것은 반드시 청산했어야 할 친일파들이 정치적으로 우위를 차지했던 결과이며 그들이 물려준 가장 비극적인 유산에 다름 아니다.

이탈리아 역사가 크로체(Benedetto Croce, 1866~1952)는 모든 역사는 현대사라고 선언했다. 이 말은 현재의 눈으로 현재의 문제에 비추어 과거를 돌아본다는 것이다.

지금도 우리 사회는 친일파에 대한 반성과 비판을 강하게 거부하는 친일파 옹호자들이 존재한다. 그들은 거침없이 "그때 친일 안한 사람 어디 있느냐, 목에 칼을 들이대는데 도리가 없지 않느냐"고 항변한다. 그렇다면 광복군은 무엇이며 수많은 독립 투사들이 투쟁하다 목숨을 잃은 것은 무엇인가. 또한 일제가 목에 칼을 들이댄 것은 오로지 항일운동을 하는 반일자들뿐이었다. 옹호자들은 다시 미래를 들고 나온다. 이미 지나가버린 과거를 가지고 언제까지 왈가왈부할 것이냐며 다가오는 미래를 위해 이미 흘러가버린 과거에 매달려서는 안 된다는 것이다.

그들의 주장은 절반은 맞고 절반은 틀렸다. 미래에 대한 염려는 지당하기 짝이 없고 미래를 위해 반성해야 할 과거를 그냥 버려야 한다는 것은 틀렸다. 그들은 그 참혹한 역사를 그냥 지나가버리는 것으로, 사용하다 버리는 물건처럼 버려지는 것으로 인식하고 있는 탓이다. '역사 공부는 원인에 대한 연구'이며 역사 연구는 '끊임없이 왜?'라는 질문을 던지는 것이라고 E. H. 카는 강조한다. 카는 다시 역사는 끊임없이 진보하는 과정이라고 했다. '끊임없이 왜?'라는 질문을 던지는 것, '역사는 끊임없이 진보한다는 것'은 미래를 가리키는 말이다.

'어느 한쪽이 싫어 지구를 잘라내 버릴 수 없듯이' 시간은 과거와 미래가 따로 분리되어 있는 것이 아니라 하나로 연결되어 있는 연속성이다. 역사는 과거가 만들어내지만 한 번 만들어진 역사는 마치 한 그루 나무처럼 가지를 뻗으면서 미래로 이어지면서 또 다른 역사를 만들어내는 끝없는 연속성이다.

근대세계의 변화는 인간의 의식이 진전됨에 따라 나타난 산물이며 이 위대한 변화의 첫 시작은 데카르트에서 비롯되었다고 정의한다. '나는 생각한다. 고로 나는 존재한다.'는 코기토(Cogito)로부터 인간이라는 존재는 사고의 능력만 가지고 있는 것이 아니라 자신의 사고를 다시 사고할 수 있는 존재임을 처음으로 확립했기 때문이다. 인간은 사고의 주체이자 객체가 될 수 있는 존재이기 때문에 역사는 생각하기에 따라 미래에 대한 반영이 달라진다고 '카'는 강조한다.

독일과 달리 일본은 좀처럼 인류 앞에 무릎을 꿇을 생각을 하지 않는다. 코기토의 부재 탓이다. 친일파들(이제는 그 후손들) 역시 좀처럼 고개 숙일 생각을 하지 않는다. 이 또한 코기토의 부재 탓이다. 인류사의 대학살 극, 600백만 이상 학살을 당한 유태인들이 '용서하되 결코 잊지는 말아야 한다'고 다짐하면서 그 참담한 역사 교육에 치중한 것은 미래를 위해서라고 한다.

일제가 만들어준 악의 역사를 일본은 철저히 무시하고 있다. 그들이 악의 역사를 무시하는 데는 그들만의 잘못이 아니다. 그러니까 한국의 당사자들(친일파 세력)도 반성은커녕 눈썹 하나 까딱하지 않는데 왜 우리가 부지런하게 나서서 사과할 필요가 있느냐는 속내, 한국의 친일파들이 그랬듯이 태연하게, 뻔뻔하게, 버텨보자는 계산이 엿보이는 건 결코 오해가 아니다. 아직도 한국에 친일파를 옹호하는 세력들이 건재하다는 것, 그로 인하여 우리가 화합하지 못하는 현실이 일본에겐 반가울 따름이다. 새들의 두 날개가 보여주듯이 좌와 우는 무생물이든 생물이든 중심을 잡기 위해 나란히 대칭을 이룬다.

때마침 가을이다. 아름다운 대칭을 소망하며 하늘을 본다. 지겨운 폭염을 몰아낸 가을 하늘에서 하얀 뭉게구름이 새로운 그림을 그리고 있다. 그리로 가을 까마귀들이 날아간다. 높다란 창공을 가르는 균형의 힘……. 까악, 까악, 하늘을 울리는 청량한 공명도 공명이지만 근사하게 대칭을 이룬 두 날개가 몹시도 부럽다. 우리의 찬란한 미래를 위하여 버려야할 유산, 과거사 청산은 반성하자는 것이다. 국가와 민족 앞에 미안하고 죄송하게 고개 숙이며 살아가는 것이다. 반드시 저마다 가슴속에서 친일에 대한 반성이 꼭 이루어져야만 하고, 그것이 이루어지는 날 우리 사회는 새들의 두 날개처럼 비로소 아름다운 대칭을 이루게 될 것이라 믿는다.

2018년 10월
부산 해운대 장산 아래 집필실에서
박정선

유산

초판 1쇄 발행 2018년 10월 22일

지은이 박정선
펴낸이 강수걸
편집장 권경옥
편집 정선재 윤은미 이은주 강나래
디자인 권문경 조은비
펴낸곳 산지니
등록 2005년 2월 7일 제333-3370000251002005000001호
주소 부산시 해운대구 수영강변대로 140 BCC 613호
전화 051-504-7070 | 팩스 051-507-7543
홈페이지 www.sanzinibook.com
전자우편 sanzini@sanzinibook.com
블로그 http://sanzinibook.tistory.com

ISBN 978-89-6545-548-6 03810